a Gift
for Dying

죽음을
보는
재능

A Gift For Dying

죽음을 보는 재능

a Gift
for Dying

M. J. 알리지 지음

BOOK PLAZA

사람들의 죽는 순간이
보이기 시작했다!

"저는 당신이 어떻게 죽을지 알고 있어요."

Part 1

거리는 사람들로 북적거렸다. 퇴근하는 직장인, 쇼핑하러 나온 사람들, 관광객 등으로 북새통을 이뤘다.

케이시는 사람들을 뚫고 앞으로 나아갔다. 그녀가 이런 번화가에 나오는 것은 무척 드문 일이었다. 시카고 북부 지역인 이곳은 옷과 화장품을 슬쩍하려고 마음먹었을 때나 오는 곳이었다.

케이시는 앞을 보지 않고 바닥을 내려다보며 걷고 있었다. 그렇지만 다른 사람들과 부딪치기 직전에는 재빨리 피했다.

그러던 중 케이시는 뭔가 단단하고 꼿꼿한 물체에 부딪쳤다. 잠시 딴생각에 빠져있었기 때문이다.

그 충격으로 케이시는 뒤로 넘어졌다. 책가방이 어깨에서 미끄러져 떨어지고, 훔친 옷가지가 길바닥에 쏟아지는 것과 동시에 그녀도 콘크리트 바닥으로 나자빠졌다.

케이시는 잠시 그대로 앉아 있었다. 지금 자기 꼴이 얼마나 우스꽝스러울지 알았지만 몸이 말을 듣지 않았기 때문이다. 창피하게도 눈에는 눈물까지 핑 돌았다.

"괜찮니?"

혼잡한 도로의 소음 때문에 케이시는 자신을 향한 그 목소리가 아련하게 느껴졌다.

"내 잘못이야. 널 미처 보지 못해서⋯." 한 남자가 케이시를 내려다보고 있었다. "딴생각을 하느라 바로 앞에 뭐가 있는지 못 봤어."

남자의 목소리는 온화하고 차분했다. 그 때문에 케이시는 더
더욱 바보가 된 기분이었다. 잘잘못을 따진다면 누가 봐도 그
녀의 잘못이었다.

"다친 데가 없어야 할 텐데…. 혹시 병원에 가야 된다면…."

"괜찮아요. 바쁘실 텐데 어서 가보세요." 케이시가 냉큼 대답
했다.

번쩍이는 구두, 고급 양복을 입은 남자는 자신과는 다른 세
계의 사람이었다. 그와 같은 고귀한 사람에게 자신을 도울 시
간 같은 건 없을 것이다.

"자, 일어나렴."

남자가 케이시에게 손을 내밀었다. 그의 태도에는 자신감이
넘쳤다. 그녀는 공손히 그 손을 잡고 일어섰다.

"감사합니다."

바닥에서 눈을 떼지 않은 채 그녀가 웅얼거렸다.

"내가 도울 일이 정말 없겠니? 택시를 불러줄까?"

그의 목소리가 너무 다정했다. 케이시는 더 이상 그를 외면
할 수 없었다. 고개를 들어보니 말끔히 면도한 강인한 턱선, 숱
많은 밤색 고수머리, 그윽한 연갈색 눈이 보였다.

남자는 두 눈을 반짝이며 미소를 띠었다. 하지만 케이시는
소스라치게 놀라고 말았다.

그녀는 그의 얼굴에서 호의와 친절을 보고 싶었지만, 그 대

신 죽음을 보았기 때문이다.

2

그는 지금 거대한 지하 세계로 내려가고 있다.

우뚝 솟은 담벼락과 가시철조망으로 둘러싸인 쿡카운티 치료감호소는 교도소 같은 겉모습만큼이나 내부도 을씨년스러웠다. 감방으로 이어지는 통로는 미로처럼 복잡하게 설계되어 있었고, 탈옥을 막기 위해 안내판을 제거한 탓에 종종 길을 잃기도 했다. 이것이 미국에서 최대 규모를 자랑하는 비공식 정신병원의 현실이다.

애덤 브랜트는 수년간 이곳을 드나들었다. 저명한 범죄심리학자인 그는 경찰에 적극 협조하는 의사 중 한 명이다. 그가 자신의 개인 심리 치료소 운영에만 집중했다면 더 많은 돈을 벌었을 것이다. 하지만 그는 양심의 목소리를 외면할 수 없었다.

오늘 아침부터 애덤은 걱정이 태산이다. 르마 존슨을 상대해야 하기 때문이다.

"저는 여기 있으면 안 돼요. 여기 있을 이유가 없다고요." 지난번에 르마가 애덤을 만났을 때 한 말이다.

"알아요, 당신이 이곳에서 나갈 수 있게 나도 도울 거예요. 그러니까 내 얼굴 좀 보고 말해요. 얼굴도 안 쳐다보면서 무슨 대화를 하겠어요?"

르마라는 이름의 스물한 살 청년은 상처투성이가 된 손으로 얼굴을 가린 채 의자를 앞뒤로 까딱거렸다. 그의 삶은 폭력으로 이미 엉망이 되어 있었다. 아버지는 살해당했고, 사촌은 달리는 차 안에서 총에 맞아 죽었다. 그의 정신 건강은 늘 위태위태했다. 조울증, 그리고 외상 후 스트레스 장애 때문에 헤로인의 도움을 받아야만 간신히 잠을 잘 수 있었다.

지난번에 르마를 만났을 때, 애덤은 어렵사리 그를 협력 치료기관에 넘겼다. 치료기관에서 퇴원한 후, 르마는 한동안 정신과 약물치료제의 힘을 빌려 별 탈 없이 지내는 듯했다. 적어도 어젯밤까지는.

어젯밤 르마가 사우스쇼어의 한 치킨 가게에서 남자를 칼로 위협하는 바람에 다시 잡혀 들어온 것이다.

"약은 여전히 잘 먹고 있겠죠?"

"…네, 그럼요…."

"내 눈을 보면서 말해봐요, 르마."

"제길…, 사실은 다 떨어졌어요." 고개를 숙인 채 르마가 답했다.

"어째서…?"

"다음 예약을 잡으려고 했더니 넉 달이나 기다려야 한다잖아요."

"약이 언제 떨어졌죠?"

"2주 전에요."

"그럼 나한테 연락을 했어야죠. 센터에 연락하거나."

"그렇게 했어요."

애덤은 르마의 거짓말을 흘려들었다. 르마는 얼마 전까지 조증 상태였다. 닥치는 대로 이 사람 저 사람을 만나 얼마 있지 않은 돈을 몽땅 써버렸을 것이다. 그러니 지금 보석금을 낼 능력도 없다. 그리고 지금은 급격한 우울 상태로 떨어지고 있었다.

"좋아요, 약을 가져다줄게요. 그러니까 무슨 일이 있었는지 내게 정확히 말해줘요. 내일 재판이 있어요. 당신을 치료감호소에 입원시키는 데 필요한 근거 자료를 당신 변호인한테 빠짐없이 넘겨줘야 해요. 당신도 여기 머무르는 편이 낫겠죠?"

그 말에 르마가 고개를 까딱했다.

"좋아요, 그러면 이제부터 얘기를 해봐요."

애덤은 치료감호소 주차장에 세워둔 자신의 렉서스 SUV 차량으로 다가갔다. 르마가 좀처럼 입을 열지 않는 바람에 사건의 자초지종을 파악하기까지 시간이 꽤 걸렸다. 손목시계를 들여다보니 벌써 저녁 여섯 시가 다 되어 가는 시간이었다.

그는 종종걸음을 치며 차 리모컨을 누르고 가방과 재킷을 차 안으로 던졌다. 그 사이 휴대폰이 진동하기 시작했다.

이 시간대에 오는 전화는 대개 반가운 전화가 아니다. 전화번호를 확인한 애덤은 한숨을 내쉬었다. 발신자는 시카고 소년

원장 프레디였다.

"지금 퇴근하는 중인데요, 프레디." 애덤이 조심스레 말했다.

"알죠, 알아요." 프레디가 발랄하게 대답했다. "하지만 이 분야 최고의 전문가가 필요해요."

"비행기 태워줘도 소용없어요."

"…선생님 말고는 다른 누구와도 연락이 닿지 않아서 말이죠. 선생님도 힘드신 거 알지만…, 갓 대학을 졸업한 신출내기한테 맡길 일은 아니라서…"

프레디는 여기까지 말하고는 잠시 뜸을 들인 뒤, 이어서 말했다.

"여기 끝내주는 골칫거리가 하나 들어왔어요."

3

잔을 싹 비운 제이콥 존스는 빈 잔을 테이블 위에 쾅 내리치며 바텐더에게 한 잔 더 마시겠다는 뜻을 암묵적으로 전했다. 잔뜩 지친 얼굴의 바텐더는 못마땅한 기색으로 눈살을 찌푸리며 잔을 늘름 집었다.

잠시 뒤, 바텐더가 그에게 새로운 잔을 내밀었다. 제이콥은 자신의 손이 떨리고 있음을 깨닫고 재빨리 잔을 테이블에 내려놓았다. 그는 일그러진 표정을 숨기기 위해 바닥만 내려다보았다.

"정신 차려, 제이콥 존스!"

그는 자신에게 혼잣말로 웅얼거렸다. 이건 분명 과민반응이다.

집에 돌아갈 생각에 빠져 있느라 그 여자아이를 미처 보지 못했다. 대학 시절 미식축구 선수로 활약한 경험은 그동안 시카고 번화가에서 마주 오는 사람을 밀치고 지날 때 무척 유용하게 쓰였다. 그런데 오늘은 공격 상대를 잘못 판단했다. 그는 가냘픈 십 대 소녀와 충돌하고 말았다.

소녀가 괜찮은지 먼저 확인한 다음에 자리에서 일어서도록 도왔다. 처음에는 그 아이도 별 문제가 없어 보였다. 소녀는 고맙다는 말까지 웅얼거렸다.

그러다 갑자기 상황이 이상하게 흘러가기 시작했다. 사실 그는 자신이 매력적인 남자라는 사실을 스스로도 잘 알았다. 훤칠한 키에 건장한 체격, 그리고 인상도 선량했다. 그가 말만 걸어도 얼굴을 붉히며 어쩔 줄 몰라 하는 여자들이 많았다. 그러나 오늘 그를 본 십 대 소녀의 얼굴에 수줍음 같은 건 없었다. 그는 아이에게 계속 말을 걸었지만, 소녀는 아무 대꾸 없이 몸을 떨면서 그를 뚫어지게 응시했다.

언짢아진 그는 서둘러 그 자리를 뜨기로 했다. 비록 그의 약혼녀 낸시는 학회 참석차 샌프란시스코에 가고 없었지만, 빈집에라도 한시바삐 돌아가고 싶었기 때문이다.

그때 누군가의 비명 소리가 들렸다. 그리고 곧이어 자신에게 빠르게 다가오는 발자국 소리가 들렸다. 그가 뒤를 홱 돌아보던 바로 그 순간, 그 여자아이가 제이콥에게로 몸을 던졌다.

그 이후에 일어난 일은 잘 기억나지 않는다. 소녀는 처음에 그의 오른팔을, 그 다음에는 그의 옷깃을 움켜쥐고 필사적으로 매달렸다. 미친 사람처럼 횡설수설하는 소녀를 떼어내고자 그는 안간힘을 썼다. 하지만 그런 행동이 오히려 아이를 더 자극한 모양이었다. 소녀는 악을 쓰며 그를 위협하기 시작했다. 다행히도 그때 경찰관 몇 명이 끼어들어 소녀를 떼어냈다. 소녀는 순찰차로 끌려가면서도 제이콥에게 빽빽 소리를 질렀다.

옷매무새를 바로잡던 제이콥은 고개를 힐끗 돌려 소녀를 보았다.

소녀는 완전히 실성한 사람 같았다.

······························· **4** ·······················

"저 아이 언제부터 저랬나요?"

감방 창문 틈을 들여다보며 애덤이 물었다. 감방 안에는 십대 소녀 하나가 격하게 소리를 지르며 왔다리 갔다리 하고 있었다.

"여기 들어오면서부터 쭉 저러네요. 처음에는 내보내달라고 떼를 쓰며 문을 잡아 뜯더군요. 다행히 지금은 소리만 지르고 있지만…." 교도관이 느릿느릿 대답했다.

열넷, 많아야 열다섯 살밖에 안 됐을 소녀는 일종의 정신이상 상태에 있는 것이 분명했다.

"한 시간 전에 들어왔어요. 노스미시건에서 행인의 지갑을 날치기하려던 모양입니다. 경찰들이 빤히 지켜보는 앞에서요. 대마초도 30그램이나 갖고 있었어요. 보통내기가 아니죠."

애덤은 교도관에게서 건네받은 서류를 훑어보았다. 구금된 청소년들은 통상 형사를 만나기 전에 사전 조사를 거치게 되어 있고, 그들이 취조를 받기에 적합한 상태인지 아닌지 판단하는 것이 애덤과 같은 정신과 의사의 일이었다.

카산드라 보이체크. 폴란드계 소녀. B급 마약 소지, 절도, 체포 불응, 약물 복용 후 폭행 등의 전력이 있었고, 첨부된 학생 기록부에 따르면 무단결석도 밥 먹듯 했다. 그녀는 백오브더야즈에서 출생했다. 인근에 오래된 도살장이 있는 시카고 남부 교외 지역으로, 한때는 폴란드 노동자들 사이에 인기 있는 주거지였다.

"부모님은요?"

"아버지는 사망한 지 오래예요. 모친에게 연락을 시도해봤지만…, 정식 취조가 시작될 때까지 연락이 닿기를 바랄 뿐이죠."

"취조까지 갈지는 두고 봐야 알겠죠."

애덤이 교도관에게 문을 열어달라고 손짓했다.

방 안으로 들어간 애덤은 관련 서류를 테이블 위에 살며시 내려놓고는 곧바로 대화를 시작했다.

"안녕, 카산드라. 여기 앉아도 되겠니?"

소녀는 대답하지 않았지만, 서성거리던 발걸음은 일단 멈추었다.

"나는 애덤이라고 해. 정신과 의사인데 너랑 얘기를 좀 하고 싶어. 널 어떻게 부를까? 카산드라? 아니면 애칭인 케이시?"

"케이시요. 학교나 집에선 저를 케이시라고 불러요."

머리카락 뒤에 얼굴을 숨긴 소녀가 대답했다.

소녀의 얼굴을 찬찬히 훑어보던 애덤이 고개를 끄덕였다. 독특한 외모의 소녀였다. 키가 크고, 긴 적갈색 머리로 가린 파리한 얼굴이 나름대로 매력적이라면 매력적이었다. 소녀는 찢어진 청바지와 빛바랜 후드티를 걸치고, 낡아빠진 운동화를 신고 있었다. 이 추레한 차림이 이 나이 또래의 유행 패션인지, 아니면 빈곤의 결과물인지 판단하기 어려웠다. 그러나 그녀의 배경을 감안했을 때 후자일 가능성이 높았다.

"좋아, 케이시. 네가 오늘 좀 곤란한 일을 겪었다고 들었어. 네 얘기를 듣고 싶구나."

애덤이 자세를 고쳐 앉으며 물었다.

그의 목소리는 진실하고 다정했으며, 소녀에 대한 연민이 담겨 있었다. 소녀는 살짝 놀란 얼굴로 그를 흘끔 보았지만, 이내 등을 돌려 구석으로 달아났다.

"다 알아. 많이 무섭고 혼란스럽겠지. 난 그냥 네가 괜찮은지 확인하고 싶어. 그래야 이 일을 해결하고 너를 집에 돌려보낼 수 있어. 내가 그렇게 할 수 있도록 네가 좀 도와줄래?" 애덤이 소녀를 다독였다.

긴 침묵 끝에 소녀는 고개를 짧게 까딱했다.

"그래, 좋아. 사건이 있던 그때 집으로 가는 중이었니?"

"네, 집에 가고 있었어요."

"그러다 무슨 일이 일어났지?"

한참 동안 대꾸가 없다.

그때 멀리서 다가오는 발소리가 들렸다. 그 발소리를 무시하고 애덤은 케이시에게 집중하려 애썼다.

"그분과 부딪쳤는데…"

"몸이 서로 충돌했다는 뜻이지?"

"네."

"원래 아는 사람이었니?"

"아니요."

"그래서 어떻게 됐니?"

아이가 대답을 주저하는 사이, 발걸음 소리는 점점 더 커지고 있었다. 왠지 모를 조급한 마음에 애덤은 소녀를 재촉했다.

"케이시…?"

"그분이 저를 일으켜 세워 주고…, 떠났어요."

"그런데 너는 왜 그 남자를 쫓아갔니?"

"그분과 대화를 하고 싶었어요."

"왜? 그 사람에게 하고 싶은 말이 있었던 건가?

케이시가 또다시 머뭇거리는 사이, 문밖에서 발소리가 멈췄다.

"저는 그분한테…, 경고를 하고 싶었어요." 케이시가 차분한 어조로 말했다.

"뭘 경고한다는 거지?"

그때 문이 벌컥 열리더니 교도관이 고개를 들이밀었다.

"이 아이 어머니랑 연락이 닿았어요. 20분 뒤에 도착할 겁니다."

그러고는 문이 다시 쾅 닫혔다.

그 말에 케이시는 몸을 공처럼 둥글게 말아서 웅크렸다. 어머니가 온다는 말에 급격히 불안해하는 모습이었다.

"왜 그 사람을 걱정했지?"

애써 밝은 목소리로 물었지만, 애덤은 아이의 마음이 이미 닫혔음을 깨달았다. 둘 사이의 가느다란 신뢰가 교도관의 섣부른 개입으로 산산이 깨져버렸다.

"그 사람에게 경고를 하려 했다면서…?"

애덤은 케이시에게 몸을 기울이며 끈덕지게 물었다.

하지만 아이는 고집스럽게 벽만 바라보았고, 애덤은 케이시에게 다가가기 위한 마지막 노력을 했다.

"제발, 케이시. 그 사람에게 무엇을 경고하고 싶었는지 말해 줘."

"고소는 원하지 않습니다. 그냥 싹 잊고 싶어요."

어둑한 복도에 홀로 선 제이콥이 수화기를 든 채 말하고 있다.

제이콥이 집에 와 현관문을 막 열 때부터 전화가 울려대고 있었다. 전화는 시카고 경찰서에서 제이콥에게 걸려온 전화였다.

그는 경찰관의 질문에 진지하게 대답했고, 문제를 더 키우고 싶지 않다는 뜻을 분명히 전했다. 제이콥의 직업을 감안해서인지 상대방은 더는 밀어붙이려 하지 않았다.

"정 그러시다면…."

"네. 신경 써주셔서 감사합니다."

아무렇지 않은 척 감사 인사를 하고는 전화를 끊었다. 이상한 일들로 인해 진저리를 치던 제이콥은 그제야 대문을 잠갔다. 오늘밤에는 혼자 시원한 맥주를 마시며 화이트삭스 팀의 야구 경기를 시청할 작정이었다.

가방과 코트를 바닥에 내려놓고 전등 스위치를 켰다. 그러나 스위치는 켜지지 않았다. 짜증을 억누르며 주방으로 들어가 전등을 켰다. 스위치를 한 번, 두 번, 세 번이나 껐다 켰지만 여전히 켜지지 않았다.

"빌어먹을!"

제이콥은 창문 앞으로 달려가 고요한 교외 거리를 내다보았다. 주위의 고급 주택들에서는 환한 빛이 쏟아져 나오고 있었다.

"우리 집만 이러네."

제이콥이 웅얼거렸다. 간신히 좋아지려던 기분이 다시 가라앉고 있었다.

제이콥은 복도를 지나 지하실로 내려가는 문을 열었고, 문바로 안쪽에 걸린 손전등을 켰다. 조심조심 계단을 내려간 그는 지하실 바닥에 무사히 발을 내려놓았다.

두꺼비집을 찾아 잠시 두리번거리던 그는 한쪽 벽에서 두꺼비집을 발견했다. 그는 고등학교 졸업앨범과 온갖 자질구레한 상자들을 피해 그쪽으로 다가갔다.

그는 두꺼비집을 열고, 여러 스위치 가운데 내려가서 차단되어 있는 스위치가 어떤 것인지 찾아보았다. 하지만 어떤 스위치도 내려가 있지 않았다.

"이게 대체 무슨 일이야?"

그는 스위치를 일부러 내렸다가 올렸다가를 반복해 보았다. 그래도 여전히 깜깜했다.

그 순간 그는 무언가를 본능적으로 감지했다.

누군가의 숨소리였다.

있을 수 없는 일이었다. 집 안 어느 곳에서도 침입자의 흔적은 없었는데….

그때 그에게 다가오는 누군가의 발소리가 들렸고, 질겁한 제이콥이 손전등을 마구 흔들며 주위를 비췄다.

그때 스키 마스크를 쓴 남자가 그를 덮쳤다.

유니언 도살장은 항상 죽음의 냄새가 풍겼다. 한때 수천 명의 이주 노동자들이 이 도살장에서 일하기 위해 몰려들었다. 전 세계 돼지 도축의 중심지가 시카고였던 시절에는 10억 마리가 넘는 동물들이 이 도살장의 문을 통해 마지막 여정을 떠났다. 그러나 효율적인 설비를 갖춘 도축장들이 하나둘 등장하면서 유니언 도살장은 무용지물이 되었다.

케이시, 그리고 그녀의 엄마 나탈리아는 조용히 유니언 도살장 앞을 지나쳤다. 케이시의 아버지인 미코와이가 이 도살장에서 일하다가 세상을 떠났다. 그래서 이 근처를 지날 때마다 모녀의 대화는 종종 뚝 끊기곤 했다.

나탈리아는 지금까지 한마디도 말하지 않았다.

케이시는 엄마가 자신을 쉽게 용서할 리 없다고 생각했다.

둘은 판자로 창문을 막아 놓은 여러 채의 집을 지나 계속 걸었다. 케이시의 집은 이 주변에서 유난히 눈에 띄었다. 그녀의 집은 갈색 벽돌집으로 비교적 작은 단층집이었다.

두 사람 모두에게 삶은 호락호락하지 않았다. 둘은 적막한 집으로 들어섰다. 가난한 이들에게 재혼은 어림없는 일이었기에 아버지가 떠난 이래 가족은 계속 둘뿐이었다. 두 사람은 서로를 의지하며 이 집에서 여러 해를 살았다.

주방으로 들어간 나탈리아는 쿵 소리가 나도록 지갑을 식탁에 패대기쳤다. 그 소리에는 나탈리아의 격한 감정이 실려 있었다. 케이시는 그 자리에 우두커니 서서 나탈리아의 모습을 지켜보았다. 케이시는 나탈리아가 자신에게 위로의 말을 건네주기를 바랐다.

하지만 나탈리아는 그런 딸에게 눈길 한 번 주지 않았다. 그녀는 거실로 들어가 TV를 켰다. 사실 이런 상황은 이전에도 여러 번 벌어진 적이 있었다. 엄마는 TV를 보는 척을 할 뿐, 사실은 아무것도 보지 않고 있었다.

나탈리아는 친정 엄마에게서 물려받은 묵주를 만지작거렸다. 지금 이 상황이 전달하는 의미는 분명했다. 오늘 케이시는 저녁을 얻어먹지 못하고, 엄마로부터 그 어떤 위로도 받지 못할 것이다.

엄마는 그녀를 용서하지 않았다.

7

미시건 호수의 풍경은 언제나 애덤의 긴장을 풀어주었고, 기운을 북돋워주었다. 그래서 그가 집으로 돌아가는 길인 레이크쇼어 거리는 예쁜 풍경 이상의 의미가 있었다.

애덤의 집은 3층짜리 아름다운 빌라이다. 그들 부부는 거금을 들여 작년에 이 집을 구입했다. 새집에는 멋진 침실이 네 개나 있었고, 무엇보다도 테라스 공간이 충분했다.

그는 낯익은 회색 석조 건물 앞에 차를 댔다. 집 안으로 들어온 그는 손님방을 거쳐 뒷마당이 바라보이는 작업실로 향했다. 그런 다음 문을 살며시 열고 까치발로 살금살금 걸어갔다. 그곳에 있던 만삭의 아내가 그를 돌아보았다.

"당신이 오니까 너무 좋다. 목이 빠지게 기다리던 참이었어."

페이스가 말했고, 애덤은 곧장 그녀에게 다가가 그녀의 배를 팔로 감싸 안았다.

"피곤한 하루였어." 애덤이 페이스의 목에 키스하며 속삭였다.

"당신은 내 영웅이야. 그런데…, 나 빈둥거리느라 아직까지 저녁 준비를 못 했어."

"내가 할게."

"역시 당신은 내 영웅이야."

페이스가 속삭였고, 애덤은 그녀의 목덜미에 한 번 더 입을 맞췄다.

페이스는 다시 그림 작업을 시작했고, 애덤은 조금 떨어진 곳에서 그 모습을 지켜보았다.

애덤은 새로 개업한 그의 상담실에서 그녀를 처음 만났다. 애덤은 그녀의 미모에 눈이 부실 지경이었다. 그러나 지금은 그 미모보다도 그녀의 지혜, 재능, 우아함에 더욱 매혹되었다. 그는 우아한 손놀림으로 붓질을 하는 그녀가 좋았다. 그 모습을 보고 있노라면 모든 근심이 사라지는 기분이었다.

문 앞으로 걸어가던 그는 다시 그녀를 바라보았다. 그는 자신이야말로 이 세상에서 가장 복 받은 사람이라고 생각했다.

8

극심한 한기에 제이콥은 정신을 차렸다. 머리가 지끈거리고 목이 쓰라렸다. 닭살이 돋은 팔을 문지르려던 그는 자신의 양팔이 뒤로 묶여 있다는 사실을 깨달았다. 다리 역시 묶여 있었다. 알몸으로 금속 의자에 묶여 있다는 것을 알아챈 그는 끔찍한 공포를 느꼈다.

서서히 그의 기억이 돌아오기 시작했다. 지하실. 마스크를 쓴 얼굴. 숨이 막히는 끔찍한 느낌.

그는 주변을 둘러보며 소리를 질렀다.

"누구 없어요?"

그렇지만 돌아오는 것은 침묵뿐이었다.

"…내 말 안 들려요?"

여전히 아무 대답도 없었다.

꽁꽁 언 발가락을 꼼지락거리던 제이콥은 발밑에 있는 물체를 발견했다. 싸늘하고 매끈한 것이 그의 움직임에 따라 요란하게 부스럭댔다. 그는 어리둥절하여 아래를 내려다보았다. 그가 묶인 의자가 커다란 비닐이 깔린 바닥 한가운데에 놓여 있었다.

그는 맹렬하게 몸을 퍼덕이며 의자를 앞으로 움직이기 시작했다. 그때 갑자기 그의 머리가 옆으로 홱 젖혀졌다. 고개를 똑바로 세우던 그는 누가 자신의 오른뺨을 세게 후려쳤다는 사실을 깨달았다.

"얌전히 앉아 있어."

등 뒤에서 들려온 그 차분한 목소리에 제이콥의 피가 얼어붙는 것 같았다. 그 얼굴을 확인하고 싶었지만, 팔과 어깨가 단단히 묶여 있는 바람에 몸이 원하는 대로 돌아가지 않았다.

"제발…" 제이콥이 숨을 헐떡였다. "원하는 건 뭐든 다 드릴 테니…"

"필요한 건 다 있어." 남자가 낮은 소리로 소곤거렸다.

그때 차갑고 매끄러운 물체가 제이콥의 목 한쪽에 닿은 느낌이 들었다. 서서히 위로 올라가던 물체가 갑자기 멈추더니 방향을 틀었다. 잠시 후 짧고 강렬한 아픔이 느껴지더니, 이어 뜨끈한 피가 제이콥의 목을 타고 뚝뚝 흘렀다.

"제발 이러지 마세요. 저는 곧 결혼을 할…"

제이콥이 눈물을 글썽이며 애원했다.

그때 우악스러운 손이 그의 어깨를 움켜쥐었다. 제이콥은 필사적으로 의자를 흔들었지만 아무 소용없었다. 다시 한번 그 선득한 감촉이 느껴졌다.

싸늘한 금속이 그의 피부를 쓰다듬고 있었다.

9

케이시는 초조한 얼굴로 연신 등 뒤를 돌아보며 복도를 살금살금 걸어 나갔다.

엄마의 피로가 케이시를 살린 것 같았다. 생활비를 벌기 위해 하루에 세 가지 일을 하는 나탈리아가 집에 돌아오자마자 금방 곯아떨어진 것이다.

케이시는 컴컴한 복도를 건너 다용도실로 들어갔다. 그러고는 싱크대로 달려가 그 밑에 있는 문을 잡아당겼다. 표백제와 산업용 세제 용기를 옆으로 치우던 케이시는 광택이 나는 오래된 은색 캔을 찾아냈다. 케이시는 그 캔 안에서 조그만 꾸러미를 꺼낸 뒤 그것을 호주머니에 넣은 다음, 모든 용기들을 원래 위치대로 되돌려놓았다. 물건들이 전부 제자리에 놓였는지 확인한 다음 다용도실을 빠져나갔다.

이미 저녁 11시가 넘은 시간대였다.

케이시는 집 뒷문을 열었다. 싸늘한 공기가 훅 밀려들었고, 그녀는 후드를 잡아당겨 얼굴을 가렸다. 저 멀리서 들리는 개 짖는 소리에 혹시나 엄마가 잠을 깨지 않을까 싶어 몸을 돌려 확인했다. 그러나 집 안에서는 여전히 나직하게 코 고는 소리만 들렸다.

서둘러 집 밖으로 나간 케이시는 어둠 속으로 사라졌다.

여형사 가브리엘 그레이는 거대한 시카고 경찰서 건물 본관 안으로 들어갔다. 이른 아침이었지만 수사 본부는 분주했다. 경찰관, 분석가, 공보관, 지원 인력 등이 정신없이 복도를 오가고 있었다. 그들 중 아주 낯익은 얼굴 하나가 가브리엘의 눈에 띄었다. 오랜 세월 안내데스크를 지켰던 경찰관 롬이었다.

"안녕하세요, 롬. 무슨 일 있어요?"

"별일 없습니다. 다만, 호스킨스 총경님이 수사본부에서 긴급회의를 열어서…."

"또 회의예요?"

"늘 그렇죠, 뭐."

가브리엘 그레이는 엘리베이터를 타고 8층에서 내렸다. 거기서 조금만 더 가면 강력반이었다. 시카고 경찰서에서 가장 끗발 있는 부서로, 지난 3년간 그녀가 몸담았던 곳이었다.

"안녕하세요, 팀장님."

개인 집무실로 성큼성큼 걸어가는 그녀에게 부하 직원 몇 명이 인사를 건넸다. 그녀도 그들에게 답례 인사를 하면서 가방에서 베이글을 꺼냈다. 아침 식사를 거른 탓에 못 견디게 배가 고팠다. 당장이라도 베이글을 한 입 베어 물고 싶었지만, 사건현황판에 붙은 사진 세 장을 보고는 그 자리에 우뚝 멈추어 서지 않을 수 없었다.

부팀장 제인 밀러 형사는 외근을 나갔는지 보이지 않았고,

수아레즈 형사가 그녀에게 급히 다가왔다. 그는 5년 넘게 가브리엘과 함께한 믿음직한 형사였다.

"어떤 사건이죠?"

가브리엘이 사진 속 인물들에게 시선을 던지며 물었다.

"사우스쇼어에서 사망자가 발생했습니다."

수아레즈가 첫 번째 사진 속의 백인 남자를 손가락으로 가리켰다.

"갱단의 소행입니다. 차 안에 있던 희생자는 머리와 목에 총알을 세 방 맞았어요. 총을 쏜 사람은 오토바이를 타고 달아났습니다."

가브리엘은 고개를 끄덕이고는 다른 사진들을 가리켰다.

"다른 사건들은요?"

"사우스론데일에서 발견된 사망자들입니다. 반자동 총기를 든 사람 둘이 나타나 그들을 살해한 걸로 추정됩니다. 사람들이 북적이는 햄버거 가게에서 일어난 사건인데, 어찌된 일인지 목격자가 아무도 없네요."

"그 사건에 추가 인력을 투입하세요." 가브리엘이 명령했다. "어쨌든 양심 있는 목격자를 찾아보는 수밖에 없겠네요. 그리고 사건 현장 인근 주민들과 접촉해보세요. 그 사람들은 틀림없이 뭔가 알고 있을 테니까."

수아레즈가 몇몇 동료 형사들과 함께 현장으로 출발했고, 가브리엘은 휑한 사무실을 둘러보았다.

가브리엘이 이끄는 부서는 인원이 꽤 많았다. 시카고 경찰서에서 가장 큰 팀인데도 늘 일손이 딸렸다. 그들이 처리해야 하는 총기 관련 살인 사건만 해도 그 건수가 상당했기 때문이다.

가브리엘은 사진들을 자세히 들여다보았다. 세 명의 남성이 무참히 총에 맞아 죽었다. 살인자들에게 법의 심판을 받게 하는 것이 가브리엘과 동료들이 해야 할 일이었지만, 그들 앞에는 온갖 장애물이 산적해 있었다. 주민들은 증언하는 것을 두려워했고, 마약 왕들은 살아남기 위해 무슨 짓이든 했다. 그럼에도 팀원들과 가브리엘은 정의를 실현하겠다는 목표로 늘 최선을 다했다. 그런 열정에 힘을 실어주는 것이 그녀의 사명감과 굳은 의지, 그리고 식어버린 베이글이었다.

물끄러미 사진을 응시하던 가브리엘은 버나드 호스킨스 총경이 그녀의 첫 출근 날 했던 말을 떠올렸다.

'편하게 살기 위해 형사가 되는 사람은 이 시카고 내에서 아무도 없네.'

11

모락모락 피어나는 팬케이크 냄새에 애덤은 잠에서 깨어났다. 페이스는 요리를 썩 잘했지만, 아침 일찍부터 요리를 하는 부지런한 타입은 아니었다. 그렇다면 이 냄새가 의미하는 것은 딱 하나였다. 장모 크리스틴.

애덤은 크리스틴을 좋아한다. 장모인 크리스틴은 정이 많고,

또 지나칠 정도로 너그러웠다. 딸네 집에 불쑥불쑥 찾아오는 습관만큼은 마음에 들지 않았지만, 그런 만남 역시 대개 기분 좋게 끝났다.

페이스의 출산 예정일이 점차 다가올수록 크리스틴이 예고 없이 찾아오는 날도 점차 늘어났다. 그런 크리스틴에게 잘못이 있다면 딸을 너무 챙긴다는 것뿐이다. 그 정도는 애덤도 이해할 수 있었다. 크리스틴은 줄곧 혼자 살았고, 아무짝에도 쓸모 없던 그녀의 남편은 그녀의 곁을 떠난 지 오래였다. 더군다나 첫 손자의 탄생은 그녀에게도 꽤 의미 있는 사건일 것이다.

비틀거리며 주방에 들어간 그는 금방이라도 외출할 것처럼 옷을 차려입은 페이스를 보고 놀랐다. 그녀는 지금 막 아침 식사를 뚝딱 해치운 참이었다.

"내가 뭐 잊은 거 있나? 오늘이 출산 예정일은 아니잖아, 그렇지?" 애덤이 물었다.

"응. 출산하려면 아직 조금 멀었지." 페이스가 대꾸했다. "엄마가 곧 태어날 아기를 위해서 아기 방에 페인트칠하는 걸 도와주기로 했어."

"이제 곧 아기가 태어날 거잖아." 크리스틴이 맞장구를 쳤다.

"당신은 힘들면 안 해도 돼." 페이스가 애덤에게 말했다.

"나도 돕고 싶은데 오늘 일정이 너무 빡빡해서…."

그 말은 사실이었다. 애덤의 다이어리는 예약자 명단으로 늘 빡빡했다.

그러나 사실 그의 마음은 콩밭에 가 있었다. 지난밤, 케이시와의 만남이 머릿속에서 끝없이 재생되어 밤잠을 설쳤다. 그는 케이시가 자신을 보고 지었던 표정(그것은 충격이었을까? 아니면 공포나 두려움?)과 그 후에 했던 말을 잊을 수 없었다.

케이시가 자신이 남자를 공격한 이유에 대해 애덤에게 변명할 줄 알았다. 아니면 그 남자가 먼저 덤볐다고 우기거나. 하지만 케이시는 남자에게 경고를 할 생각이었다고 말했다.

'그 말이 무슨 뜻이었을까? 왜 그 남자가 위험에 처할 거라 생각했을까? 또 그 위험이란 건 과연 무엇일까?'

이런 질문들이 애덤의 머릿속을 끝없이 헤집었다.

그러나 의문의 소녀 케이시를 다시 만날 가능성은 이미 사라져버렸다.

12

케이시는 행인들의 시선을 무시한 채 계속 걸었다. 그녀는 또래에 비해 키가 컸지만, 이렇게 이른 시간에 홀로 거리를 활보하기에는 역시 너무 어린 얼굴이었다.

조금 있으면 학교 선생님이 엄마에게 전화할 것이 뻔했다. 그러니 그 전에 신속히 움직여야 한다.

평소와 다름없이 웨스트타운은 오늘도 붐볐다. 보행로는 쇼핑객들과 행인들로 꽉 막혀 있었다. 인파를 헤집고 앞으로 나아가던 케이시는 이내 제이콥 존스의 집 앞에 도착했다.

커튼은 내려져 있고, 조명은 전부 꺼져 있고, 현관문은 굳게 잠겨 있었다. 케이시는 곧장 집 측면의 샛길로 향했다. 집 뒤편의 여닫이창을 열려고 용을 쓰다가 실패하고 다용도실로 이어진 옆문도 확인했다. 둘 다 단단히 잠겨 있었다.

하지만 결국 작은 창 하나를 찾아냈다. 그 창은 빗장도 없이 엉성한 걸쇠 하나로 잠겨 있었기에 그녀는 주저하지 않고 팔꿈치로 유리를 가격했다. 그녀는 창문에 생긴 커다란 구멍을 보고 빙그레 미소 지었다. 그런 다음 모직 장갑을 양손에 끼고 구멍으로 손을 넣어 걸쇠를 조심스레 올렸다. 그다음 창문을 열고 안으로 기어서 들어갔다.

잠시 뒤에 그녀는 복도에 혼자 서 있었다. 심장이 쿵쾅거렸고 여기 온 것이 과연 현명한 행동이었는지 또 다시 의문이 들었다. 그냥 되돌아갈까 몇 번이나 고민하다가 이 집에 들어오려고 무릅쓴 위험을 떠올리며 참았다.

케이시는 1층을 돌며 방 안을 재빨리 훑어보다가 위층으로 올라갔다. 집 안에서는 정적이 감돌았고, 그녀가 위층을 지나가는 사이에는 바닥이 삐걱대는 소리만 조용히 울릴 뿐이었다.

케이시는 안방 문을 살며시 열고 들어갔다. 킹사이즈 침대를 손으로 쓸어보고, 대형 벽장 안쪽도 확인했다. 그러다 이번에는 손님 침실로 건너갔다. 그곳 역시 아무도 없었고, 서재도 마찬가지였다.

그러다 케이시는 또 하나의 문을 발견했다. 문은 살짝 열려 있었다. 복도를 건너간 그녀는 잠시 망설이다가 문을 조금씩 당겼다. 먼지 쌓인 층계를 내려가는 사이 찬 공기가 확 밀려왔다.

벽 옆면을 쓰다듬던 그녀는 벽에서 못 하나를 찾아냈다. 한때는 전등 따위를 거는 데 쓰였을 테지만 지금은 아무것도 걸려 있지 않았다. 케이시는 핸드폰을 꺼내 손전등을 켠 다음 아래로 내려갔다.

곰팡내와 썩은 냄새가 섞인 불쾌한 냄새가 어디에선가 풍겨왔다. 옷소매로 입과 코를 막고 주위를 살피는 사이, 눈은 어둠에 차차 적응되었다.

한 발짝, 또 한 발짝.

손전등 불빛은 환했지만, 비추는 범위가 좁았다. 혹시나 끔찍한 광경과 갑작스레 마주치더라도 정신을 똑바로 차려야 한다며 케이시는 마음을 다잡았다.

조심스레 지하실 바닥에 발을 내려놓았다. 너무 긴장해서 숨이 제대로 쉬어지지 않았다. 케이시는 손전등을 홱홱 흔들며 지하실 바닥을 확인했지만…, 그곳에는 아무것도 없었다.

뿌지직.

한 걸음 더 내딛다가 뭔가를 밟았다. 내려다보니 작은 유리 조각들이 바닥에 흩어져 있었다. 그녀가 불빛을 비추자 유리 조각이 다이아몬드처럼 반짝였다. 좀 더 멀리까지 비춰보던 케이시는 골판지 상자 덮개 밑에 숨겨진 손전등 하나를 발견했다. 그녀는 발끝을 이용해 그 손전등을 굴려서 꺼냈다. 그녀의 예상대로 유리면과 전구가 깨져 있었다.

심장이 방망이질 쳤다. 깨진 손전등이 의미하는 바는 명확했다. 제이콥이 어둠 속에서 그것을 떨어뜨린 것이다. 케이시는 이곳에서 그 일이 일어났음을 확신했다.

바로 이 자리에서 제이콥 존스의 운명이 결정되었던 것이다.

13

순찰 중이던 드웨인 리드는 부르릉대는 차들을 보면서 요란하게 트림을 했다. 채식주의자인 동료 레슬리가 한숨을 푹 쉬며 눈치를 줬지만, 드웨인은 모른 척하고 트림을 하면서 아까 먹은 음식 냄새를 차 안에 연신 퍼뜨렸다.

순찰은 지루한 일이다. 교통이 혼잡한 지역을 몇 시간이나 뱅뱅 도는 일을 하려면 마음 맞는 동료가 필수조건이었다. 드웨인에게는 마이클 가비가 딱 맞는 동료였다. 하지만 근무 시간에 종종 근무지를 이탈한다는 근거 없는 제보 때문에 눈물을 머금고 그와 이별해야 했다. 지금 이 '바른생활 여인'과 짝이 된 것도 그 이유 때문이었다.

"오늘 저녁에 뭐 재미난 건수 없어요, 레슬리? 데이트라든지…"

"개소리 집어치워요. 나 결혼한 거 알면서."

"바람 한번 안 피워봤으면서 잘난 척 말아요. 바람피우는 것도 능력이라고요."

레슬리는 지겹다는 듯 고개만 절레절레 흔들었다.

그때 뭔가가 드웨인의 눈길을 사로잡았다. 검정 링컨 컨티넨탈이 정지 신호를 무시한 채 그들 앞의 교차로를 쌩하니 지나갔다.

"올 것이 왔구먼." 드웨인이 유쾌하게 소리쳤다.

그들은 사이렌을 켜고 순찰차에 시동을 걸었다. 대부분의 추격은 순식간에 끝나곤 했다. 겁먹은 운전자들이 요란한 사이렌 소리를 듣자마자 차를 세웠기 때문이다. 그러나 링컨은 멈출 기미를 보이지 않았다. 오히려 속도를 올리더니 정지 신호를 한 차례 더 무시하고 쏜살같이 달아났다.

"검정색 링컨 컨티넨탈을 추격 중입니다. 댄라이언 고속도로에서 남쪽으로 방향을 틀었습니다. 차량번호는 H23 3308입니다. 지원 요청합니다."

"지금 헬리콥터를 띄울 수 있나 확인해요." 드웨인이 레슬리에게 말했다. "이 자식들 장난이 아닌 것 같아요."

링컨이 갑자기 몇 차선을 한꺼번에 가로지르며 마구잡이로 도로를 질주하다가 나들목으로 내려갔다.

"바로 그거야!"

링컨을 쫓던 드웨인이 운전대를 홱 돌리며 소리쳤다.

이제 추격은 끝났다. 링컨은 두 대의 지원 순찰차에 막혀 급정거했다. 드웨인은 주저 없이 속도를 높였다가 도주 차량 바로 앞에 미끄러지며 멈췄다.

"손 들어!"

차에서 내린 레슬리가 운전자에게 총을 겨누고 있었다. 뒤따라 나온 드웨인도 조수석의 동료에게 총을 겨눴다. 둘 다 푸에르토리코계 애송이들이었다.

"괜한 수작 부리지 마. 죽고 싶지 않으면…"

달아날 길이 없다고 생각했는지 용의자들은 금방 고분고분해졌고, 순순히 수갑도 찼다.

"잘 생각했다, 꼬마들아. 그럼 이제부터 너희가 뭘 갖고 다녔는지 한번 볼까."

드웨인이 몸수색을 시작하면서 우렁찬 목소리로 말했다.

"50달러, 담배 몇 개비, 총 한 자루."

"총알은 없어요."

"그렇다고 판사가 봐줄 리는 없지."

드웨인이 증거물 봉투에 낡은 스미스앤웨슨 권총을 넣으며 물었다.

"내가 또 알아야 할 사실이 있나?"

그들은 동시에 고개를 저었고, 드웨인은 조수석 사물함을 열고 내용물을 점검하다가 책 한 권을 꺼냈다.

"…몬타나의 로맨틱 호텔 가이드. 이거 너희들 차 맞아?"

"빌린 차예요."

애송이 중 하나가 웅얼거렸다.

"당연히 그렇겠지."

낄낄거리며 뒷좌석을 살피려고 뒤쪽으로 이동하던 드웨인이 순간 멈칫했다. 트렁크는 닫혀 있었지만, 그 손잡이에 짙은 갈색 얼룩이 묻어 있었기 때문이다. 그것이 왠지 불길하게 느껴졌다.

"좋아, 꼬마들. 여기는 뭐가 들었는지 볼까…?"

그가 트렁크를 당겨 열었다.

잠시 시간이 멈춘 듯했다. 눈앞의 광경에 드웨인은 아무 말도 할 수 없었다.

"왜 그래요, 드웨인?"

레슬리가 그에게 한 걸음 다가갔다. 하지만 그녀가 그것을 채 확인하기도 전, 드웨인은 차에서 몸을 홱 돌려 토악질을 하기 시작했다.

14

썩은 냄새가 진동했다. 텁텁한 공기에 짙은 지린내가 섞여 있었다.

무기력한 눈길이 그녀에게 끈질기게 따라붙는 것 같았다. 케이시는 그 눈빛을 무시하기 위해 쉴 새 없이 떠들었다.

아까 케이시는 제이콥의 집에서 곧장 이곳 레이크뷰 요양원으로 달려왔다. 학교로 돌아가기에는 마음이 너무 어수선했기 때문이다. 차라리 사랑하는 사람과 함께 있고 싶었다.

"학교에서도 열심히 하고 있어요. 선생님이 제게 잠재력이 있대요." 케이시가 조용히 말했다.

그러나 케이시의 외할머니는 전혀 반응하지 않았다. 비슬라바 할머니는 벌써 십여 년 가까이 이 요양원에서 지내고 있었고, 케이시는 보통 한 주에 한 번씩 이곳을 찾았다. 케이시는 이곳에 올 때마다 늘 행복했던 어린 시절로 돌아가는 기분이었다. 비슬라바 할머니는 어린 케이시를 끌어안고 용기를 북돋아 주곤 했다. 초콜릿과 사탕도 아낌없이 주었다.

"하지만 쉬운 일이 아니에요…." 케이시가 더듬거리며 말을 이었다. "집중이 잘 안 돼요. 주위에서 너무 많은 일이 일어나다 보니…. 그런 일들을 막으려 애쓰는데 잘 안 돼요. 제가 본 장면들이 자꾸 머릿속을 맴돌아서…."

마치 케이시의 말을 알아듣기라도 하는 것처럼 노파가 얼굴을 우그러뜨렸고, 케이시는 용기를 얻어 말을 이었다.

"제가 어떻게 해야 할까요, 할머니? 그것들을 무시해야 할까요? 아니면 받아들여야 할까요? 뭐가 최선인지 모르겠어요."

이때 노파의 입이 스르르 열렸다. 그녀는 혀로 입술을 천천히 핥아 갈라진 부위를 축였다. 그러고는 노래를 부르기 시작했다.

"Kosi kosi łapci, pojedziem do babci. Babcia da nam mleczka, a dziadzius pierniczka(짝 짝 손뼉을 쳐, 할머니 댁에 가자. 할머니는 우유를 주시고, 할아버지는 생강 쿠키를 주실 거야)."

케이시는 눈물을 글썽였다. 어린 시절에 듣던 자장가였다.

케이시는 20여 분쯤 혼잣말을 더듬거리다가 비슬라바에게 입을 맞추고는 작별인사를 했다. 그러나 할머니는 그조차도 인식하지 못하는 듯 나직이 노래만 불렀다.

케이시는 정원으로 나갔다. 그녀는 재킷 호주머니에서 반쯤 피우다 만 대마초를 꺼내 불을 붙이고 깊이 빨아들였다. 그녀에게는 도움과 조언이 필요했고, 할머니에게서 그것들을 기대하며 이곳을 찾았다. 그러나 할머니는 그녀에게서 멀리 떠나버렸다.

이곳에도 답은 없었다.

15

가브리엘 형사는 몰려드는 인파를 뚫고 폴리스 라인 밑을 통과했다. 그때 제인 밀러 형사가 얼른 다가와 그녀와 보조를 맞춰 걷기 시작했다.

부팀장 밀러는 총명하고 성실한 형사였다. 이렇게 중요한 수사가 진행될 때마다 밀러는 그 누구보다도 열심히 일했다. 그녀는 흡사 일과 결혼한 사람처럼 무섭도록 일에만 몰두했다.

"약 한 시간 전에 3, 40대 백인 남성이 트렁크에서 발견됐습니다. 차에 있던 '에드문도 오티스'와 '판초 마틴'이라는 푸에르토리코 출신 남성 두 명은 지금 붙잡혀 있고요. 험볼트 공원에서 차를 훔친 거라고 추측되지만, 일단은 확인 중입니다."

늘 그렇듯이 밀러는 가브리엘에게 상황을 신속하고 정확하게 보고했다.

"그자들이 뭐라던가요?"

"아무 말 하지 않았습니다."

"피해자 신원은 파악했나요?"

"아직 못했습니다. 차는 연방 검사 제이콥 존스 명의로 등록 돼 있었고요. 제이콥의 사무실에 연락을 해봤더니 오늘 회의 때문에 일찍 출근하기로 돼 있었는데 아직 나타나지 않았다고 합니다."

"사진이 있나요? 신원을 추측할 수 있는 자료라든지? 제이콥 존스가 희생자가 아니라 가해자일 수도 있어요."

"음…, 직접 보시는 게 좋겠네요."

밀러는 가브리엘이 앞으로 나가도록 한쪽으로 비켜섰다. 가브리엘이 링컨으로 다가가자 과학수사팀이 양쪽으로 갈라지며 그녀에게 길을 내줬다.

시체를 확인한 가브리엘은 저도 모르게 낮은 신음 소리를 뱉었다. 비닐에 싸인 무언가가 트렁크 안에 놓여 있었는데, 그 무언가를 '남자'라 부르기는 곤란했다. 그것은 차라리 인간의 잔해에 가까웠다. 신체 부위가 전부 그곳에 있긴 했지만, 팔다리는 부자연스런 각도로 비어져 나와 있었다. 발가락과 손가락은 모조리 잘려나갔고, 몸통에는 심하게 멍이 들어 있었다. 무엇보다도 남자의 목이 가장 끔찍했다. 머리는 몸에서 직각으로 꺾여 흉측하게 뒤로 늘어져 있고, 생기 없는 두 눈은 잿빛 하늘을 응시하고 있었다. 죽임을 당했다기보다 파괴당했다고 하는 게 맞는 말이었다.

가브리엘은 역겨움과 분노를 느끼며 트렁크를 쾅 닫았다.

.... **16** ....

페이스는 살며시 평소 작업실로 쓰던 방으로 들어갔다. 작업실은 그녀에게 항상 위안을 주는 공간이었고, 그녀는 지금 당장 위안이 필요했다. 아이 방을 마지막으로 손보는 일은 즐거웠다.

그러나 소란스레 호들갑을 떠는 친정 엄마와 몇 시간을 보내는 일은 역시 피곤했다. 혼자만의 시간이 필요할 때마다 페이스는 늘 자신의 안식처인 이 작업실로 피신했었다.

자화상은 거의 완성 단계였다. 회색과 검정색을 사용해 우아하고 현대적으로 표현한 이 그림을 아기가 태어나기 전까지 꼭 마무리하고 싶었다. 작품은 갤러리에 보내기로 이미 약속되어 있었고, 그녀는 그들을 실망시키고 싶지 않았다.

아이가 있는 친구들의 이야기를 들어보면 일을 계속하고 싶어도 현실적으로 시간이 부족하다고 했다. 그녀는 지키지도 못할 약속을 하는 사람은 되고 싶지 않았고, 출산 후에는 아이를 키우는 일에 전념하고 싶었다. 그러므로 반드시 이 그림을 출산 전에 완성해야 한다.

그녀는 예술가로서의 자신의 삶을 사랑했다. 그리고 일을 통해 만나게 된 사람들도 사랑했다. 하지만 이제 벌써 그녀 나이서른일곱, 애덤은 마흔둘이 되었다. 이 아이를 얻기까지 두 사람은 삼 년간 길고 고통스러운 체외수정을 반복해야 했다. 그러므로 페이스가 엄마 역할에 전념하고 싶어 하는 건 당연하지 않은가?

그때 아기가 발길질했다. 페이스는 손으로 배를 감쌌다. 아기에 대한 사랑, 새 삶에 대한 사랑에 마음이 격해졌다. 그녀를 완전히 삼켜버릴 만큼 강렬한 사랑이었고, 과거에는 한 번도 겪어보지 못한 깊은 사랑이었다.

페이스와 아기의 관계는 그렇게도 끈끈했다.

17

"대체 무슨 생각인 거야? 엄마가 직장에서 잘려야 속이 시원하겠니?"

케이시는 나탈리아를 노려보았다. 화가 났고, 조금은 부끄러웠다.

"오늘도 너 때문에 조퇴했어. 단 2주 사이에 벌써 세 번째야. 사장님이 더 이상은 참지 않을 거야."

"알았어요, 엄마. 내가 잘못했…"

"내가 직장을 잃으면 어떻게 되겠니? 그러면 어떻게 되었어? 네가 먹을 걸 구해올래? 공과금을 낼 거야? 새 옷을 사올 수 있어?"

"…새 옷이라곤 구경도 못 해봤는데…."

찰싹.

나탈리아의 손이 불쑥 케이시의 뺨을 세게 후려쳤다.

"말대꾸하지 마. 나 아니었으면 길거리에 나앉아야 될 주제에."

케이시는 뺨에 손을 갖다 댔다. 엄마가 정말 미웠지만, 엄마 말이 틀린 것은 아니었다. 엄마가 화를 낼 만도 했다. 그날 결국 케이시는 학교에 돌아가지 않았고, 학교에서 연락을 받은 나탈리아는 집에 박혀 있는 케이시를 발견하고는 길길이 날뛰었다. 게다가 케이시에게서는 마리화나 냄새까지 진동했다.

"아직까지 학교에서 쫓겨나지 않은 게 다행인 줄 알아. 네게 마지막으로 한 번만 더 기회를 달라고 해리슨 교장한테 내가 싹싹 빌었다. 하지만 이제는 호락호락 넘어갈 리가 없어."

"내일 아침에 교장선생님한테 가서 잘못을 빌게요."

"담임선생님한테도 빌어야지. 다른 학생들한테도 사과하고. 그렇게 여기저기 민폐를 끼치고 다녔으면."

"알았어요, 그렇게 할게요."

"그냥 좀 얌전히 지낼 수는 없는 거니? 넌 멍청한 애가 아니잖아. 노력하면 충분히 잘할 수 있어."

나탈리아의 목소리가 제법 많이 누그러져 있었다. 그러나 케이시의 기분은 더 엉망이 되었다.

"…노력할게요. 진짜 노력할 거예요."

"그건 그렇고, 학교도 안 가고 어디 갔었니?"

"…할머니 뵈러 갔었어요." 잠시 머뭇거리던 케이시가 답했다.

"오전 내내 거기 있었다고? 그 노인네는 말 한마디 제대로 못하잖아."

거짓말을 하는 게 나을까, 진실을 말하는 게 나을까? 케이시는 결국 사실대로 털어놓았다.

"그 전에는 웨스트타운에 갔었어요. 그 남자를 만나고 싶어서…."

"누구?" 나탈리아가 따져 물었다.

케이시는 심호흡을 하고 나서 대답했다.

"노스미시건에서 나랑 부딪쳤던 남자요."

그 말에 나탈리아의 얼굴에서 순식간에 핏기가 빠져나갔다. 그녀는 고개를 절레절레 저으며 등을 돌렸다.

"엄마…."

"왜 그런 짓을 해?" 나탈리아가 되돌아보며 물었다.

"알잖아요, 엄마도."

나탈리아의 손이 거칠게 날아와 케이시를 움켜잡았다.

"그만해라, 케이시. 그 문제에 대해선 이미 경고했다."

"나도 어쩔 수 없었어요."

"허튼소리 마라. 일부러 나를 괴롭히려고 그러는 거잖아."

"아니, 아니에요, 나는 이런 일이 일어나길 바라지 않았어요. 하지만 일어나는 걸 어떡해요."

"다 네가 꾸며내는 이야기잖아. 딱 네 외할머니처럼!"

"아니에요, 내가 원래 이런 아이인 걸 어쩌라고요…"

"아니, 네가 그리 되길 선택한 거야." 나탈리아가 냉정한 목소리로 쏘아붙였다. "나는 더 이상은 널 못 참아주겠다."

"이건 내 잘못이 아니에요, 엄마…."

"아니, 전부 네 잘못이야. 늘 거짓말을 입에 달고 살면서 관심을 끌려 한다는 걸 익히 알고 있어. 그러니 제발 그만 좀 해!" 나탈리아가 이글거리는 눈으로 케이시를 노려보았다. "네가 아무리 멍청해도 이것만은 기억해라. 절대 학교를 빼먹으면 안 된다. 마리화나도 당장 끊고."

잠시 말을 멈춘 나탈리아가 케이시를 사납게 끌어당겼다.

"그리고 거짓말도 더 이상 용서 못 한다."

--------------------------------- **18** ---------------------------------

"나는 아무 짓도 안 했어요."

가브리엘은 안타깝다는 듯 고개를 저었다.

에드문도 오티스는 그녀의 장남과 동갑이었다. 나이가 열일곱 살에 불과한데도 그가 학교를 다녔던 기억은 이미 가물가물할 테고, 수년간 여러 위탁 가정을 드나들었을 것이다. 지금 그에게 진짜 '가족'이라고는 라틴계 갱단 '스패니시 코브라'의

조직원들이 전부일 것이다. 스패니시 코브라는 악명 높은 마약 조직으로, 현재 '라틴 킹즈'파와 세력 다툼을 벌이고 있었다.

"그 말이 사실이 아니라는 건 너도 잘 알잖아, 에드문도. 너는 총기 소지, 차량 절도, 살인 혐의로 붙잡혔어."

"내가 한 게 아니라고요."

"네 친구 말이랑은 다른걸. 판초는 아주 협조적으로 나오던데."

그러자 에드문도가 헛웃음을 터뜨리며 고개를 저었다.

"그 녀석도 아무 말 안 했을 텐데요?"

그 말이 맞았다. 판초는 차를 훔쳤다고 자백했을 뿐, 다른 말은 하지 않았다. 그 이상 떠벌리는 것은 자기 무덤을 파는 짓일 테니까.

"이봐, 그렇게 나오면 너한테 좋을 게 하나 없어."

가브리엘이 끈질기게 밀어붙였다.

"너한테 여동생이 하나 있지? 네가 감방에 들어가면 네 여동생은 어떻게 될까?"

"이 여자가 지금 나를 협박하는 거예요?"

에드문도가 자기 변호인에게 물었다.

에드문도의 변호인은 연방 정부에서 붙여주는 국선변호인이었다. 그는 지금껏 침울한 표정만 지으며 의욕이라고는 손톱만큼도 보여주지 않고 있었다.

"경찰이 그렇게 어리석게 굴겠어?" 변호인이 말했다.

"그렇다면 다행이네요. 그런데 이 여자는 왜 이렇게 나를 못 잡아먹어서 안달일까요?"

"그냥 편하게 생각하고 다 말씀드려." 변호인이 자신의 의뢰인을 쳐다보며 말했다.

"네가 운전하던 차 트렁크에서 연방 검사의 시신이 발견됐다는 얘기 중이었어." 가브리엘이 끼어들었다.

"그런 남자는 본 적도 없고, 누군지도 몰라요."

하지만 가브리엘은 그가 누군지 이제 알고 있다. 치과 진료 기록을 찾아본 결과, 웨스트타운에 거주하는 제이콥 존스 검사라는 사실이 밝혀졌다.

"희생자는 네가 운전하던 차에서 발견됐어. 너랑 판초 외에 다른 용의자는 없다고. 배심원들이 네 말을 믿겠어, 아니면 내 말을 믿겠어? 판사가 과연 너한테 어떤 판결을 내려줄까? 누가 됐든 이 짓을 한 범인은 남은 한평생을 감옥에서 썩어야 할 거야."

"그래요, 내가 차를 훔쳤는지도 모르죠. 어쩌면⋯."

"그렇겠지." 가브리엘이 말했다. "그 차는 로건 공원의 남쪽 경계 지점에서 가져왔지. 험볼트 공원에 있는 너희 조직 아지트에서 가까운 곳이잖아."

"내가 확실히 차를 훔쳤다고 말한 적은 없어요."

"그래. 하지만 운전석 문과 대시보드, 운전대에서 네 지문이 발견됐어. 그러니 나머지 죄도 순순히 털어놓는 게 좋을 거야."

"털어놓을 거 없다고요."

"어디에서 차를 훔쳤니?"

"…린데일이요." 그가 웅얼거렸다.

"웨스트린데일 말이야?"

에드문도가 고개를 끄덕였다. 판초 역시 차를 훔친 장소로 웨스트린데일을 언급했다.

"거기서부터 제이콥을 뒤쫓았니?"

"아니요."

"그를 공격했니?"

"무슨 소리를 하는 거예요?"

"차 문을 억지로 따지 않았고, 창문에도 손댄 흔적이 없어서 그래."

"처음부터 문이 잠겨 있지 않았어요."

"왜 이래, 에드문도. 이건 값비싼 차야. 차 주인이 문도 잠그지 않고 나갈 리가…."

"정말 잠겨 있지 않았어요. 사실 처음에는 다른 차 몇 대를 먼저 물색했어요. 도난 경보장치가 있는 차는 건너뛰었는데 이 차는 그냥 열렸다고요."

"그러니까 그냥 열린 차에 들어가서 몰고 왔다고?"

"그렇다니까요. 차를 가져가서 중고차 시장에서 1만 달러에 팔려고 했어요."

"그렇다면 차키도 그냥 꽂혀 있었겠네?"

"맞아요."

"참 수월했겠는걸, 에드문도." 가브리엘이 박수를 짝짝 쳤다.

"하지만 네 말은 앞뒤가 안 맞아. 사실대로 말해. 누가 시킨 일이지? 누가 그 사람을 죽이라고 했어?"

"몇 번을 말해야 알아들어요? 제이콥인지 제이슨인지 나는 정말 모르는 사람이라고요."

"희생자는 연방 검사였어, 에드문도. 지난 몇 년간 너희 패거리 여럿을 감옥에 보낸 사람이라고. 그러니까 이건 보복이라고 생각할 수밖에 없지 않겠어?"

"이거 완전 좆 됐네." 에드문도가 중얼거렸다.

"검찰이 가만히 있겠어? 네가 검사들을 모조리 없애고 다니도록 내버려둘 거 같냐고?"

"뭔가 오해가 있…."

"얼마 전에 묻은 진흙이 차 타이어에서 발견됐다고 법의학 팀에서 말하더군. 제이콥을 태우고 어디 갔었어?" 가브리엘이 집요하게 캐물었다.

"이 따위 말을 계속 듣고 있어야 해요?" 에드문도가 자신의 변호인에게 항의했다.

"에드문도, 네 입장이 얼마나 곤란하게 됐는지 보여주지."

가브리엘이 얇은 파일에서 범죄 현장 사진 몇 장을 꺼냈다.

"제이콥 존스는 잘나가는 멋진 남자였어. 그에게는 아름다운 약혼녀도 있었지. 그런데 지금은 무슨 꼴이 됐나 네 두 눈으로 똑똑히 보라고."

사진 한 장을 테이블 위에 던졌지만, 에드문도는 외면했다.

"어서 봐."

에드문도가 자기 변호인을 슥 돌아봤지만, 그는 어깨만 으쓱할 뿐이었다.

"어서 보라고!"

그러자 에드문도는 마지못해 사진이 있는 곳을 향해 시선을 돌렸다.

"이건 다른 각도에서 찍은 거야."

가브리엘이 다음 사진을 내밀었다. 그러고는 에드문도를 유심히 지켜봤다. 그는 땀을 뻘뻘 흘리며 고개를 저었다.

"그리고 이건 근접 사진이야."

자백을 기대했던 걸까? 아니면 그가 결백을 주장하기를 기다렸던 것일까? 어쨌든 뒤이어 벌어진 일은 그녀가 예상했던 상황이 아니었다. 마지막 사진을 들이미는 순간 에드문도는 정신을 잃고 바닥에 고꾸라졌다.

가브리엘은 제이콥의 집에 도착했다.

한적한 교외 골목이었던 곳이 지금은 사람들로 북새통이었다. 현장에 급파된 경찰들이 증거 봉투를 들고 집을 들락거리는 사이 제복 경찰들은 거리에서 탐문을 이어갔다.

제이콥의 약혼녀 낸시가 곧 도착할 예정이었다. 가브리엘은 그녀에게서 이 잔혹한 범죄의 실마리를 조금이나마 얻기를 고대하고 있다.

"어떻게 됐습니까?" 밀러가 아수라장을 뚫고 나오며 물었다.

"좀 더 두고 봐야겠어." 가브리엘이 대답을 얼버무렸다. "여기서는 뭘 좀 건졌어?"

"집 안에서 특이한 점은 발견하지 못했습니다. 저항의 흔적도 없고, 뚜렷한 법의학적 증거도 남아 있지 않아요. 다만 한 가지 이상한 점은 누가 전원을 끊어버렸다는 사실입니다. 집 뒤편에 있는 외부 전원 공급 케이블이 싹둑 잘려 있어요."

"재밌네."

"또 목격자도 찾았습니다."

밀러가 길 건너편에 서 있는 노파를 가리켰다.

"그래서 무슨 얘기라도 들었어요?"

"그게…, 저희 예상과 딱 들어맞지는 않네요."

"무슨 뜻이죠?"

"음, 오늘 아침에 저 목격자가 제이콥의 집에서 누군가 나오는 모습을 보았다고 합니다. 집 뒤편 창문에서 뛰어내려 서둘러 달아났다는군요."

"목격자가 그 사람 인상착의를 설명해주던가요? 옷이며, 머리, 체격 등등…."

"물론입니다. 시력이 꽤 좋더라고요. 그런데…."

가브리엘이 그녀를 빤히 응시하자 밀러가 어렵사리 말을 이었다.

"저분 말씀에 따르면 침입자는 키가 크고 긴 빨강 머리를 가진 십 대 소녀였다고 합니다."

19

문이 휙 열렸다.

마침내 그들이 이곳에 도착했다. 애덤은 찌그러진 소파에서 일어서서 그들에게 다가갔다.

"안녕, 케이시. 나는 애덤 브랜트 박사란다. 우리 며칠 전에 만났었지?"

아이는 고개만 살짝 끄덕였다. 주위 환경에 주눅이 들었는지 케이시는 조금 겁먹은 표정이었다.

"케이시 어머니시죠?"

그가 케이시의 어머니에게로 고개를 돌렸다.

"저는 시카고 경찰을 돕고 있는 법의학 심리학자인…."

"누구신지 알아요."

누구를 향한 적대감일까? 애덤? 아니면 경찰? 그것도 아니면 자신의 딸일까? 어쩌면 셋 다일 것이다.

"일단 앉으실까요? 커피, 생수, 쿠키가 있습니다."

그는 방 한가운데를 떡하니 차지한 낡은 소파 쪽으로 그들을 안내했다.

약 한 시간 전, 애덤은 가브리엘 형사의 전화를 받았다. 가브리엘은 격앙된 목소리로 케이시가 살인 사건의 용의자가 되었다고 설명했다. 희생자가 죽기 몇 시간 전, 케이시가 그에게 덤벼드는 모습이 경찰관들에게 목격됐다는 것이었다.

가브리엘이 애덤에게 시카고 경찰청으로 와줄 수 있겠냐고 물었을 때, 애덤은 기꺼이 협조하겠다고 했다. 단, 취조실보다는 덜 위압적인 가족 대기실에서 만나고 싶다는 뜻을 분명히 전했다.

"네가 가브리엘 형사랑 충분히 이야기를 나눴다는 건 알아." 애덤은 곧바로 본론으로 들어갔다.

"…오래 붙잡아두지 않을게. 하지만 심문 중에 네가 가브리엘 형사에게 언급했다는 몇 가지 얘기를 좀 자세히 듣고 싶어서 그래."

케이시는 여전히 고개를 푹 숙이고 있었고, 나탈리아는 눈에 띌 정도로 인상을 찌푸리고 있었다.

"네가 오늘 아침에 제이콥 씨의 집을 찾아갔다고 했다더구나."

케이시가 고개를 끄덕였다.

"그 사람이 어디 사는지 어떻게 알았지?"

"어제 제가 입건될 때…, 서류에서 그분 이름과 주소를 봤어요."

"거긴 왜 갔었지? 이유를 말해줄 수 있어?"

"그 얘긴 이미 다 했어요." 나탈리아가 끼어들었다.

"어머님의 답답한 심정도 다 이해합니다." 애덤이 대답했다.

"하지만 정말 중요한 일이에요. 그러니 부디…"

그는 케이시를 바라보았고, 케이시는 한숨을 쉬고는 웅얼거렸다.

"그분이 무사한지 확인하고 싶었어요."

"그 사람이 누군가로부터 무슨 해코지를 당할 거라 생각했니?"

"네."

"그 사람한테 무슨 일이 생길 거라는 뜻이니?"

"맙소사, 정말 지긋지긋하네요. 왜 자꾸 같은 소리를 반복하게 해요?"

나탈리아는 이제 완전히 격분해 날뛰고 있었다.

"이제 집에 가야겠어요." 나탈리아가 급히 말을 이었다. "케이시가 숙제를 해야 해서요. 계속 이렇게 쓸데없는 걸 꼬치꼬치 캐물어봤자…"

"밖에서 기다리시는 편이 낫지 않을까요, 부인? 물론 케이시도 동의하겠지?"

애덤이 정중하지만 단호하게 말했다.

그와 나탈리아가 동시에 케이시를 돌아봤다. 케이시는 보일 듯 말 듯 고개를 까딱였다.

"케이시…!"

"괜찮아요, 엄마." 케이시가 모깃소리로 대답했다.

나탈리아의 얼굴에 분노 어린 체념이 나타났다. 그녀는 주춤주춤 일어서서 문 쪽으로 걸어갔다.

애덤은 그녀가 문 밖으로 나갈 때까지 기다렸다가 케이시를 돌아보았다.

"케이시, 네가 두려워하는 게 뭔지 설명해줄래?"

다시 긴 침묵이 흘렀다. 케이시는 그와 눈도 마주치려 하지 않았다.

"케이시?" 그가 조심스레 재촉했다.

그녀가 우물쭈물하며 대답했다. "저는…, 그분이 살해당할까…, 걱정했어요."

"그랬구나. …왜 그렇게 생각했지?"

이번에도 케이시는 머뭇거렸다.

"지난번에는 제이콥을 모르는 사람이라고 했잖아. 그 사이 다른 사람이 네게 뭔가를 알려준 거니? 그 사람을 해칠 거라는 말을 우연히 들은 거야?"

"제 눈으로 봤어요."

"봤다니, 뭘?"

"그분의 죽음을."

케이시의 말에 그는 깜짝 놀랐다.

이 아이가 자백을 시작하는 건가? 그 남자의 살인에 관여했다는 얘기인가? 애덤은 애써 차분하게 물었다.

"그게 언제였지?"

"거리에서 그분과 부딪쳤을 때요." 그녀가 분명한 어조로 대답했다.

"미안한데 나는 이해가 잘 안 되는구나. 그때까지만 해도 그는 분명히 멀쩡했어. 그런데 넌 어떻게…."

"저는 사람들의 죽음을 볼 수 있어요. 그 일이 실제로 일어나기 전에요."

"…미안한데, 너 방금 뭘 할 수 있다고…?"

"사람들을 보면 그들의 삶이 언제 어떻게 끝날지 그 죽음의 순간이 눈에 보여요."

애덤은 잠시 그녀를 응시하다가 물었다.

"그 말은 즉, 제이콥 존스가 죽는 순간도 미리 봤다는 뜻이니?"

"네, 그분 눈을 들여다봤더니 죽음이 보였어요."

"좀 더 자세히 설명해주겠니?" 애덤이 차분히 물었다.

"그분 눈을 보자마자 이미지와 감정이 확 밀려왔어요. 처음에는 소름 끼치는 추위였고, 그다음에는 지독하게 끔찍한 고통이…."

케이시는 저도 모르게 손을 목까지 들어 올렸다.

"그러다 무시무시하고 숨 막히는 두려움이 저를 덮쳤어요. … 그 후로는 아무것도 보이지 않았어요."

케이시가 몸서리를 치며 양팔로 자기 몸을 감쌌다.

"그래서 그 사람의 뒤를 밟았니?"

"네."

자신의 말을 믿어주는 사람이 있어서 다행이라는 듯이 케이시가 냉큼 대답했다.

"그래서 그분을 따라갔어요. 경고를 해야 했으니까요."

침을 꿀꺽 삼키고 한동안 숨을 고르던 케이시는 이렇게 말했다.

"…죽기 전까지 몇 시간밖에 남지 않았다고 말이죠."

20

"그러니까 그 애는 미친 건가요, 아니면 우리를 놀리는 건가요?"

가브리엘의 집무실에서 애덤은 그녀와 이야기를 나누는 중이었다.

"정말 그 아이가 용의자인가요?" 애덤이 가브리엘에게 물었다.

"아니, 그 애를 체포할 수 있는 확실한 증거는 거의 없어요. 물론 용의선상에 있지만…."

"다른 사람들은요? 링컨을 훔쳤다는 두 남자애들은…?"

"트렁크 안을 세 번이나 조사했어요. 비닐 시트도요. 하지만 그 녀석들 지문은 없었어요. 둘의 알리바이도 확인됐고요. 저녁 아홉 시쯤 귀가하던 경비원이 제이콥의 집에서 그의 차가 나오는 것을 목격했대요. 에드문도와 똘마니는 험볼트 공원 내

피자집에서 자정까지 있었고요. 우리는 제이콥이 자기 집에서 납치됐다고 확신하고 있어요. 그의 휴대전화, 지갑, 신분증 등 모든 소지품이 집에 있었으니까. 그러니까 이제 제 질문에는 어떻게 대답하시겠어요, 선생님?"

가볍게 던지는 질문 같았지만, 그 말 속에는 뼈가 있었다.

"케이시는 무척 힘든 상태예요."

"그런 말은 됐고요."

"여리고, 외로운 아이예요. 그래서 사람들의 관심을 끌려고 엉뚱한 행동을 하는지도 모릅니다. 훨씬 복잡한 문제인지도 모르고요. 그 애는 마약도 하니까요. 확인해보니 열한 살 때부터 대마초를 피웠더군요. 독한 약물에 오래 노출되면 편집증이나 망상이 올 수 있어요. 가족력인 정신병도 있으니까…."

"그 말씀은…, 그 애가 미쳤다는 말인가요?"

"힘든 상태라고 말씀드렸잖아요. 하지만 정신병 상태는 아닌 것 같아요. 자신이 어디 있는지, 형사님이 왜 자기를 의심하는지 정확히 이해하고 있더군요. 신경증 환자에게 그 정도 이해 능력은 기대하기 어렵죠."

"그렇다면 꾸며낸 이야기는 아닐까요?"

"그럴 가능성도 있습니다만, 만약 그렇다면 연기 실력이 혀를 내두를 정도네요."

"혹시 제이콥 존스에 대한 적대감 같은 건 감지하셨나요? 그 애한테 그를 해칠 동기가 있었다든지…."

"오히려 그 반대였습니다. 케이시는 그를 보호하고 싶었답니다."

"그 말을 곧이곧대로 믿으셨어요?"

"글쎄요, 아직은 잘 모르겠네요."

"그 애는 제이콥이 실종된 당일에 그에게 덤벼들었어요. 다음 날, 제이콥의 시체가 버려진 후에 그의 집에서 나오는 모습이 목격됐고요. 뭔가 알고 있는 게 분명해요."

"그 아이 말로는 자기가 느낀 두려움의 실체를 확인하러 그 집에 갔다는군요."

"말도 안 돼요."

"그게 아니면 케이시가 그 집에 다시 쳐들어갈 이유가 있을까요? 정말로 전날 밤에 그 남자를 납치했다면요."

"현장을 정리하러 돌아갔을지도 모르죠."

"그게 무슨 뜻이죠? 사건 현장이 제이콥의 집 안이라는 말씀인가요? 제이콥이 전날 밤에 케이시를 집 안으로 들여놨다는 말인가요? 둘이 서로 아는 사이였다고요?"

"그 부분은 아직 조사 중이지만 가능성은 열어둬야…."

"희생자가 다른 곳으로 실려 갔다고 하셨잖아요. 그런 다음에 난도질당해 살해됐다고…." 애덤이 말했다.

"맞아요. 자동차 타이어에 검은 진흙이 묻어 있었어요."

"정말로 케이시가 그런 범행을 저지를 수 있다고 생각하세요?"

"공범이 있을지도 모르죠. …전문 용어로 뭐라더라? …감응 성정신병(가족 등 가까운 관계에 있는 두 사람이 동시에 유사한 정신병을 갖는 현상 – 옮긴이 주)에 걸린 가족이 공범이라든가…?"

"그걸 뒷받침하는 증거는 있나요?

"지금 케이시를 동정하시는 건가요?" 가브리엘이 짜증을 냈다.

"케이시가 걱정되는 건 사실이에요."

"그 애를 다시 만나시려고요?"

"제가 도움을 주고 싶다니까 케이시도 생각해보겠다고 했어요. 다행히 케이시를 설득해 청소년 중독 치료 프로그램에 등록하게끔 했어요. 이 지역에 청소년 마약 중독자를 대상으로 하는 훌륭한 프로그램이 몇 가지 있거든요."

"아무튼 이제 제대로 좀 설명해주시겠어요? 그 앤 상습적인 거짓말쟁이가 틀림없어요. 경찰한테 줄곧 거짓말만 했어요. 위증하지 않겠다는 선서를 하고도 거짓말을 했다고요."

"제가 느끼기에 그 아이는 자기가 진실을 말하고 있다고 믿는 거 같아요. 그 아이한테는 그것이 진실이죠."

혼잣말처럼 중얼거리다가 애덤은 불쑥 이렇게 결론을 내렸다.

"지금부터 우리가 그것을 입증해야 해요."

케이시와 나탈리아는 차를 세워둔 곳으로 말없이 걷고 있었다. 경찰서에서 제법 멀리 떨어진 곳에 주차한 탓에 불편한 침묵이 더 길어졌다. 케이시는 한시바삐 자기 방에 틀어박혀 앉아 있고 싶었다. 엄마의 분노와 실망으로부터 1분이라도 빨리 피하고 싶었다.

마침내 두 사람은 낡아빠진 스테이션웨건 앞에 도착했다. 나탈리아는 열쇠 구멍에 차키를 끼웠고, 케이시는 그녀가 조수석 문을 열어줄 때까지 가만히 기다렸다.

차에 오른 케이시는 긴 여정에 대한 마음의 준비를 했다. 그러나 나탈리아는 움직이지 않았고, 케이시는 그녀를 돌아보았다. 놀랍게도 나탈리아는 눈물을 흘리고 있었다.

"엄마, 제발 울지 마세요."

케이시가 손을 뻗었지만 나탈리아는 그 손을 떨쳐버렸다.

케이시는 엄마의 고통을 덜어주기 위해 무엇이라도 하고 싶었다. 엄마를 진심으로 사랑한다는 사실을 전하고 싶어 무슨 말이라도 하고 싶었다.

그러나 적절한 말을 찾으려 애쓰는 케이시에게 나탈리아가 내뱉은 말은 잔인하고 매정했다.

"케이시, 넌 우리 집안의 오점이다."

턱에 묻은 소스가 뚝뚝 떨어졌다. 그는 소스가 새하얀 흰 셔츠에 닿기 전에 아슬아슬하게 손으로 받쳤다.

"진짜 덜떨어져 보인다. 대체 뭘 보고 이 녀석이랑 결혼했어요?"

페이스는 대답 대신 어깨를 으쓱한 뒤, 애덤을 향해 윙크를 했다.

애덤은 쇠고기 샌드위치라면 사족을 못 썼다. 금요일 밤마다 샌드위치 가게를 찾는 것이 그와 페이스의 오랜 습관이었는데, 오늘은 애덤의 단짝 친구인 브룩과 그의 아내 퍼네트도 합석했다.

대학 시절 애덤의 룸메이트였던 브룩은 조류박사였다. 모형기차 마니아이면서 IT 천재이기도 했다. 그들은 보통 한 주에 한 번, 때로 두 번씩 만났다.

"음, 애덤이 좀 귀엽긴 해요. 똑똑한 데다 돈도 많고요. 하지만 저런 모습은 도저히 못 봐주겠는데요." 퍼네트가 웃으며 말했다.

"이 남자와 쇠고기 샌드위치 사이는 절대 갈라놓을 수 없답니다." 페이스가 킥킥거렸다.

그들에게 점잖은 놀림거리가 되는 게 애덤은 참 좋았다. 그리고 정신없던 하루를 마무리하고는 긴장을 푸는 이 시간이 정말 좋았다.

케이시의 이야기는 그를 불안하게 했고, 그 뒤에 이어진 가브리엘과의 만남도 마찬가지였다. 가브리엘은 오늘따라 시종일관 의심스럽다는 태도를 보였다.

하지만 맛있는 음식과 마음 맞는 사람들, 수제 맥주 몇 잔 덕분에 애덤은 서서히 안정을 되찾았다. 그는 무엇보다도 페이스와 함께 하는 시간을 사랑했다. 페이스와 그녀의 둥근 배만 바라보아도 절로 미소가 지어졌다.

애덤은 턱에 묻어 있는 소스를 닦으며 페이스에게 다가가 그녀의 굵은 곱슬머리에 코를 묻었다.

"사랑해."

그가 그녀의 뺨에 살짝 입을 맞추며 속삭였다.

"얼씨구, 아예 방을 잡지 그래요." 퍼네트가 투덜거렸다.

"그러게, 눈꼴시어 못 봐주겠다." 브록이 맞장구를 쳤다.

잠시 후에 그들은 네이비 피어로 나갔다. 시카고 최고의 관광명소인 이곳은 취객들이 욱시글거려서 평소 애덤은 이곳을 꺼렸다. 그러나 페이스는 출산 전 마지막으로 그와 단 둘이 회전목마를 타고 싶다고 고집했다.

애덤은 엉뚱하지만 로맨틱한 페이스의 제안을 차마 거절할 수 없었다. 힘겨운 하루를 보낸 애덤은 오늘 처음으로 마음의 평화를 느꼈다. 금요일 밤의 활기찬 인파 속에서 그는 벅찬 마음으로 아내의 손을 꼭 잡고 부두 길을 걸었다.

23

이른 아침이라 도로는 뻥 뚫려 있었다. 가브리엘은 조용히 운전에만 집중했다.

번화가를 벗어나 가브리엘은 웨스트타운으로 향했다. 경찰 통제선이 여전히 제이콥의 집을 봉쇄한 상태였고, 집 옆에는 언론사 취재 차량 몇 대가 주차되어 있었다. 기자들은 지나가는 인근 주민들을 붙잡아 세운 뒤 제이콥의 정보를 하나라도 더 얻어내려 애썼다.

가브리엘이 차를 세우고 내리자 제복 경찰들이 폴리스 라인을 들어주었다.

"가브리엘 형사님, 어젯밤 하신 말씀에서 더 추가할 사항 있으십니까? 체포된 용의자는 있나요?"

차에서 내리자마자 낯익은 목소리들이 그녀를 맞았다. 하지만 가브리엘은 그것들을 모조리 무시하고 재빨리 집 안으로 들어갔다. 그런 다음 곧바로 업무에 착수했다. 어제도 이 집을 살펴보긴 했지만, 그때는 주변이 너무 시끄럽고 어수선했다. 그녀는 조용히 혼자 집 내부를 조사할 수 있는 시간을 원했다.

고상한 인테리어에 값비싼 가구를 갖춘 이 집은 티끌 한 점 없이 깔끔했다. 밀러의 말처럼 모든 물건이 제자리에 있었고, 몸싸움의 흔적이라고는 전혀 없었다.

침입 흔적은 케이시가 깨뜨린 창문을 포함하여 지하실 바닥에 있는 부서진 손전등과 흐트러진 먼지뿐이었다. 그것을 제외하면 집은 평소의 상태로 잘 유지되어 있었다.

가브리엘은 수첩을 펼쳐 사건을 재구성한 시간표를 확인했다. 제이콥 존스는 지난밤 여덟 시 언저리에 경찰관의 전화를 받았고, 그로부터 한 시간여 뒤에 종적을 감췄다.

용의자라 할 만한 인물은 케이시가 유일했다. 그녀는 제이콥에게 일종의 반감을 품고 있었을 테고, 알리바이도 허술했다. 하지만 대학 시절 미식축구 선수로 활약한 성인 남자를 가냘픈 십 대 여자아이 하나가 납치하는 게 가능할까?

가브리엘은 주방을 거쳐 차고로 이어지는 문 앞에서 멈췄다. 제이콥의 링컨 차량은 간밤에 이곳을 나갔고, 당시 제이콥은 차 안에 있었던 것으로 추정된다.

그렇다면 누군가 그를 결박하고 총부리를 겨눈 상태였을까? 차에 태워진 그는 어디로 이동했을까? 타이어에 묻은 시커먼 진흙을 통해 차량이 물가에 갔었다고 추측할 수 있었다. 그렇다면 시카고에 있는 강 중에 하나였을까? 아니면 호수였을까? 알 수 없다.

다시 집 안에 들어가려는 순간 가브리엘의 휴대폰이 울렸다. 발신자를 확인하니 몽고메리 형사였다.

"무슨 일이에요?"

"사소하지만 꽤 흥미로운 정보가 있어서 전화했어요."

"말씀하세요."

"케이시의 과거 재판 기록을 꼼꼼히 살펴봤어요. 6개월 전에 약물 복용 후 폭행으로 검거되어 집행유예를 받았네요. 그 아이는 모든 책임을 당시에 복용하던 의약품 탓으로 돌렸지만, 검사나 판사는 그 말을 믿지 않았습니다. 무거운 벌금형을 받았고, 나이가 어려서 그런지 구속은 간신히 피했더군요. 그때 그 재판의 담당 검사가 바로…."

"제이콥 존스였군요." 가브리엘이 몽고메리의 말을 가로챘다.

"맞습니다. 팀장님 책상에 파일을 놓아두었습니다."

"고마워요, 몽고메리."

통화를 마친 가브리엘은 다시 힘이 났다. 마침내 제이콥 존스와 의문의 소녀 케이시 사이의 구체적인 연관성을 찾아냈다.

24

"여기 있는 거 어머니가 아시니?"

애덤이 물었고, 그 말에 케이시는 고개를 홱 들었다.

"만약에 아신다면 내 신변 보호를 요청해야 될 거 같아서. 어머니가 나를 썩 좋아하지 않으시는 눈치라…."

실없는 농담에 수줍게 웃는 케이시를 보자 애덤은 마음이 한결 가벼워졌다. 무엇보다 그녀와 친해지고 기본적인 신뢰를 쌓는 것이 가장 중요한 일이었다.

"엄마가 선생님을 좋아하는지는 잘 모르겠어요. 다만, 제가 여기 온 건 모르세요. 엄마랑 선생님한테는 병원에 간다고 했거든요." 케이시가 조용히 말했다.

"틀린 말은 아니네." 그가 웃으며 대답했다.

"네가 어떤 의사를 만나는지 어머니께 구태여 말씀드릴 필요는 없겠지? 우리 둘 사이에 나눈 대화는 우리끼리만 알고 있자."

케이시가 고개를 까딱했다. 동지가 생겨서 기쁘고 놀라운 모양이었다. 이 어린 소녀가 그동안 얼마나 외로웠을지 애덤은 어렴풋이 짐작할 수 있었다. 케이시에게는 아버지도, 형제자매도, 이야기를 나눌 친구도 없었던 것 같았다.

약물 중독, 폭행 등의 이유로 지금까지 몇 번의 퇴학을 당해 학교도 수시로 옮겨 다녀야 했을 것이다. 애덤은 처음에 케이시의 그런 행동이 정신병의 일종이 아닐까 생각했지만, 지금은 그녀가 학교에 적응하려는 노력을 거부하며 스스로 고독을 추구한 것은 아닐까 싶었다. 그리고 그는 이 점에 흥미를 느꼈다.

"마실 거 좀 줄까? 콜라? 물?"

"콜라 주세요."

그가 냉장고에서 꺼낸 콜라 캔을 케이시에게 건넸다.

"여기. 나도 마시고 싶지만 트림이 영 많이 나와서…."

그러자 케이시가 깔깔 웃었다. 이 아이가 이렇게 밝게 웃는 건 처음이었다. 우울한 얼굴만 하고 있을 때는 몰랐는데, 이제 보니 케이시는 상당히 예쁜 아이였다.

"아내가 나더러 고객을 만날 때는 콜라를 마시지 말라고 했어."

권위 있는 인물이 자학 개그를 하는 모습에 케이시는 즐거워했나. 처음 여기 들어왔을 때만 해도 그녀는 애덤의 시선을 자꾸 피하는 등 얼른 이곳을 나가고 싶어 하는 사람처럼 보였다. 그러나 이제는 제법 편안해 보인다. 케이시는 여전히 애덤과 시선을 마주치지 않았지만, 호기심 어린 눈빛으로 사무실을 연신 두리번거렸다.

그는 잠시 케이시를 바라보다가 천천히 말했다.

"그래, 케이시."

그러자 주변을 떠돌던 케이시의 시선이 그에게로 와서 멈췄다.

"널 다시 보자고 한 건 제이콥 존스 이야기를 더 하고 싶어서야. 지금 네가 하는 말은 전부 완벽하게 비밀이 보장될 거야. 내가 널 취조하는 게 아니라는 뜻이지. 난 그저 너를 돕고 싶어."

"상담비를 내야 하나요?"

"너를 내 환자 명단에 올리면 그래야 하지만, 난 아직 그럴 생각이 없…."

"저는 생활보호 대상자가 아닌데요." 그녀가 말을 끊었다.

"그건 나도 안단다." 애덤이 차분히 대답했다. "그리고 내가 정식 환자로 접수하면 어쩔 수 없이 네 어머니가 관여하셔야 하는데…, 우리 둘 다 그건 원하지 않으니까…."

케이시의 입꼬리가 조금 실룩거렸다.

"제이콥과 처음 마주쳤던 순간의 일을 좀 더 자세히 설명해 줬으면 해. 네가 무엇을 느끼고, 보고, 감지했는지…."

애덤은 '예지'나 '환영' 따위의 단어는 일부러 사용하지 않으며 말했다. 그런 단어를 쓰면 케이시가 자신의 경험에 대한 본인의 분석을 더 맹신하게 될 위험이 있었기 때문이다.

"음, 말씀드렸듯이 저는 그 아저씨랑 부딪쳤어요. 너무 세게 부딪치는 바람에 저는 엉덩방아를 찧었고요."

"그 뒤에 그 사람이 뭐라고 했어?"

"저를 일으켜 세우면서 괜찮으냐고 물었어요. 택시를 잡아주겠다고 했고."

"그다음에는?"

"그러다 제가 그분의 얼굴을 보다가 알게 된 거예요. 저한테는 늘 있는 일이지만…."

"그런 일이 자주 일어난다고?" 애덤이 물었다.

"제겐 날마다 일어나는 일이에요."

애덤은 케이시의 삶이 얼마나 피곤할지 깨달았다. 이 아이는 삶에 지쳤을까, 아니면 자기 자신에게 지쳤을까? 그는 재빨리 메모를 한 다음 질문을 이어갔다.

"그런 일은 어떻게 일어나지?"

"사람들과 눈을 맞추지 않으면 괜찮아요. 하지만 눈을 들여다보는 순간 다 보이는 거예요."

"눈은 마음의 창이니까?"

"뭐, 비슷해요."

"그래서 제이콥에게서 뭘 봤지?"

"여러 이미지가 한꺼번에 밀려왔어요. 어딘가 어둡고 칙칙한 장소가 보였어요. 파라핀 냄새인가…, 아무튼 그 비슷한 냄새가 느껴졌고요. 지하실, 어쩌면 작업실 같은 곳에서…, 제 주위의 그림자들이 춤을 추고…."

말을 하는 내내 케이시는 애덤을 흘깃거렸다.

케이시는 전혀 비웃는 기색 없이 진지하게 듣고 있는 애덤의 모습에 안도한 듯 시선을 아래로 떨구었다.

"하지만 그런 이미지를 눈으로 볼 수 있다는 건 아니에요. 느낄 뿐이지."

"그래서 무엇을 느꼈니, 케이시?"

"추위를 느꼈어요. 진짜 끔찍하게 추웠어요. 발에 매끄러운 물체의 감촉도 느껴졌어요. 그게 뭔지는 모르겠지만 느낌이 영 섬뜩했어요."

애덤은 제이콥 존스를 싸고 있던 비닐 시트가 순간 떠올랐다. 그러나 애써 그 생각을 밀어냈다.

"그래서?"

"제 앞에 누가 서 있다고 느끼는 순간, 뭔가 싸늘하고 단단한 물체가 피부에 와 닿더니…."

케이시가 눈을 질끈 감았다.

"그러고는…, 숨을 쉴 수가 없었어요. 마치 물에 빠진 사람처럼…."

메모를 하던 애덤이 그녀를 보았다. 케이시는 마치 자신이 겪은 일처럼 공포와 두려움으로 온몸을 덜덜 떨고 있었다.

"무서웠어요. 너무 무서워서…, 심장이 터질 것 같고, 이제 끝이라는 생각이 들었어요. 내가 죽어가고 있다는…."

케이시가 눈을 번쩍 뜨고 외쳤다.

"그 순간 그 웃음소리가 들렸어요. 소름 끼치도록 날카로운 웃음소리가…. 가엾은 사람, 그렇게 죽다니…."

그녀는 숨을 헐떡이며 정면을 똑바로 노려보았다.

"그분은 그 끔찍한 웃음소리가 귓가에 맴도는 상태로 숨을 거뒀어요."

25

제이콥 존스의 잔해가 눈앞에 펼쳐져 있었다. 법의학자 애런 홈즈가 희생자의 몸통과 사지를 해부학상으로 있어야 할 위치에 배열했다. 그렇지만 여전히 눈앞에 보이는 것은 인간이라기보다는 직소퍼즐에 가까웠다.

올라오는 욕지기를 삼키며 그녀는 다시 홈즈에게로 시선을 돌렸다. 턱수염을 기른 무뚝뚝한 사내 홈즈는 자신이 발견한 사실들을 차분하고 건조한 음성으로 설명했다.

"부분적인 사항부터 먼저 말씀드릴게요."

그는 앞에 놓인 얼룩덜룩한 몸통을 가리키며 웅얼거렸다.

"몸통과 목 옆면의 심한 멍은 목이 졸렸다는 뜻입니다."

"끈인가요, 손인가요?" 가브리엘이 침착하게 물었다.

"단정하기 어렵지만 손으로 압박한 것으로 보여요. 팔로 목을 감아 조른 다음에…, 여기를 보시면…"

그는 희생자의 뺨에 일정한 간격으로 생긴 보라색 반점들을 가리켰다.

"이것들이 무엇으로 인한 것으로 보이세요?"

가까이 다가선 가브리엘이 말했다.

"크기와 간격으로 볼 때 손가락 끝이라고 추정할 수 있겠네요."

"맞습니다. 범인은 한 팔로 목을 감은 채 희생자를 단단히 붙잡기 위해 얼굴을 틀어쥐었을 거예요. 더 강하게 압박할수록 산소 공급이 더 빨리 차단되었겠죠."

"그런데 손가락 자국이 왜 보라색이죠? 세게 눌러서 그런가요?"

그 질문에 홈즈는 고개를 절레절레 저었다.

"자세히 살펴보면 피부가 살짝 들떠 있을 겁니다. 알레르기 반응이라는 뜻이지요. 범인은 아마 장갑을 꼈을 것이고, 희생자는 그 장갑 재질에 알레르기가 있었을 거라 보입니다."

"가죽일까요?"

"가죽인지, 라텍스인지, 스웨이드인지…, 확실히 밝히려면 검사를 더 해봐야겠지요."

잠시 홈즈의 말을 곱씹던 가브리엘이 다시 물었다.

"그렇다면 직접적 사인은 교살(목졸라 죽임 - 옮긴이 주)인가요?"

하지만 홈즈는 고개를 저었다. 그는 피떡이 진 제이콥의 입을 가리켰다.

"보시다시피 혀가 잘려 있습니다. 그리고 손가락과 발가락도 모조리 절단됐습니다. 유실된 피의 양으로 볼 때 희생자가 아직 살아 있는 상태에서 잘렸다고 볼 수 있어요. 몸통에서 팔다리를 자르는 큰 절단 작업은 사망 후에 행해졌고요."

그렇다면 팔다리 절단은 운반을 쉽게 하려는 목적이었을까, 아니면 다른 끔찍한 이유 때문이었을까?

"직접적인 사인은 이겁니다."

길고 깊은 상처를 손가락으로 가리키며 홈즈가 말했다.

"후두가 뭉개지고 기도는 찢어졌어요. 주요 동맥 몇 개가 끊겼고요. 출혈량이 어마어마했을 테고, 산소 공급도 완전히 차단됐을 거예요. 죽음은 순식간에 찾아왔을 겁니다."

죽기까지의 시간이 짧은 것은 그나마 다행이라고 가브리엘은 생각했다. 죽기 직전까지 그는 얼마나 끔찍한 고통을 겪었을까?

"그 상처는 어떻게 생겼을까요? 여러 차례 찢겼을까요, 아니면…."

"아니, 한 번에요. 처형할 때처럼 깔끔한 한 방이죠."

"혹시…." 가브리엘은 잠시 망설이다가 질문했다.

"…십 대 아이가 그런 상처를 내는 게 가능할까요? 십 대 여자아이요."

"아예 불가능하지는 않겠지만, 그 가능성은 매우 낮아요. 칼로 목을 이렇게 그으려면 엄청난 힘이 필요하니까요. 또 희생자의 얼굴에 생긴 손가락 자국의 간격을 고려했을 때 살인자는 성인 남성일 가능성이 큽니다."

가브리엘은 홈즈의 1차 검토 결과를 손에 들고 부검소를 떠났다. 케이시는 유력한 용의자였지만, 그녀를 살인범으로 보기에는 무리가 있었다. 그러나 그녀에게는 명확한 살해 동기가 있으니, 이 사건과 어느 정도는 연관성이 있는 게 분명했다.

그러다 가브리엘의 머릿속에 흥미로운 의문 하나가 떠올랐다.

'이 골칫거리 소녀에게 공범이 있을 가능성은?'

26

"그런 경험을 날마다 한다고?"

애덤은 일부러 덜 민감한 질문을 골랐다. 대화를 계속 이어나가기 위해서였다.

"하루에 서너 번…, 학교 가는 날마다요. 주말에는 늘 혼자 있으니까…."

애덤은 노트에 써놓은 '자기 고립 성향'이라는 단어에 밑줄을 그었다.

"그러면…, 전부 비슷한 느낌이야?"

"아니요, 죽음이 임박한 사람일수록 더욱 강렬한 느낌을 줘요. 그의 죽음이 고통스러우면 저도 똑같이 고통스럽고요."

"그 말은 즉, 경험의 강도가 매번 다르다는 뜻이구나?"

"네, 어떤 사람들은 잠을 자다가도 고통 없이 죽잖아요. 그런 죽음은 느낌이 거의 안 와요. 차에 치어 죽는 사람들 역시 고통스럽기는 해도 금방 숨이 끊어져서 괜찮아요. 하지만 진짜 큰 고통으로 죽는 사람들은…."

몸을 부르르 떨던 케이시는 잠시 말을 멈추었다.

"…어쨌든 시작은 모두 같아요. 숨이 가빠지고 현기증이 나다가 어떤 이미지가 한꺼번에 밀려와요. 지나고 나면 공허감과 허무감에 빠지고…."

애덤은 이 어린 소녀를 다정히 안아주고 싶었다. 어떤 정신병인지는 몰라도 이 소녀는 항상 죽음에 둘러싸여 있는 것 같았다. 그런 삶은 이루 말할 수 없이 고통스러울 것이다.

"그런 이미지들이 널 떠나지 않는구나?"

"네. 그래서 사실 마약을 하는 이유도…."

"그 이야기는 이미 했었지." 애덤이 다정하게 속삭였다.

"네, 그랬죠. 제가 마약 치료를 받겠다는 말씀도 드렸고요." 케이시가 퉁명스레 말했다. "하지만 여전히 힘들어요. 그런 삶이 얼마나 힘든지 선생님은 짐작조차 못 하실 거예요."

"그래 맞아, 나는 알 수 없지." 애덤이 순순히 인정했다. "하지만 약물 때문에 네 두려움이 더 커질까 걱정이구나. 평범한 사건이나 상황에 대한 인식마저 왜곡될 수 있으니까."

케이시가 어깨를 으쓱하며 고개를 돌렸다. 애덤의 말에 기분이 상한 게 틀림없었다.

"네가 왜 그런 일을 겪는다고 생각하니?" 애덤이 질문을 이었다.

"설명하기 어려워요."

"그래도 한번 해보렴."

"음…, 제가 제대로 이해하고 있는지 모르겠지만…, 누구나 이 세상을 떠나는 시간이 정해져 있고, 그때가 오면 삶이 끝나잖아요. 저는 그 시간이 언제인지 감지할 뿐이에요."

"그 시기를 정확하게 예측할 수 있니?"

"네, 날짜까지요."

"어떻게?"

"제 반응의 강도를 가늠하는 방법을 터득했어요." 케이시가 어깨를 으쓱하며 대답했다.

"제 느낌을 해석하는 방법 말이에요. 정확한 시간까지는 알지 못해도, 그 사람의 마지막 날이 언제가 될 것인지는 늘 맞혔어요."

"그렇다면 우리가 죽는 날이 미리 정해져 있다는 뜻이니? 그러니까…, 태어날 때부터?"

"네, 그래요."

케이시는 눈에 띄게 불안하고 불편해 하는 모습을 보였지만, 그는 계속 캐물을 수밖에 없었다.

"그렇다면 우리에게는 자유의지가 없다는 뜻이니? 사람들 모두 미리 정해진 끝을 향해 다가가고 있다는 거야?"

케이시는 조심스레 고개를 끄덕였다.

"네, 모든 사람은 서로 연결돼 있고…." 그녀가 천천히 말을 이었다. "세상에 일어나는 모든 일들에는 이유가 있어요. 전부 우리를 정해진 지점으로 이끌기 위해 일어나는 일들이에요."

"그러면 그런 예감 중에 실현되지 않은 건 없었니? 네 예감 이 틀린 적은 없었어?"

잠시 망설이던 케이시는 고개를 저었다.

"과거에도 남의 일에 개입한 적 있니? 제이콥한테 경고하려 했듯이?"

"한 번 있었어요." 케이시가 심드렁한 얼굴로 대꾸했다.

"사실 제가 할 수 있는 일은 많지 않아요. 예전에 총을 맞게 될 사람과 칼에 찔리게 될 사람을 날마다 마주친 적도 있었어 요."

"그런 경우의 이야기를 좀 해주렴." 애덤이 재촉했다.

"한 어린애는요…, 우리 집 앞에 자주 놀러오던 꼬마였어요. 엄마랑 노는 모습을 자주 목격했어요. 저는…, 그 애가 그날 차에 치일 거라는 사실을 알고 있었어요. 그래서 아이가 달려 나가지 못하도록 붙잡으려 했는데…"

잠시 동안 그녀는 침묵에 빠졌고, 애덤은 굳이 그 침묵을 깨뜨리려 하지 않았다.

"사고 후에 사람들이 저더러 그 애를 떠밀었다고 했어요. 저때문에 그런 일이 생겼다고 했어요. 그 일 이후로 더 이상 다른 사람의 죽음에 개입하지 않기로 했어요."

케이시가 그를 똑바로 응시했다. 그녀의 표정은 복잡 미묘했다. 그의 이해, 심지어 그의 용서를 갈구하는 모습이었다.

애덤은 희미한 미소를 짓고는 케이시에게 다시 물었다.

"이제 과거로 돌아가볼까? 언제 처음으로 그런 경험을 했는지 기억하니?"

그러자 케이시의 얼굴이 대번에 굳어졌다.

"케이시, 상담 속도는 네가 원하는 대로 천천히 조절할 수 있어. 내 질문에 대답하기 싫으면 하지 않아도 돼. 널 불편하게 할 생각은 전혀 없으니까."

사실 애덤은 어떤 대답이 나올지 무척 궁금했지만 케이시의 상태를 적절히 살피며 상담을 진행할 수밖에 없었다.

"우리 아빠 때요."

케이시는 꺼내기 힘든 말을 나직하게 내뱉었고, 애덤은 기록을 찾아보기 위해 노트 앞부분을 뒤적였다.

"다섯 살 때 아버지가 돌아가셨더구나?"

"맞아요."

"아버지랑 있을 때 처음으로 그런 경험을 했다고?"

"…처음에는 제가 뭘 느끼고 있는지 몰랐어요. 전 너무 어렸으니까요. 뭔가 잘못됐다는 것만 알았어요. 저는 너무 무서워서 아빠에게 안기지도 않았고, 아빠랑 눈을 맞추지도 않았어요."

애덤은 고개를 끄덕이고 노트에 이렇게 적었다. '애착 문제? 학대?'

"그 때문에 문제가 생겼겠구나?"

"맞아요. 저 때문에 엄마는 완전히 미칠 지경이 됐거든요. 내가 늘 엄마 치맛자락만 붙들고 늘어졌으니까요."

"어떤 느낌을 받았니? 아빠가 너를 바라볼 때 무엇을 봤지?"

"음, 숨을 쉴 수가 없었어요. 아빠와 함께 있을 때는…, 끔찍하고 강한 압력이 느껴졌어요. 뭔가 제 가슴을 짓누르는 것 같은…, 내게서 생명을 짜내는 듯한…."

애덤의 눈이 노트 위를 바삐 움직였다. 케이시의 가족 관계 부분에 이렇게 적혀 있었다. '아버지, 직장에서 사고로 사망.'

"그런 느낌이 커갈수록 더 선명하게 보였어요. 거대한 금속 구조물이 제 위로 쓰러지는 이미지가 보였고, 끔찍한 느낌이 함께 찾아왔어요. 무서운 일이 곧 일어난다는 것을 알아챘어요. 그래서 아빠가 직장으로 나가지 못하도록 붙잡았어요. 하지만 우리 가족에게는 돈이 필요했고, 엄마는 제가 아빠의 관심을 끌려고 그런다고 생각했어요."

케이시는 잠시 말을 멈췄다. 그녀의 침묵에는 분노가 섞여 있었다.

"나중에 아빠의 직장이었던 도살장 사진을 보고서야 이해했어요. 제가 아빠의 눈동자를 통해 본 것은 돼지를 도살장으로 올려 보내는 거대한 금속 경사로였어요. 그게 아빠 위로 쓰러진 거예요."

"아버지가 돌아가셨을 때 넌 무슨 일이 일어났는지 이해했니? 아버지가 세상을 떠나신 걸 알았니?"

"아니요, 저는 그때 겨우 다섯 살이었어요."

"장례식에는 갔었니?"

"가는 걸 허락받지 못해서…."

"어머니가 네게 아버지의 죽음에 대해 설명해주셨니?"

"한참 후에요."

"그렇다면 아주 혼란스럽고 슬펐겠구나. 늘 곁에 있던 아버지가 아무런 설명 없이 갑자기 사라졌으니…."

케이시는 가만히 고개를 끄덕였다. 10년이 지난 지금까지도 여전히 그 고통이 생생한 듯했다.

"그 일이 네게 어떤 영향을 줬다고 생각하니?"

"그 일이 있기 전까지 제가 어땠는지는 정확히 기억나지 않지만…, 그 일 이후 저는 조용하고 내성적인 아이가 되었어요."

"그럼 주로 무얼 하면서 어린 시절을 보냈니?"

"책을 읽고, 그림을 그렸어요. 하지만 사람들이 제 그림을 좋아하지 않았어요."

"왜지?"

"다른 아이들 그림이랑 너무 달랐거든요."

"어떻게 다르다는 거지?"

케이시는 작게 한숨을 내쉬더니 조금 차분해진 목소리로 말을 이었다.

"…지나치게 어른스럽다고 했어요."

"죽음을 다룬 그림이었니?"

"네, 그랬어요. 머릿속에 떠오른 걸 그렸으니까요. 처음에는 그림을 그리는 게 도움이 되기도 했고요."

"머릿속 이미지들을 그림으로 재현하면서 그 의미를 이해하려고 한 거야?"

"어쩌면요…."

혼란과 경계심이 가득 담긴 눈으로 케이시가 그를 쏘아보았다.

"내 말은…, 네가 아버지의 죽음 때문에 많이 혼란스러웠던 것 같아서. 아버지가 어느 날 갑자기 사라지신 거잖아. 아버지가 너를 왜 그렇게 떠나셨는지 넌 이해할 수 없었겠지. 그러다 아버지의 죽음에 대해 차차 이해하게 되면서 죄책감을 느꼈는지도 몰라. 아버지의 출근을 말리지 못했기에 그런 일이 생겼잖아. 혹시 네가 아버지의 죽음을 유발했다고 은연중에 생각하지 않았을까?"

"아니, 저는 그렇게 생각한 적 없어요." 케이시가 쏘아붙였다.
"지금까지 제가 한 말이 전부 꾸며낸 얘기라고 생각하세요?"

케이시의 목소리에 실망과 배신감이 묻어났다.

"일부러 그런 건 아니지만, 뇌는 늘 우리를 속인…."

"그러니까 선생님도 지금 저를 미친 애로 취급하시잖아요."

"절대 그렇지 않아, 케이시. 하지만 우리의 뇌가 정보를 처리
해서 입맛에 맞는 형태로 재가공하는 능력이 얼마나 강력한지
를 보여주는 연구 결과는 상당히 많아."

"더 이상 들을 필요가 없을 것 같네요."

케이시가 벌떡 일어나자, 애덤도 따라 일어섰다.

"케이시, 나는 네 말을 의심하는 게 아니야."

애덤이 케이시에게 손을 뻗었다.

"됐어요!"

케이시가 그의 손을 매몰차게 탁 쳐버렸다.

"저라고 그런 생각 안 해본 줄 아세요? 하지만 제 말은 모두
진실이에요. 하지만 정신과 의사들한테 제 얘기를 솔직히 털어
놓으면 다들 자기 멋대로 생각하더라고요."

"케이시, 나는 그저 너를 돕고 싶어서…."

"아무도 저를…, 믿으려 하지 않았어요."

케이시는 씩씩대며 그를 노려보았다.

"이제껏 단 한 명도요."

27

케이시는 눈물을 삼키며 성큼성큼 앞으로 걸어갔다. 케이시 입장에서 보면, 애덤 역시 다른 사람들과 다를 게 하나 없었다. 그의 눈에 케이시는 치료해야 할 환자이자 미치광이일 뿐인 것으로 느껴졌다.

"케이시!"

뒤를 돌아보니 애덤이 허둥지둥 케이시를 쫓아오고 있었다.

케이시는 더욱 빠른 속도로 달아났다. 레이크쇼어 거리를 건너기만 하면 애덤이 포기할지도 모른다. 그 길까지는 이제 12미터 정도 남았다.

그때 애덤이 속도를 확 높이더니 케이시의 앞을 막았다.

"케이시, 제발! 이런 식으로 가버리면 어떡하니? 너를 속상하게 할 생각은 전혀 없었어. 어서 상담실로 돌아가자. 섣불리 끼어들지 않을게. 네 말을 듣기만 할 거야."

"하지만 선생님은 제 말을 이해하려고 하지 않으시잖아요!"

케이시가 울먹이며 말했다.

"아니야, 널 이해하도록 노력할게. 정말이야."

"그런다고 달라질 건 없어요."

"그렇지 않아."

"선생님, 선생님은 정말 저를 믿는 게 맞아요?"

"물론 정확히 말하면 내가 할 일은 너를 믿는 게 아니야, 너를 이해하는 거지."

"제기랄!"

케이시는 다시 애덤을 거칠게 밀쳤다.

"케이시, 내가 너에게 별 도움이 안 된다고 생각한다면…, 그건 내가 네 말을 이해하는 방법을 몰랐기 때문이야. 그건 내 잘못이지, 네 잘못이 아니야."

가슴 위로 팔짱을 낀 채 케이시가 그를 돌아보았다. 케이시는 아직 화가 가라앉지는 않았지만, 애덤에게 마지막으로 기회를 주고 싶었다.

"좀 가르쳐줘. 네가 보는 걸 나도 볼 수 있게 도와줘. 그런데 너 역시 나를 이해해줘야 해. 나는 한평생 뇌의 기능, 정신 과학 같은 평범한 공부를 한 사람이라는 것을 헤아려줬으면 해. 나는 과학자야. 내 앞에 놓인 증거를 바탕으로 세상을 해석하는 사람이라고. 그러니까 가끔씩 내 상상력이 많이 부족하더라도…, 날 너무 심하게 나무라지는 말아줘. 나한테도 네 도움이 좀 필요해."

애덤이 진심을 담아 애원했다. 하지만 이런 식으로 말하는 위선자들을 케이시는 과거에 숱하게 만났었다.

"목도리 좀 주세요." 케이시가 불쑥 말했다.

애덤은 잠시 어리둥절했다. 그러다 그의 진홍색 목도리 끝자락이 코트 호주머니 밖으로 늘어져 있다는 것을 깨달았다.

"그…, 그래. 자, 여기."

그가 더듬거리며 대답하고는 호주머니에서 목도리를 끄집어
냈다.

"추워서 그러니?"

"말씀드렸듯이 우리는 각자 시간이 정해져 있어요."

그에게서 받은 목도리를 손에 쥔 케이시는 레이크쇼어 거리
까지 남은 12미터를 몇 발짝 더 걸어갔다.

"…케이시, 대체 어쩌려고?"

케이시는 갑자기 차도와 보행로를 구분짓는 콘크리트 가드레
일을 가뿐하게 넘었다. 그러고는 8차선짜리 해안 도로를 질주
하는 차량들을 잠시 지켜보다가 목도리로 눈을 가렸다. 그러고
는 목도리의 양끝을 뒤통수에서 단단히 묶었다.

"케이시, 제발! 내게 아무것도 증명할 필요 없어."

애덤의 목소리는 간절했다. 그러나 케이시는 망설이지 않았
다. 케이시는 차도로 한 걸음을 내디뎠다. 케이시가 첫 차선에
다가가는 사이, 트럭이 부르릉대는 소리와 획 불어오는 바람이
느껴졌다. 하지만 계속해서 눈을 가린 채 앞으로 나아갔다.

그때 귀청이 찢어질 것처럼 커다란 경적 소리가 울렸다. 케이
시의 심장이 쿵쾅거렸다. 그러나 계속해서 걸어 나갔다. 이제
와서 돌아갈 수는 없었다.

"케이시, 제발 이러지 마!"

그 순간 바로 케이시의 코 앞에서 멈춘 차량의 브레이크 밟
는 소리가 요란하게 들렸다. 뒤이어 거친 욕설이 쏟아져 나왔

다.

"이 미친년아! 눈 똑바로 뜨고 걸어!"

그럼에도 불구하고 케이시는 점점 걷는 속도를 높였다. 코앞에서 또 귀청을 찢는 듯한 경적 소리가 들렸다. 케이시조차 순간 차에 치일 거라 생각했지만, 자동차는 케이시의 발끝만 스치며 쌩 하고 지나갔다.

그러다 이번에는 정강이에 뭔가가 세게 부딪혔다. 찌릿한 아픔이 정강이를 타고 올라왔다. 손으로 더듬어보니 도로 한가운데에 있는 철제 중앙분리대가 만져졌고, 케이시는 그 위를 올라 타고 넘어갔다. 중앙분리대를 넘어가려던 케이시가 별안간 앞으로 고꾸라졌다.

반대편 차선에서는 바퀴 16개짜리 트럭이 매연을 내뿜으며 그녀의 옆을 지나가고 있었다.

케이시는 고꾸라지면서도 균형을 잡기 위해 팔을 허우적거렸지만, 때는 이미 늦었다. 온몸이 뜨겁게 달아오른 아스팔트 바닥에 세차게 부딪쳤고, 양손과 무릎에 강한 충격이 전해졌다.

그 순간 요란한 소리가 들렸다. 건조하고 거친 도로 표면 위를 자동차의 타이어가 미끄러지는 소리였다. 케이시조차 그 순간 자신이 이제야말로 그 차에 치일 것만 같았다.

하지만 차량은 케이시의 코 앞에서 멈추었다. 주춤주춤 자리에서 일어서던 케이시는 차문이 열리는 소리를 들었다.

"맙소사, 괜찮아요?" 운전자가 물었다.

이제 반대편 보행로까지 겨우 몇 미터밖에 남지 않았다. 케이시는 비틀거리며 속도를 높였다. 조금만, 조금만 더 가면 맞은편 보행로에 이를 수 있다.

곧, 반대편 차도와 보행로를 구분해놓은 딱딱한 콘크리트에 케이시의 발이 다시 부딪쳤고, 그제야 케이시가 멈췄다. 눈을 가린 목도리를 풀고, 눈 아래 있는 난간을 확인한 케이시는 자신이 건너온 8차선 고속도로를 돌아보았다.

애덤은 여전히 반대편 보행로에 있었다. 두려움 때문에 하얗게 질린 얼굴로 그는 케이시를 지켜보고 있었다.

28

로첼 스티븐스는 지하철 안에 있는 사람들이 펼쳐 든 타블로이드 신문들을 살폈다. 하나같이 연방 검사의 비참한 죽음을 헤드라인으로 다루고 있었다. 신문의 표제들은 하나같이 섬뜩하고 꺼림칙했다.

선량한 법조인의 시신이 훼손되어 비닐에 싸인 채 자동차 트렁크에서 발견되었다. 모든 언론사가 그 사건을 대대적으로 보도했다. 개중 몇몇은 경찰의 무능함을 꼬집었다. 시카고 경찰청이 열다섯 살 소녀를 체포했다가 풀어준 이후로 용의자가 누구일지 실마리조차 못 잡고 있다고 나무랐다.

기사에 따르면, 이 가엾은 남자는 올해 결혼을 앞두고 있었다고 했다.

기분이 울적해진 로첼 스티븐스는 얼른 여행 섹션 페이지로 넘어갔다. 쿠바, 자메이카 등 환상적인 곳에서 쉴 수 있다는 여행 광고가 수없이 실려 있었다.

'쿠바, 자메이카보다 더 먼 곳도 갈 수 있지 않을까? 하와이에 갈 비용 정도는 이미 충분히 마련한 것 같은데…'

그런 생각에 그녀는 자기도 모르게 슬쩍 미소를 지었다. 이 객실 안에서 웃는 사람은 그녀뿐이었다.

더는 의기소침하고 싶지 않았다. 대학 시절의 아픈 경험을 극복하고, 자신에게 일어난 일을 인정하기까지 너무 오랜 시간이 걸렸다. 친구에게 당한 데이트 강간으로 오랜 세월 괴로워하던 그녀는 이제야 가까스로 자신감을 회복했다. 마침내 작은 행복을 누릴 여유를 되찾은 것이다.

친구 몇 명에게 봄 여행을 함께 떠날 생각이 없는지 물어볼 작정이다. 친구들이 갈 수 없다 해도 친언니라면 틀림없이 함께 가줄 것이다.

로첼은 기대와 해방감으로 설레고 행복했다. 자책과 원망으로 점철되었던 나날은 끝났다.

이제는 그녀 자신의 삶에 충실할 때가 되었다.

-------------------------------- **29** --------------------------------

서랍장을 쓰다듬던 장갑 낀 그의 손가락이 사진 액자 위에

서 멈췄다. 로첼은 절대 깔끔한 성격이 아니다. 그럼에도 그는 로첼의 액자 유리에 쌓인 먼지를 쓸어내고픈 충동을 느꼈다. 하지만 그랬다가 자칫 자신의 존재가 드러날 위험이 있었다. 그는 사진을 감상하는 것으로만 만족했다.

한두 해 전에 찍은 사진으로 보였다. 로첼의 머리카락은 지금보다 훨씬 길었고, 얼룩덜룩 보기 싫게 염색되어 있었다. 부모님, 언니와 나란히 선 모습에서 뭔가 어색한 분위기가 엿보였다.

그는 액자를 서랍장 위에 조심스레 내려놓고는 다시 침실을 살폈다. 로첼은 잡다한 옷가지들을 바닥에 흩트려 놓을 때가 많았다. 그는 그것들을 조심스레 지나쳐 침대로 다가가 앉았다. 다가올 일에 대한 기대와 흥분으로 머리가 어질했다. 첫 번째도 만족스러웠지만, 두 번째는 더 짜릿할 거라 생각했다. 로첼은 연약한 여자니까 더 격렬하게 반응하고, 더 극심한 고통을 느끼겠지?

문득 그는 과거의 그 순간으로 되돌아갔다. 금방 잠에서 깬 그의 어머니가 침대 옆에 선 자신을 발견한 그 순간 말이다. 그때 그는 손에 빵 칼을 쥐고 있었지만, 그것을 어머니한테 사용할 의향은 전혀 없었다. 하지만 어머니의 싸늘한 눈에 담긴 공포가 그의 기억에 아로새겨져 지금까지 선명하게 떠오른다.

그때 밖에서 차 한 대가 경적을 울렸다. 그는 재빨리 일이서서 거실로 돌아갔다. 집 주변을 한 번 더 돌면서 계획을 재차 점검해야 했다. 절대 방심해서는 안 된다. 특히나 이렇게 많은 변수가 존재할 때는.

로첼은 조용한 도시 외곽 도로변에서 혼자 살고 있었고, 애완동물도 기르지 않았다. 그는 로첼의 집 안을 신속하고 조용하게 둘러보았다. 자신이 이 집의 주인이 된 것만 같다는 생각이 들었는데, 어찌 보면 그건 맞는 생각이었다. 조만간 그는 로첼까지 소유하게 된다.

요즘 로첼은 쇼핑을 하고, 휴가 일정을 짜고, 이런저런 계획을 세우느라 바쁜 눈치였다.

다 소용없는 짓이라는 것도 알지 못한 채.

그녀의 시간은 얼마 남지 않았다.

30

"정말 괜찮아? 전혀 먹지를 않았네."

그 말에 애덤은 번뜩 상념에서 깨어났다. 페이스가 그를 가만히 지켜보고 있었다.

집에 막 도착했을 때만 해도 그는 케이시와의 일에 대해 페이스에게 시시콜콜하게 설명하며 떠들고 있었다. 그러다 서서히 자기만의 세계로 빠져들더니 얼마 후에는 말을 뚝 끊어버렸다.

"미안해." 그가 접시에 포크를 도로 내려놓으며 대꾸했다. "뭘 좀 생각하느라…"

"그 애가 그렇게 걱정되면 격리를 시켰어야 하는 거 아냐? 그 애가 자기나 다른 사람을 해칠 거라 생각한다면 말이야."

"응. 하지만 그 아이 담당 사회복지사한테 이야기했고, 당분간은 그 정도로 괜찮을 거야. 그 아이를 격리하면 아이 어머니, 학교, 사회복지사 사이에 복잡한 문제가 줄줄이 생길 거고, 우리 사이에 가까스로 형성된 신뢰를 깡그리 무너뜨리게 돼."

"그 애를 다시 만날 생각이야?"

"선택의 여지가 없어. 그 아이가 날 보려고 할지가 의문이지. 오늘 아예 틀어질 뻔했거든."

"자기는 그 애 정신에 문제가 있다고 생각해?"

애덤은 적절한 단어를 찾으려 애쓰며 대답을 고민했다.

"당신이 오늘 아침에 그렇게 물었다면, 난 그 아이가 일종의 정신 발작을 겪고 있다고 대답했을 거야. 그런데…."

"그런데?"

"그런데 그 아이의 말이나 행동을 보면 미친 사람 같지는 않아."

"8차선 고속도로를 막 건넜다며? 남의 집에 함부로 쳐들어가고."

"그것만 제외하면." 애덤이 살짝 미소를 지으며 대답했다. "그 아이는 총명하고 차분해. 정신 발작 상태인 사람은 또박또박 말하지 못하거든. 뇌가 제 기능을 못하니까 헛소리만 늘어놓는다고. 말에 조리가 없고 행동이 어눌해. 더구나 옷을 갈아

입거나 바로 세탁을 해야 할 만큼 위생 상태도 엉망인 경우가 대부분이지. 하지만 그 아이는 단정하고 깔끔하고 침착했어. 그리고 그 아이 관점에서 생각해보면 그런 행동들도 충분히 납득할 수 있단 말이지."

페이스는 팔을 뻗어 고민에 빠진 애덤의 손을 잡았다. 그들은 지금 페이스가 가장 좋아하는 장소인 시카고 미술관 내부 레스토랑에 앉아 있었다. 처음 데이트를 시작할 무렵 그녀와 애덤은 여러 차례 이곳을 찾았다. 명화들로 둘러싸인 모네 전시룸에 몇 시간이나 앉아 은밀한 대화를 속삭이곤 했다. 아까 애덤이 풀이 죽은 목소리로 밖에서 만나자고 전화했을 때 그녀는 즉시 이곳에서 점심을 먹자고 제안했다.

"그 애가 몇 번이나 차에…?"

"응, 그 아이는 대여섯 번쯤 차에 받힐 뻔했어. 차들이 아슬아슬하게 스쳐 지나갔지."

"그런데도 당신은 그 애가 앞을 볼 수 없었다고 확신해? 그건…, 음…, 속임수 아니었을까?"

"아니야. 그 아이는 눈을 가리고 있었고, 설사 볼 수 있었다 쳐도 아주 위험한 상황이었어." 애덤이 단호한 어조로 설명했다.

"하지만 만약에 그 애 정신이 건강하지 않은 상태였다면…."

"그렇지 않아. 그 아이는 자기가 무슨 짓을 하는지 정확히 알았어. 자신은 아직 죽을 때가 아니라고 믿은 거야. 전혀 겁먹지 않았던 건 그 때문이지. 그런데 이 일은 너무 이상하고…, 섬뜩해. 그 아이는 겨우 열다섯인데."

페이스는 잔뜩 흥분한 애덤을 물끄러미 응시했다. 오늘은 애덤에게 꼭 털어놓겠다고 벼르던 이야기가 있었지만, 아무래도 다른 날을 기약해야 할 것 같았다.

"그러면 그 애를 다른 의사에게 추천하는 건 어떨까? 전혀 새로운 시각에서 볼 수 있잖아?"

그러나 애덤은 이미 고개를 젓고 있었다.

"그 아이는 이미 이 업계 사람들을 신물 나도록 만나봤어. 지금 그 아이한테 필요한 건 일종의 일관성이야."

"그런데 그게 왜 당신이어야 해?"

"그냥 신경이 쓰여. 내가 그 아이를 도울 수 있겠다 싶기도 하고."

"당신은 날마다 사람들을 돕고 있어. 그만하면 됐지."

"그건 알지만 그래도…."

"그 애를 왜 그렇게 특별하게 생각하는지 잘 이해가 안 돼. 왜 당신이 이 일에 꼭 관여해야 한다고 생각하는지 말이야."

"그 아이를 도울 사람이 아무도 없거든."

이 말로 인해 이제 애덤의 승리가 확실해졌다. 페이스는 외동딸로 외롭게 자란 사람이었다. 의도했든 아니었든 애덤은 페이스가 연민을 불러일으킬 만한 유일한 버튼을 누른 셈이었다.

"그러면 당신이 옳다고 생각하는 대로 해야지. 당신이 그 애를 도울 수 있다고 생각한다면."

"그러고 싶어."

"역시 당신답다."

툭 던진 가벼운 말이었지만, 그 안에는 애정이 담뿍 담겨 있었다. 페이스는 그의 두 손을 꼭 쥐고 가볍게 입을 맞췄다. 남편에 대한 사랑으로 그녀의 가슴이 벅차올랐다. 하지만 그 안에는 다른 감정도 섞여 있었다.

자부심이었다.

31

제이콥의 약혼녀 낸시 브라이트는 취조실에 앉아 있었다. 커피 잔을 감싸 쥔 손이 살짝 파들거렸다. 창백한 얼굴의 그녀는 여전히 깊은 충격에서 빠져나오지 못한 모습이었다.

"힘드시다는 거 압니다. 감당하기 어려운 일을 겪으셨죠." 가브리엘 형사가 차분히 위로했다.

"하지만 꼭 드려야 할 질문이 몇 가지 있어서요."

낸시는 말없이 고개만 끄덕였다.

"최근에 약혼자를 협박한 사람이 있었나요?"

가브리엘이 단도직입적으로 물었고, 낸시는 천천히 고개를 저었다.

"그가 감옥에 집어넣은 사람 중에 짐작 가는 사람은 없나요?"

"그이한테 그런 얘기는 들은 적 없어요."

"그러면 가족이나 친구? 옛 애인 중에?" 밀러 형사가 거들었다.

"아니, 없어요." 낸시가 힘주어 말했다.

"그이는 남의 원한을 살 사람이 아니었어요. 오히려 누구나 좋아할 만한 사람이었죠. 옛 애인들마저 아직 그이를 사랑하고 있을걸요."

쓸쓸한 우스갯소리를 하며 그녀는 눈물을 글썽였다.

"그렇다면 지난 몇 주 사이에 평소와 다른 점은 없었나요?"

밀러가 침착하게 질문을 이었다.

"수상한 사람이 집 주위를 어슬렁거렸다든지요?"

낸시는 천장을 올려다보며 기억을 더듬었다. 그녀의 뺨 위로 한 줄기 눈물이 흘렀지만, 그녀는 굳이 닦으려 하지 않았다.

"그런 적은 없었어요. 웨스트타운으로 이사한 지 얼마 되지 않았고, 그 동네는 늘 안전했어요."

"제이콥이 고민을 털어놓은 적은 없었나요? 아무리 사소한 고민이라도 이 사건과 관련이 있을 수 있어요." 가브리엘이 설명했다.

"고민이라고 해봤자 누구나 겪을 법한 사소한 트러블이 전부였어요. 우리는…, 아쉬울 게 없었어요. 얼마 전에 집도 샀고, 곧 결혼할 계획이었고…."

낸시가 울먹거리며 주먹을 꽉 쥐었다.

가브리엘이 밀러에게 고갯짓을 하자, 밀러가 앞에 놓인 파일을 펼쳤다.

"낸시, 사진 몇 장을 보여줄게요. 자세히 보실 필요는 없고, 그냥 이 중에 낯익은 얼굴이 있는지만 확인해주세요."

그 사진들은 작년에 제이콥이 기소한 폭력범들의 사진이었다.

"이 남자 알아보겠어요?"

머리를 깨끗이 민 콜롬비아 청년의 사진을 가리키며 밀러가 물었다. 사진을 자세히 들여다보던 낸시는 고개를 저었다.

"이 남자는요?"

이번에는 땋은 머리에 반항기 어린 눈빛의 젊은 흑인이었다.

"모르겠어요, 죄송해요."

"그럼 이 사람은요?"

그런 식으로 질문이 이어졌고, 사진은 마침내 단 한 장만 남았다.

"이 사람은요?"

낸시가 케이시의 얼굴을 신중히 살피는 사이, 가브리엘은 낸시의 얼굴을 뚫어지게 응시했다.

잠시 후, 고개를 든 낸시는 어리둥절한 표정으로 이렇게 대답했다.

"이런 여자애도 본 적 없어요."

32

어디에 가든 아이들의 눈이 케이시를 따라다녔다.

케이시는 긴 복도를 걸어 내려갔다. 쉬는 시간이라 그런지 사물함 주위는 무척이나 붐볐다. 케이시의 주변에서는 속닥이는 소리가 연신 들렸다. 평소에도 튀는 존재였지만, 오늘따라 아이들이 자신에게 과도한 관심을 보인다고 생각했다.

'혹시 내가 구속됐었다는 소문을 들었나?'

경찰이 학교에 통보했을 테니, 완전히 틀린 짐작은 아닐 것이다.

"맨디, 저것 좀 봐. 너 중고품 가게 할인하는 거 알았어? 쟤가 거기서 새 팔찌 몇 개를 장만했대. 작은 사슬로 연결된 쇠 팔찌 있잖아…."

밉상 맨디와 제시였다. 그 애들은 심심할 때면 남의 흉을 봤다.

"알아, 되게 잘 어울리더라."

맨디가 제시의 말에 장단을 맞췄다.

"그게 저 애가 해본 가장 비싼 액세서리였을걸."

케이시는 그들을 돌아보았다. 보통 때 같으면 그 정도 조롱은 무시했겠지만, 오늘만큼은 참을 수가 없었다.

"나한테 무슨 할 말 있어?" 케이시가 맨디를 똑바로 쏘아보며 물었다.

"아니, 하지만 넌 틀림없이 할 말이 있을 텐데." 맨디가 씩 웃으며 대답했다.

"미리 경고하는데…." 제시가 맨디의 어깨를 붙잡으며 깐죽거렸다. "네가 하는 말은 모두 법정에서 불리하게 작용할 수…."

"야, 입 닥쳐!"

케이시의 기세에 흠칫 놀란 제시가 입을 닫았다.

케이시는 어깨로 제시를 세게 들이받으며 밀치고 지나갔다. 거친 욕설이 뒤따랐지만, 케이시는 복도를 당당하게 걸어 나갔다.

복도를 걷는 케이시에게 아이들의 눈총이 따라붙었다. 이대로는 도저히 수업에 들어갈 수 없다. 복도를 여기저기 배회하던 케이시는 비상구를 지나 비상계단을 내려갔다.

휴게실에 사람이 없는 것을 확인한 그녀는 빛바랜 농구 코트를 건너 쓰레기장 뒤로 모습을 감췄다. 그곳은 주로 불량한 학생들이 모이는 장소였기에 수많은 담배꽁초가 바닥에 흩어져 있었다.

케이시는 필통을 열고 새로 만 대마초를 꺼내 불을 붙였다. 그러고는 연기를 탐욕스럽게 빨아들였다.

그때 불쑥 애덤의 얼굴이 머릿속을 파고들었다.

'오늘 왜 그렇게 그에게 못되게 굴었을까? 어쩌자고 그렇게 겁을 줬을까?'

어쨌든 그는 자신에게 우정의 손길을 뻗어 온 유일한 사람이었다.

'그를 다시 찾아가야 할까? 사과를 한 다음, 도와달라고 부탁해야 하나? 우리 두 사람이 만나게 된 데에 그 어떤 이유가 있지 않을까? 어쩌면 이것이 내가 타고난 저주에서 벗어나기 위한 과정의 일부가 아닐까?'

케이시는 대마초를 깊이 빨아들였다.

마음은 그 어느 때보다 허전하기만 했다.

33

"아이한테 등을 돌려선 안 돼요, 나탈리아. 어머니가 먼저 다가가야 해요."

나탈리아는 자신의 나약함을 간파당할까 두려웠다. 하지만 계속해서 시선을 피한다면 그의 조언을 거부하는 듯이 보일 것이다. 그녀에게는 그의 조언이 절실했다. 남편의 황망한 죽음 이후로 이렇게 힘들기는 처음이었다.

"어려운 거 압니다. 아이가 당신에게 상처 주는 말을 아무렇지 않게 내뱉고, 반성하겠다고 해놓고선 또 잘못을 저지르고… 하지만 당신은 어머니잖아요. 딸을 지키고 보살피려고 세상에 보내진 분이죠."

"네, 신부님."

노박 신부와 이야기를 하고 나면 늘 모든 일이 훨씬 선명하고 단순해진다. 나탈리아에게 노박 신부는 할아버지, 아버지,

오빠를 하나로 합친 존재나 다름없었다.

"이제 케이시를 도울 방법을 생각해봅시다." 그가 미소를 지으며 말했다.

그들은 교회의 신도석에 나란히 앉아 있었다. 이곳은 시카고에 거주하는 폴란드인 사이에서 가장 인기 있는 교회였다. 옛 조국을 연상시키는 장소였기에 위안을 갈구하는 사람들로 늘 북적였다.

집에서 한참 떨어진 곳이지만 나탈리아는 한 주에 서너 번씩 이곳에 나오려고 노력했다. 그녀는 노박 신부를 깊이 신뢰했고, 그의 조언은 나탈리아의 죄의식을 깨끗이 씻어내고 앞날을 훤히 비춰주었다.

"네, 신부님, 제가 잘 타이르면 케이시도 교회에 나올 거예요. 그 애는 이곳에, 신부님 곁에 오는 걸 늘 좋아했으니까."

과장일지언정 거짓말은 아니었다.

"잘됐네요, 그럼 그렇게 합시다. 우리가 힘을 모으면 케이시를 도울 수 있어요. 연약함과 죄를 벗어던지고 다시 건강한 아이가 될 수 있어요. 이제 성모마리아께 기도를 드려야겠군요."

나탈리아는 양손을 맞잡았다. 입에서 기도가 술술 나왔고, 시간이 흐를수록 더 강하고 굳건해지는 기분이었다.

조금전까지도 나탈리아는 케이시 때문에 절망을 느끼고 자기 연민에 빠졌지만, 이제 그녀에게는 목표가 생겼다.

어떤 방법을 써서든 케이시를 다시 진심으로 품어 안을 작정이었다.

34

"그러니까 확실히 두 사람은 있어야 할 수 있는 일이겠네요?" 몽고메리 형사가 그럴싸한 질문을 했다.

가브리엘 형사는 비교적 최근에 팀에 합류한 신참 형사인 몽고메리가 마음에 들었다.

"그럴 공산이 크다는 뜻이에요."

브리핑실에 빼곡히 모여 앉은 형사들을 돌아보며 가브리엘이 대답했다.

"범인은 피해자를 감쪽같이 납치해서 잔혹하게 살해했어요. 단독범 소행일 수도 있지만, 공범이 있을 가능성이 커 보여요. 지금으로서는 케이시의 공범 관계를 찾는 게 급선무예요."

그 말에 형사들이 가볍게 고개를 까닥였다.

수사의 진행 상황을 묻는 호스킨스 총경과 통화를 한 후에 그녀는 수사팀 전원을 불러 모았다. 일단 수사 초기에 발견한 사항들을 하나하나 보고받은 다음, 그것들을 분석하고 여러 가능성들을 검토할 작정이었다.

"병리학, 법의학 분석에서 밝혀진 새로운 소식은 다들 전해 들었을 거예요. 케이시의 사건 기록부와 목격자 진술도 확인했을 테고요. 밀러 형사와 나는 제이콥 존스의 약혼녀 낸시 브라이트를 면담했어요. 하지만 그녀는 어떤 용의자도 지목하지 못했고, 공범 관계를 찾아내는 건 우리한테 달렸어요. 수아레즈 형사님, 제이콥의 법정 기록은 어떻게 되어 가나요?"

"갱단을 중심으로 조사 중입니다. 제이콥 검사가 감옥에 처넣은 코브라 패거리들이 한둘이 아니었으니…. 제이콥 검사를 벼르고 있던 놈들이 당연히 있겠지요? 험볼트 공원 밖에서 활동하는 안드레 힐도 의심스럽고요. 그자의 똘마니 넷이 지난달에 감방에 들어갔는데, 제이콥이 그 사건들을 전부 담당했습니다."

가브리엘이 얼른 대꾸했다. "그렇다면 그자를 찾아야겠네요. 요즘 누구랑 붙어 다니는지, 그럴듯한 알리바이를 내놓을 수 있는지 확인해야겠어요."

그때 밀러 형사가 앞으로 나와 가브리엘에게 말했다. "저희 쪽에서는 제이콥의 사생활에서 단서를 찾고 있습니다. 낸시 브라이트의 옛 연인 중에서 제이콥 검사를 미워하던 데일 매켄지라는 남자가 있어요. 그 남자가 그런 잔인한 살인을 했을 것 같지는 않지만, 그에게는 동기가 있고 전과자 친구도 있습니다."

"그건 너무 나간 것 같은데요?"

이 말에 밀러 형사는 눈에 띄게 풀이 죽는다.

그러자 가브리엘이 재빨리 덧붙였다. "범인이 누구든 범인은 여간 신중하고 꼼꼼한 인물이 아니에요. 검시 기록을 보면 제이콥은 라텍스 알레르기가 있었어요. 그래서 가해자는 장갑까지 사전에 준비했어요. 그것만 봐도 놈이 얼마나 꼼꼼한지 알수 있죠. …좋아요. 그렇다면 일단 그 데일이라는 사람도 한번만나보세요. 웹에 남아있는 그 사람의 신상 기록도 확인하고요. 그리고 또 있나요?"

"제이콥에게 왕래가 거의 없는 남동생이 하나 있습니다." 올브라이트 형사가 말했다.

"그런데 어느 날 쥐도 새도 모르게 자취를 감춘 모양이에요. 넉 달 전에 미니애폴리스에서 마지막으로 목격됐고요."

"그쪽도 계속 조사해보세요." 가브리엘이 말했다.

"저기…. 저도 드릴 말씀이 있는데…." 신참인 몽고메리 형사가 조심스레 말을 꺼냈다.

"말씀하세요." 가브리엘이 재촉했다.

"아시다시피 저는 케이시의 사건 기록을 전부 검토했습니다. 모두 단독 범행이었고, 조직과 엮여 있다는 흔적은 없었습니다. 아마 친구가 거의 없고, 주로 혼자 다녔던 모양입니다."

"네, 물론 나도 같은 생각이에요."

"하지만 소년원에서 만난 양아치들과 어울린 경험은 있을 겁니다. 수년간 그곳을 드나들었으니까요."

"…그래서요?" 흥미를 느낀 가브리엘이 그녀를 다시 재촉했다.

"그래서 저는 이 남자를 의심하고 있습니다."

그녀가 가브리엘에게 종이 한 장을 건넸다.

"카일 레드먼드요."

가브리엘은 젊은 남자의 사진을 내려다보았다. 삭발한 머리 때문인지 얼굴의 시퍼런 반점이 더 두드러져 보였다. 목에 새긴 문신이 반점을 일부 가렸지만, 얼굴 오른쪽에 있는 반점이 입술을 덮고 코와 귀까지 닿아 있었다. 코에는 피어싱을 했고, 귀에도 여러 개의 요란한 장식이 박혀 있었다. 가브리엘은 그의 눈을 유심히 살폈다. 그의 눈 안에 담긴 것은 분노일까, 아니면 다른 어떤 것일까?

"레드먼드가 열다섯, 케이시가 열한 살 때 소년원에 동시에 수감된 기간이 있습니다. 당시의 사건 보고서를 보면 알 수 있어요. 4페이지에 그 복사본이 있습니다."

가브리엘이 해당 페이지를 펼치는 사이 몽고메리가 다시 말했다.

"그때 남자 재소자 하나가 케이시에게 추근거린 모양입니다. 그 일로 레드먼드와 시비가 붙었다고 합니다. 교도관의 말에 따르면 당시 레드먼드가 케이시에게 호감이 있었다고 하더군요."

"정말 그랬다면 케이시가 무척 고마워했겠네요. 특히나 그런 곳에서는." 가브리엘이 덧붙였다.

"그런 이유로 둘 사이에 우정이 싹텄을 수도 있지 않을까요?" 몽고메리가 말했다.

"아니면⋯, 애정? 어쨌든 레드먼드는 여태 참 바쁘게도 살았더군요." 가브리엘이 그의 체포 이력을 하나하나 확인하며 말했다. 불법 감금, 구타, 상해, 그리고 남성과 여성 모두를 대상으로 한 성폭행. "이놈은 지금 어디 있죠?"

"모릅니다. 5주 전쯤 레이더망에서 사라졌어요. 보석 조건으로 한 주에 한 번씩 경찰청에 와서 확인을 받아야 하는데, 현재 코빼기도 보이지 않고 있답니다."

"그럼 우리가 찾는 수밖에 없겠네요. 그 일은 밀러 형사가 총괄하세요. 몽고메리와 올브라이트 형사가 도와주시고요."

임무를 부여받은 형사들은 각자의 책상으로 허둥지둥 달려갔다.

가브리엘은 뿌듯함을 느꼈다. 처음으로 수사에 진전이 생겼다. 그동안 언론은 시카고 경찰들에게 아우성과 비난을 쏟아냈으며, 시카고 시민들은 불안함에 떨고 있었다.

하지만 오늘부터 반격이 시작될 것이다.

35

인파 속에서 애덤은 혼자였다. 네 시까지 진료 예약이 없었기에 링컨 파크로 돌아가는 길에 머릿속을 정리하기 위해 동물원을 찾았다. 어린 시절에 놀러왔을 때 그의 눈에 비친 동물원은 어디가 어딘지 알 수 없을 만큼 엄청나게 넓은 곳이었다.

그러나 오늘 본 동물원은 기억 속 그곳보다 훨씬 작았다. 더구나 봄 햇살을 즐기러 온 가족과 학생들로 초만원이었다. 처음에는 그냥 돌아갈까 싶었지만 잠시 고민한 끝에 둘러보기로 결심했다. 옛 추억을 더듬는 간만의 나들이 기회를 단념하고 싶지 않았다.

하지만 사자 우리와 새 우리가 있는 곳을 지나치던 애덤의 뇌리에 골치 아픈 생각이 파고들었다. 케이시에 대한 생각이었다. 어느새 그는 그녀와 나눈 대화를 곱씹고 있었다.

'저는 죽음을 볼 수 있어요…. 실제로 일어나기 전에요.', '사람들을 보면 그들의 삶이 어떻게 끝날지, 언제 끝날지 눈에 보여요….'

애덤 역시 무심결에 자신의 운명에 대해 곰곰이 생각했다. 최근 들어 혈압이 다소 높아졌고, 페이스의 출산예정일이 점점 다가오자 자신도 건강검진을 받아야 하는 게 아닌지 고민이 됐다. 이제 곧 부양해야 할 가족도 늘어날 것인 데다 그의 아버지가 심장병으로 요절하였던 가족력을 고려하면 더욱 그렇다.

케이시는 그녀의 눈에 보이는 환영들이 얼마나 끔찍한 저주인지 호소했다. 애덤은 그 아이가 하는 말이 사실이라면 그것이 무엇을 의미하는지 생각해 보았다. 케이시가 정말로 '예지력'을 갖고 있다면….

흥미롭지만 무서운 생각이 들었다. 케이시가 애덤의 마지막을 미리 볼 수도 있다니…. 만약 케이시가 그것을 정확히 예언할 수 있다면 애덤은 자신의 미래를 케이시에게 물어보아야 할까? 심장마비로 쉰 살에 죽을지, 행복한 삶을 누리고 아흔에 죽을지 케이시가 알 수 있다면 그것을 물어볼 용기가 있을까? 쉽지 않다.

애덤은 어느새 동물원 출구에 이르렀다는 사실에 놀라 걸음을 멈췄다. 음울한 상상에 몰입한 나머지 자신이 어디로 향하고 있는지도 의식하지 못했다. 케이시를 어떻게 도울지 고민해야 하는 마당에 정신을 딴 곳에 팔고 있었다. 무의미한 생각에 빠져 있던 자신이 너무 어리석게 느껴져서 동물원 나들이를 서둘러 마쳤다. 그는 손목시계를 슬쩍 확인하고는 인파를 헤치고 출구를 빠져나갔다.

약속 시간인 네 시가 가까워졌다.

36

페이스는 느릿느릿 기어가는 시계 분침을 지켜보았다. 왜 이렇게 오래 걸릴까? 그녀는 지금 20분 넘게 하반신을 드러낸 채 민망한 자세로 침대에 누워 있었다. 페이스는 너무나도 불안하고 초조했으며, 왠지 서글펐다.

"죄송합니다, 죄송해요."

검사실로 들어온 산부인과 의사가 호들갑을 떨며 사과했다.

"오늘 다들 날을 잡은 모양이에요. 오늘따라 아기가 어찌나 많이 태어나는지…." 그녀는 싹싹하게 말을 이었다. "자, 그럼 이제부터 마음 편히 가지세요."

그녀는 초음파 기계를 뒤쪽으로 밀며 장갑을 꼈다. 의사의 매끄럽고 능숙한 손놀림에 페이스는 그제야 조금 안심했다.

"가운 좀 들어주세요."

팽팽하고 따뜻한 복부에 미끈거리는 물질이 싸늘하게 와 닿았다. 임신 기간은 그녀의 인생에서 가장 행복한 시기였지만, 검진을 받는 순간만큼은 행복하지 않았다. 검사를 받을 때마다 이상하게 불편하고 수치스러웠다. 특히나 의사의 탐침이 살을 파고드는 느낌은 딱 질색이었다.

타닥거리는 스캐너 소리에 귀를 기울이던 페이스는 항상 몸에 지니고 다니는 아마조나이트 크리스탈을 만지작거렸다. 그것은 페이스의 부적이었다.

말없이 작은 화면에 눈을 고정한 의사는 페이스의 불룩한 배 위로 부지런히 스캐너를 움직였다. 페이스는 모니터에 있을 아기의 모습을 상상했다. 그리고 아기의 심장이 '콩, 콩, 콩' 뛰는 정겨운 소리를 기대했다. 그것은 지금껏 세상에서 들어본 소리 중 가장 예쁜 소리였다.

그러나 검사실에 침묵이 돌았고, 페이스는 의사를 쳐다보았다.

"어떤가요?"

태연한 말투로 들리기를 바랐지만, 페이스의 불안감은 감춰지지 않았다. 의사는 그녀에게 잠깐 미소를 지었지만, 페이스는 그 표정에서 긴장감을 감지했다.

"괜찮은 거죠? 심장박동도 잘 느껴지고요?"

의사가 심각한 얼굴로 다시 한번 시도하더니 페이스를 돌아보았다.

"아직 잘 안 들리는데…, 솔직히 이 기계가 워낙 똥통이에요. 안 그래도 기계를 바꿔달라고 몇 주째 입이 닳도록 요구하던 중이었어요. 옆방에서 다른 기계를 가져와서 해볼게요."

자리에서 일어서던 의사가 페이스의 손을 잡았다.

"너무 심각하게 생각하지 말아요. 걱정할 일은 없을 거예요."

그러나 페이스는 걱정되었다. 서둘러 검사실을 나가는 의사를 지켜보던 그녀는 심각한 공포에 사로잡혔다. 뭔가 심하게, 그리고 끔찍하게 잘못됐다는 확신이 찾아왔다.

----------------------- **37** -----------------------

"걱정 끼쳐드려 죄송해요."

이 말이 너무 간절하게 들렸다.

그래서 애덤은 무심결에 이렇게 대답했다. "괜찮으니까 신경 쓰지 마."

"그럴 뜻은 아니었어요. 제가 생각이 짧았어요."

"괜찮아. 이해해."

케이시는 애덤에게 감사의 눈길을 보냈다. 케이시를 알게 된 후 처음으로 그녀가 자신의 눈을 똑바로 보고 있다고 애덤은 생각했다.

"잠시 있다 가겠니? 나는 오늘 일이 끝나서…."

"아니요. 그냥 사과드리러 온 거예요."

조금 전 네 시 예약 환자를 배웅하던 애덤은 우연히 오늘도 길 건너편에 서 있는 케이시를 발견했다. 케이시는 지체 없이 애덤에게 다가왔고, 그는 사람들의 눈을 피해 그녀를 안으로 들였다.

"넌 잘못한 게 없어. 아까도 말했듯이 네 말을 제대로 듣지 않고 적절하게 반응하지 않은 내 잘못이 더 커."

케이시는 어깨를 으쓱했지만, 그 말을 굳이 부정하지는 않았다.

"하지만 너만 동의하면 다시 시작하고 싶구나. 아까 얘기했듯이 진료비는 내지 않아도 돼."

"절 실험용 쥐로 삼고 싶으신 거예요?"

"아니, 한 사람의 고객으로 삼고 싶은 거야."

그녀는 이 말이 마음에 든 모양이었다.

"그러면…, 좋아요. 저는…."

"응?"

"저를 이해해줄 사람이 필요해요."

"당연히 그럴 거야."

"그리고 저를 도와줄 사람도 필요하고요. 저는 정말 힘들어요. 늘 혼자였다고 느꼈지만…, 실은 혼자였던 적이 없어요. 제 안에 모든 사람이 조금씩 들어 있는 기분이었어요."

애덤은 말없이 케이시를 바라보았다.

그녀는 더듬거리며 말하기 시작했다. "저는 사람들 모두에게 이야기해주고 싶어요. 시간이 얼마 남지 않았으니 아이들에게 키스를 해주라고요. 아니면 아직 시간이 충분하니 그 차를 사고, 그 집을 사라고…."

"네가 무엇을 느끼든, 네가 무엇을 보든 그건 네 책임이 아니야."

"그럴까요?"

"당연하지. 너는 네 자신만 책임지면 돼. 생각해봐, 케이시. 설령 네가 모든 사람을 도울 수 있다 쳐도 누구를 먼저 도울지 네가 어떻게 선택하겠니? 시카고에만 인구가 수백만인데."

"그렇지만…."

"사실이잖아. 그 사람들의 삶의 무게를 전부 네 어깨에 짊어질 수는 없어."

"하지만 만약 제가 그런 운명을 타고났다면요? 다른 사람들도 그러려고 노력했으니까…."

"다른 사람들? 누구 말이니?"

"제 친척들이요. 저보다 먼저 살다간 사람들." 케이시가 마음속으로 비슬라바 외할머니를 생각하며 대충 얼버무렸다.

애덤의 표정에 한층 더 놀라움이 묻어나는 것 같았다.

그때 책상에 놓여 있던 애덤의 휴대폰이 울리기 시작했다. 화면을 흘끔 보니 페이스였다. 전화를 받으려던 그는 순간적으로 아차 싶어 통화를 거부하고 폰을 무음 상태로 바꾸었다.

"하지만 저는 치료를 받고 싶지 않아요. 설득당하고 싶지도 않고요." 케이시가 속사포처럼 말했다.

"케이시, 내 말을 믿는 게 좋아. 시간이 지날수록 나는 네가 겪고 있는 상황을 잘 이해할 수 있을 거야. 네가 원할 때까지 계속 만나면서 모든 문제를 해결할 수도 있어. 그러면 너는 졸업 파티도 가고, 신나는 여름 방학을 보낼 수 있겠지."

그러자 케이시가 갑자기 침울한 표정을 지었다. 그러고는 애덤의 시선을 피해 고개를 떨구고는 손톱을 물어뜯기 시작했다.

"왜 그러니, 케이시? 내가 뭐 잘못했니?"

하지만 케이시는 대답하지 않고 갑자기 출입구 쪽만 힐끔거렸다.

"아니요, 그런 게 아니에요."

"그러면 갑자기 왜 그래?"

그때 문득 애덤의 머릿속에 끔찍한 생각이 밀려들었다. 그는 지금 케이시가 무엇을 걱정하는지 정확히 알 것 같았다.

"지금 혹시 네게 시간이 얼마 남지 않았다고 생각하는 거니?"

케이시가 고개를 끄덕였고, 애덤은 그녀에게 한 발짝 다가갔다.

"케이시, 너의 죽음을 본 거니?"

"네, 그랬어요."

"네가…, 네가 어떻게 죽는다는 거니?"

어리석은 질문이지만 물어볼 수밖에 없었다.

"살해당해요."

애덤은 낮은 소리로 탄식했다. 잠시 주저하던 애덤은 이윽고 차분한 어조로 물었다.

"…누가 너를 죽이는지도 알고 있구나?"

"네."

"그게 누구니?"

길고 불편한 침묵이 이어졌다. 그러다 마침내 케이시가 천천히 고개를 들고 말했다.

"선생님이요."

Part 2

두 여자는 팽팽하게 기 싸움을 하며 서로를 노려보았다. 키 180센티미터인 가브리엘의 풍채에도 상대방은 전혀 주눅 들지 않았다.

"그 얘기는 하고 싶지 않아요. 지금도, 그리고 앞으로도."

"당신에겐 선택의 여지가 없어요, 대니. 경찰의 공무 수행을 방해하는 건 범죄행위예요."

"그러면 저를 체포하세요."

가브리엘은 정말 그 말대로 하고 싶었다.

팀원들이 며칠을 노력한 끝에 케이시와 소년원 동기였던 카일 레드먼드의 옛 애인 대니 로체퍼드를 찾아냈다. 하지만 그 결과는 실망스러웠다. 대니 로체퍼드는 지나칠 정도로 적대적인 태도를 보였다.

"말하기 힘든 얘기라는 건 알아요. 당신이 이전에 어떤 일을 겪었는지, 지금 무슨 일을 겪고 있는지 알아요. 그 부분에 대해서는 진심으로 유감스럽게 생각해요."

그러자 대니가 코웃음을 쳤다.

"그래도 몇 가지 질문은 해야겠어요. 카일을 한시라도 빨리 찾아야 하거든요."

"애당초 일처리를 제대로 하셨으면 그 자식이 이렇게 밖에 나돌아 다닐 일도 없었을 거 아녜요?"

"맞아요, 그 점은 미안하게 생각해요. 어쨌든 나는 그 어느 누구도 고통받는 걸 원하지 않아요. 당신도 같은 생각일 거라 믿어요."

마지못해 동의한다는 듯 대니는 어깨를 으쓱했다. 과거 카일은 주말 내내 애인이었던 대니를 트레일러에 감금한 채 괴롭히고 학대한 적이 있었다. 대니에게 그 기억과 트라우마는 아직도 생생할 터였다.

"그러니까 말해줘요. 카일 레드먼드를 마지막으로 본 게 언제였죠?"

"석 달 전, 아니면 그보다 더 됐는지도 모르겠네요. 집에 갔더니 그 자식이 저를 기다리고 있더군요."

"당신을 폭행했나요?"

"네, 그래서 눈에 멍이 들었어요."

그 정도는 아무것도 아니라는 듯 대니는 가벼운 어조로 말했다.

"원하는 게 뭐였죠?"

"모르겠어요. 그 자식이 제게 뭐라고 말했지만, 당시 저는 집이 무너져라 고함을 쳤거든요. 그래서 전혀 들을 수 없었죠."

"그전에는 어디서 지냈대요?"

"그런 말은 없었어요. 웨스트가필드에 그 자식 이모가 사는데 가끔씩 거기에 가나 봐요."

"그분한테는 이미 가봤어요."

"그 이상은 저도 아는 게 없어요. 그 자식은 더 이상 내 인생과 상관없다니까요."

"두 사람이 같이 살 때 사이가 어땠나요?"

"진짜 그런 걸 꼭 물어야겠어요?"

"미안해요, 대니. 하지만 중요한 문제라서요…."

가브리엘의 진심 어린 사과에 대니의 표정이 조금 누그러졌다.

"저를 멋대로 주무르려 했고…, 아주 난폭하게 굴었어요."

대니가 호주머니에서 담뱃갑을 꺼내며 대답했다.

"당신을 자주 때렸나요?"

"네."

"어떻게 때렸죠?"

"심하게 학대했어요. 신체적으로나…, 성적으로나…."

"흉기를 쓴 적도 있나요?"

"그럼요."

"뭐였죠?"

"주머니칼, 식칼. 한번은 볼트 절단기를 들고 덤비는데…."

대니는 떨리는 손으로 담뱃갑에서 담배 한 개비를 꺼내 입술에 물었다.

"…동거한 기간이 얼마나 되죠?"

"6~7주 정도요."

"그 시기에 그 사람이 일을 하던가요?"

"이삿짐센터에서 일했어요. 청소업체랑 건설회사에 다닌 적도 있고요. 하지만 매번 물건을 훔치고, 사람을 패다가 잘렸어요."

이 말을 나중에 밀러에게 알려야겠다고 가브리엘은 생각했다.

"하지만 그런 곳에서 그 자식을 찾을 수는 없을 거예요. 이름 바꾸기를 밥 먹듯이 하는 인간이거든요." 대니가 단호하게 말했다.

"최근에 자주 가는 곳이 있다든가 하는 얘기는 안 하던가요? 술집, 아니면 친구 집이라든지…?"

"그 자식한테 트레일러가 있어요. 거기다 장물 같은 걸 보관하죠. 아마 로워웨스트사이드 어디일 거예요. 정확한 주소는 모르고요."

말을 마친 대니가 가만히 가브리엘을 바라보았다. 그녀는 이 심문이 빨리 끝나기를 바라고 있었다.

"고마워요, 대니. 도움이 많이 됐어요. 시간 내줘서 정말 고마워요."

가브리엘이 손을 내밀자 대니는 잠시 주저하다가 손을 내밀었다. 그리고 아주 짧은 순간이었지만 가브리엘은 손가락이 두 개 잘린 그녀의 손을 보았다.

"다 끝난 거죠? 나갈 때 문 좀 닫아주세요."

가브리엘의 시선을 눈치챈 대니가 황급히 말했다.

가브리엘은 조용히 물러났다. 그리고 낡은 폰티악 옆에 서서 대니의 아파트를 한 번 더 돌아보았다.

놀랍게도 대니는 창가에 서서 여전히 그녀를 응시하고 있었다.

가브리엘은 오래도록 그 이미지를 머릿속에서 떨치지 못할 것 같았다.

그것은 삶의 고통에 찌든 젊디젊은 여자의 모습이었다.

39

페이스는 캔버스 위에 그려진 자신의 얼굴을 응시했다. 갑자기 자신의 얼굴이 낯설게 느껴졌다. 얼굴의 형태, 표정, 뺨의 보조개, 모든 것이 자신의 모습과 닮아 있지만, 마치 낯선 인물을 보는 기분이었다.

페이스는 작업실 내부를 둘러보았다. 익숙한 모든 것들이 제자리에 있었다. 하지만 그녀는 처음 작업실을 보는 것 같은 기분이 들었다. 그 끔찍한 일을 겪은 이후로 모든 것들이 다 낯설게 느껴졌다.

그날 의사는 아기의 심장박동소리를 끝내 듣지 못했다. 새 기계를 가져온 후로도 생명의 흔적을 찾는 데 실패했고, 페이스의 가슴은 무너져 내렸다. 그 이후 몇 시간 동안 일어난 일들에 대해서는 기억이 가물가물했다. 애덤에게 몇 번이나 연락을 시도했지만 그는 끝내 연락을 받지 않았다. 가장 먼저 병원에 도착한 사람은 친정 어머니였다.

태반이 자궁에서 떨어져나가 태아에게 산소와 영양분이 공급되지 못했다는 사실을 의사에게 확인받는 사이, 어머니가 그녀의 곁을 지켰다. 그리고 마침내 애덤이 도착했다.

페이스는 어떻게든 딸아이를 살릴 수 있기를 바랄 뿐이었다. 갖가지 약을 복용하고 끔찍한 열두 시간을 견딘 끝에 페이스는 애너벨을 세상 밖으로 내보낼 수 있었다. 뺨의 보조개부터 짙고 검은 머리카락까지 엄마를 쏙 빼닮은, 완벽한 아기였다.

하지만 몇 시간 뒤 애너벨은 세상을 떠났고, 그 후 병원 영안실로 옮겨졌다.

그날 밤새도록 애덤과 페이스는 한숨도 잘 수 없었다. 의사들은 페이스의 우울증 병력을 고려해 병원 입원을 권유했지만, 페이스는 집으로 돌아가고 싶었다. 결국 의사들은 진통제를 처방해주었다.

집에 돌아와서도 꼭 닫힌 아기 방 문 앞을 지나가려니 가슴이 미어졌다. 잠을 잘 때에는 애너벨의 꿈을 꾸다가 깨어나곤 했다. 밤낮을 구분할 수도 없었고, 제대로 먹을 수도 없었다.

페이스는 지난 두 달간 그리던 그림 위에다 천을 덮어 가렸다. 이제 그 그림은 틀렸다. 이제는 모든 것이 변했다. 그녀의 아기, 사랑하는 어린 딸이 죽었다.

그리고 그녀의 일부도 함께 죽었다.

40

"사실 제 이야기는 특별할 게 없어요. 처음에는 그냥 이것저 것 흔한 약물을 복용했어요. 그러다 작년에 겪은 일 때문에…, 심각한 트라우마가 생겼어요. 그 이후로는 술에 더 빠지고…, 그러다 결국 헤로인까지 손대기 시작했고요."

여자아이가 낡은 옷소매에서 너덜너덜한 실밥을 뜯으며 말 했다. 저 아이의 이야기 역시 다른 사람들과 별로 다르지 않았 다. 가벼운 마음으로 약물을 시작했다가 어떤 일을 계기로 더 독한 마약에 손을 뻗고, 그러다 결국 폐인이 되었다는 그런 시 시한 이야기.

저 여자아이가 오늘의 세 번째 발표자였다. 약물치료모임 사 회자는 참가자들 모두에게 말할 기회를 줘야 한다고 했다. 하 지만 케이시는 다른 사람들의 이야기가 귀에 들어오지 않았다. 케이시는 남의 고통에 공감할 여력이 없었다.

사실 케이시는 이곳에 있는 것조차 싫었지만, 애덤과의 약속 을 지키기 위해 마지못해 참석했을 뿐이다. 그리고 약물을 끊 을 마음도 없었다. 오로지 약물 덕분에 제정신을 유지하고 있 으니까.

"약을 끊은 지 얼마나 됐죠?"

사회자는 침착하게 대화를 진행했고, 케이시는 호주머니에 손을 넣어 숨겨둔 대마초를 찾았다. 이런 자리까지 대마초를 가져온 자신의 배짱에 케이시는 우쭐했다.

"정말 감사합니다. 저를 지지하고 격려해주신 이 자리의 모든 분들께 정말 감사드려요."

여자아이는 거의 울먹이고 있었고, 케이시는 긴 한숨을 내쉬었다.

"잠깐 쉬었다 할게요."

여자아이가 눈물을 닦으며 진정하는 사이 사회자가 말했다.

"하지만 그 전에 새로 온 친구의 이야기도 잠깐 들어볼까요?"

사람들의 시선이 케이시에게 쏠렸고, 케이시는 당황했다.

"환영해요, 케이시."

사람들이 입을 모아 케이시를 반겼다.

"오늘은 친구들이랑 어떤 이야기를 나누겠어요?" 사회자가 물었다.

케이시는 여기서 당장 달아나고 싶었다. 갑자기 열이 났고, 모든 것이 불쾌하고 답답하게 느껴졌다.

"케이시?"

사회자가 케이시를 간절히 바라보았다. 사회자의 이름은 로첼이었다. 케이시는 현기증이 나고 속이 매스꺼웠다. 머릿속에 지끈지끈한 통증이 느껴졌다.

"서두를 거 없어요, 괜찮아요. 하지만 여기 모인 사람은 전부 참여해야 해요. 그러니까…, 준비가 되면 꼭 이야기해 주세요."

사회자 로첼의 목소리가 희미하게 느껴졌다. 케이시는 당장이 비좁은 공간을 박차고 나가 신선한 공기를 마시고 싶었다.

하지만 뭔가가 그녀를 가로막는 것 같은 느낌이 들었다.

케이시는 그 느낌에 강렬하게 저항했다. 그녀는 온 힘을 다해 맞섰지만 어쩔 수 없었다.

케이시는 서서히 고개를 들고, 결국 로첼의 눈을 똑바로 들여다보고 말았다.

41

수사본부는 시끄러웠다.

"팀장님!"

가브리엘이 고개를 들어보니 밀러 형사였다.

"몇 가지 단서를 찾았어요."

"말해봐요."

"저쪽에서 말씀드려도 될까요?"

가브리엘이 집무실로 손짓을 했다.

"이 지역의 건설회사, 청소업체, 이삿짐센터를 둘러봤습니다." 밀러가 보고했다.

"지난 반년 사이 카일 레드먼드의 인상착의와 맞아떨어지는 인물이 근무한 적이 있나 확인하려고요. 그러다 이런 사실을 발견했습니다."

그녀는 '클린 이지Clean Easy'라는 회사의 인사기록부를 가브리엘에게 건넸다.

"뭐 하는 회사죠?"

"카펫 청소, 커튼 세탁 등을 하는 업체입니다. 지난 다섯 달 사이에 카일이 그곳에서 가끔씩 일을 했네요."

가브리엘은 '코너 섬너'라고 적힌 이름과 첨부된 사진을 보았다. 조그만 흑백사진이었지만 카일이 틀림없었다. 얼굴의 반점을 보니 더욱 확실했다.

"주소지를 확인했나요?" 가브리엘이 다급히 물었다.

"웨스트레이몬트 거리 1566. 여기가 포레스트뷰 쪽인가?"

"안타깝지만 없는 주소입니다. 그 거리의 번짓수는 1450에서 끝나더군요. 그런데…."

밀러는 엷게 웃으며 두 번째 서류를 가브리엘에게 내밀었다.

내용을 확인해보니 클린이지가 발행한 청구서 사본이었다. 가브리엘은 다급히 '고객정보란'을 훑어보았다.

제이콥 존스.

"이게 언제였나요?"

"두 달 전입니다. 제이콥은 일 년에 두 번씩 카펫을 세탁했습니다. 그때 일을 맡은 사람이…."

"코너 섬너였군요."

가브리엘의 시선이 '코너 섬너'라는 이름에 고정되었다.

"그러니까 제이콥이 사라지기 두 달 전이네요. 그런데 카펫 청소를 하는 데 보통 얼마나 걸리죠? 서너 시간?"

밀러가 고개를 끄덕였다.

"제이콥처럼 바쁜 사람이 그동안 집에 머물렀을 리는 없었겠죠. 제이콥이 집을 비운 사이 카일은 그 안에서 맘껏 설치고 다녔을 거예요. 어쩌면 보조열쇠를 갖고 있을지도…."

"좋아요. 앞으로 몇 시간 동안 이 남자를 찾는 데 힘을 모아야겠어요. 오늘 당장 찾아야 해요."

가브리엘의 지시를 받은 밀러가 황급히 사무실을 뛰쳐나갔다.

가브리엘의 몸속에서 아드레날린이 샘솟기 시작했다. 불과 5분 전만 하더라도 카일은 여러 용의자들 가운데 하나였지만, 지금은 가장 유력한 용의자로 단박에 뛰어올랐다.

-------------------------- **42** --------------------------

로첼은 허둥지둥 앞으로 걸어나갔다.

사실 이런 동네는 딱 질색이다. 로첼은 방금 벌어진 사건과 자신은 완전히 무관하다고 항변하고 싶었다.

딱히 설명할 수 없는 이유로 로첼은 수치심까지 느꼈다. 자신의 말이나 행동이 케이시를 자극하긴 했지만, 그건 절대 자신의 잘못이 아니었다.

새로 들어온 케이시에게 관심이 집중되지 않도록 그녀는 일부러 다른 참가자들에게 먼저 발표를 시켰다. 로첼은 케이시에게 충분히 시간을 주려고 노력했다. 그러자 케이시는 뭔가 할 말이 있다는 얼굴로 로첼을 올려다보았다.

그러고 나서부터는 모든 게 엉망이 되었다. 뭔가에 얻어맞은 사람처럼 케이시는 멍하니 로첼을 응시하다가 갑자기 괴성을 지르며 그녀에게 달려들었다.

　로첼은 서둘러 모임을 해산했다. 그리고 케이시를 설득해 집으로 돌려보내려 했지만, 케이시는 로첼에게 할 말이 있다며 돌아가지 않겠다고 고집을 부렸다.

　하지만 로첼은 택시를 타고 그곳을 먼저 떠나버렸다. 솔직히 겁이 났다. 케이시는 횡설수설하면서 로첼을 죽어라 붙들고 늘어졌다. 로첼은 케이시에게서 빠져나오려고 안간힘을 썼고, 적당한 기회를 틈타 얼른 그곳에서 달아났다. 어쩌면 약물치료 모임 사회자로서의 의무를 저버린 행동이라 볼 수도 있겠지만, 과거 모임 중에 폭행을 당한 경험이 있던 터라 또다시 그런 일을 겪고 싶지 않았다.

　로첼은 종종걸음으로 지하철역에 다가갔다. 어리석게 굴지 말라고 스스로를 꾸짖어도 지금의 불안감을 부정할 수는 없었다. 마음이 너무 초조했다.

　목을 빼고 주위를 둘러보던 로첼은 자신을 뒤쫓는 사람을 발견하고 경악했다. 그 사람은 다름 아닌 케이시였다.

　로첼은 지하철역을 향해 전력 질주했고, 케이시 역시 빠른 속도로 달려왔다. 저 뒤편에서 외침이 들렸지만 로첼은 멈추지 않았다.

　뒤에서 쿵쿵대는 발소리가 들렸고, 로첼은 지체 없이 개찰구에 카드를 찍고 한 번에 세 칸씩 계단을 내려갔다. 그 사이 귀에 익숙한 덜거덕덜거덕 소리가 들려왔다. 열차가 승강장으로 진입하고 있었다.

"로첼, 기다려요!"

열차가 서서히 멈추는 사이, 로첼은 하차하는 승객들을 헤치고 열차 안으로 뛰어들었다.

"제발, 제발."

문이 닫히기를 간절히 바라며 로첼이 웅얼거렸다.

그 사이 케이시도 승강장에 도착했다. 좌우를 두리번거리던 케이시는 문이 닫히기 시작하는 열차 안으로 서둘러 몸을 던졌다. 그 모습을 본 로첼은 본능적으로 열차 밖으로 뛰쳐나갔다.

승강장에 혼자 남은 로첼과 케이시의 시선이 마주쳤다. 점점 멀어지는 케이시를 지켜보던 로첼은 시선을 돌려 반대 방향의 열차를 바라보았다. 지금 들어오는 열차를 타면 집과 반대 방향으로 가게 될 것이다. 하지만 일단은 케이시에게서 멀어질 수 있다. 게다가 다음 역에는 택시 승차장도 있고.

오늘 이 도시를 횡단하는 수고쯤은 충분히 감수할 수 있었다.

43

답답한 침묵이 내려앉은 상담실에 애덤이 서 있었다.

사실 애덤은 이곳에 올 생각이 전혀 없었다. 페이스가 그를 집에서 내쫓은 셈이다. 그러나 여기까지 오는 짧은 시간 동안 그의 기분은 아주 조금 나아졌다. 이곳에서 일처리를 하다 보면 지난 며칠간의 고통에서 잠시라도 벗어날 수 있을 것 같았다.

애덤은 환자들에게 연락하는 작업부터 시작했다. 며칠 동안 그가 갑자기 사라졌던 이유를 환자들에게 제대로 설명하지 않았다. 그는 집안에 급한 일이 있었다고 얼버무리기로 했다.

환자 목록을 훑어보던 애덤의 시선이 케이시의 이름에 멈췄다. 어떻게 해야 할까? 케이시를 돕겠다고 큰소리를 쳐놓고서는 애덤은 그녀의 인생에서 쉽게 발을 빼버렸다.

'내가 지금 당장 그 아이를 감당할 여력이 있을까?'

애덤은 목록을 손가락으로 짚으며 다른 환자의 이름을 찾았다.

그때 인터폰이 요란하게 울렸고, 그는 소스라치게 놀랐다. 수화기를 든 애덤은 발신자로 표시된 이름을 보았다. 케이시였다.

애덤은 순간 사무실에 없는 척할까 고민했다. 하지만 케이시의 표정이 너무나 심각해서 그는 그녀를 건물 안으로 들였다.

잠시 후에 상기된 표정의 케이시가 숨을 헐떡이며 그의 앞에 섰다.

"계속 전화했어요."

"미안해, 케이시. 며칠 일을 쉬어야 했단다. 넌 괜찮니?"

"네. …아, 아니요."

"무슨 문제 있니?" 애덤이 조심스레 물었다.

"그런 일이 또 생겼어요."

애덤은 '그런 일'이 무엇을 의미하는지 금세 깨달았다.

"치료 모임에 갔었어요. 선생님께 약속한 대로요. 그런데 그곳에서 보고 말았어요. 그곳에서 같은 걸 본 거예요."

"정확히 무슨 일이 있었는지 말해보렴."

"시간이 별로 없어요. 가서 그분께 알려야 돼요."

"케이시…"

"선생님도 아는 분이에요. 로첼이라고…, 그 모임 진행자예요. 사는 곳이 어딘지는 모르는데, 선생님은 주소를 아시죠?"

"알 수도 있겠다." 애덤이 애매하게 대꾸했다.

"하지만 일단 찬찬히 얘기 좀 해봐."

"제가 발표할 차례가 되어서 로첼을 올려다봤는데…, 그게 보였어요. 제이콥 존스 때와 정확히 같은 상황, 지독한 고통과 끔찍한 공포…"

애덤은 뭐라고 해야 할지 딱히 생각나는 말이 없었다.

"그다음에 무슨 일이 있었는지는 정확히 기억이 안 나요. 그러다 그분이 문밖으로 달아났어요. 그래서 제가 그분을 뒤쫓았고요."

"네가 로첼을 뒤쫓았다고?" 애덤이 물었다.

"네." 케이시가 불안한 표정으로 대답했다. "지하철역까지 따라갔는데 그분이 저를 따돌렸어요."

"…케이시."

"제가 달리 뭘 할 수 있었겠어요? 그분은 오늘밤 자신이 죽는다는 사실조차 모르는데…." 케이시가 항변했다.

"이 일에 대해서는 얘기를 좀 해봐야겠구나, 케이시." 계속해서 말하려는 케이시를 무시하고는 애덤이 말을 이었다. "하지만 일단은 로첼에게 내가 전화를 할게. 오늘 일을 사과하고 무사한지…."

"아니요, 우리가 그쪽으로 가야 해요. 기껏해야 몇 시간밖에 안 남았다고요."

"어떻게 그걸 확신하니?"

"제 눈에 그렇게 보이니까요. 저는 사람들이 어떻게, 또 언제 죽는지 안다고요. 믿어주세요, 로첼은 오늘 죽어요."

화가 난 케이시가 씩씩거렸다.

"케이시, 이 얘기는 지난번에도 했잖아. 그건 네가 할 일이 아니야. 네가 할 일은 약물을 끊고 회복하는 데 집중하는 거야."

"제가 미쳤다고 생각하시죠?"

"아니야. 절대 그렇지 않아."

"그러면 저를 이해하려고 노력을 해보세요. 제 편이 되어줄 거라고 하셨잖아요."

"물론 그럴 거야. 하지만 생각해보자, 케이시. 지난번에 넌 네 눈에 '보이는' 것들은 반드시 실현된다고 했잖아. 그렇다면 네가 관여한다고 달라질 게 있을까?"

"그래도 뭔가를 해야 돼요. 그분이 살해당하도록 내버려둘 수는 없어요."

"하지만 노력해도 전혀 달라질 게 없다면…?"

"달라질지도 몰라요. 어쩌면 그분을 구할 수 있을지도 모르죠."

케이시가 도전적으로 말했다.

"만약에 제가 그분을 도울 수 있다면…, 제 자신도 구할 수 있을지 모르잖아요."

케이시가 쭈뼛거리며 조심스럽게 한 말이었다.

그제야 애덤도 그녀의 말을 이해했다. 지난 며칠 내내 자신의 아이를 잃은 슬픔과 함께 자신이 케이시를 살해할 거라는 암울한 예언이 그를 괴롭혔다.

만약에 케이시가 본 환영 가운데 한 가지만이라도 뒤집을 수 있다면, 그녀의 '특별한 재능'에도 오류가 있음을 증명할 수 있다면, 케이시는 자신도 애덤에게 살해당하지 않고 살 수 있을 거라 믿는 것 같았다.

"케이시, 집에 데려다줄 테니까 일단 좀 쉬어. 그다음에 다른 방법을 생각해보자. 단기 약물 치료도 고려해보고…."

"아직도 제 말을 믿지 않으시네요!"

"어쨌든 로첼에게 내가 전화는 해볼게."

"우리가 직접 가봐야 한다니까요."

"우리?"

"그렇잖아요! 저는 겨우 열다섯이에요, 선생님."

"하지만 너는 나를 멀리해야 하잖아. 네가 한 말이 사실이라면 말이야…"

"어쩌면요." 케이시가 순순히 인정했다. "하지만 제 얘기에 귀를 기울여준 사람은 선생님밖에 없어요. 그래서 우리가 뭉칠 이유가 있는 거예요. 우리가 로첼을 구할 수 있다면, 그 일이 일어나지 못하게 막을 수만 있다면…"

그 말에 애덤은 대꾸할 말을 잃었다.

"제발요, 애덤. 제 말이 정신 나간 소리처럼 들린다는 거 알아요. 하지만 믿으셔야 해요. 제가 의지할 사람은 선생님밖에 없어요. 우리가 뭔가 하지 않으면…"

케이시의 목소리가 떨리고 있었다. 애덤은 케이시를 돕기로 한 과거 자신의 약속을 생각했다. 그러다 페이스가 지금 느끼고 있을 고통, 그리고 애덤의 품에 안겼던 차가운 아기가 떠올랐다. 일찍 퇴근하고 집에 가보는 것이 좋을 것이다.

"미안하다, 케이시."

"제발…"

"널 돕고 싶지만 지금은 그럴 수 없구나."

"이번 한 번만…"

"안 된다."

생각보다 단호한 애덤의 태도에 케이시는 움찔했다. 애덤은 목소리를 누그러뜨리며 케이시에게 한 발짝 다가갔다.

"지금은 집사람 곁에 있어줘야 해. 며칠 뒤에 연락할게. 만약에 오늘 꼭 상담이 필요하다면 다른 동료에게 소개해줄게."

"하지만 저를 도와주겠다고 약속하셨잖아요. 거짓말쟁이."

케이시가 씩씩거렸다.

"케이시, 내가 널 데려다…"

애덤의 말이 채 끝나기도 전에 상담실 문이 쾅 열렸다.

44

가브리엘 형사는 자동차의 라이트와 엔진을 껐다. 그러자 사우스모건 거리의 음산한 건물들이 어둠 속으로 모습을 감췄다.

"준비됐어요?"

가브리엘이 밀러를 돌아보며 물었다.

"완벽히요."

밀러가 방탄 조끼 밑의 총집을 두드리며 시원하게 대답했다.

"살살 해도 돼요. 우리는 이 남자랑 대화를 좀 하려는 것뿐이니까요." 손전등을 든 가브리엘이 차에서 내리며 조용히 당부했다.

그들은 둘러둘러 결국 카일 레드먼드의 직장 동료를 한 명 찾아냈다. 동료는 카일의 트레일러가 어디쯤 있는지 정확히 기억하고 있었다. 시카고 강둑에 자리 잡은 트레일러가 그들의 눈앞에 모습을 드러냈다.

가브리엘은 눈을 좌우로 움직이며 모든 위험 요소를 점검했다. 평일에는 시끌벅적하던 길이 오늘따라 조용하기만 했다. 걸음을 차츰 늦추며 다가가던 가브리엘은 뒤에서 대기하라는 뜻으로 밀러에게 팔을 쳐들었다.

이렇게 소수의 인원으로 이곳을 찾은 것이 어리석은 행동이었을까? 경찰 병력을 동원해 트레일러를 급습하는 방법도 생각했지만, 결국 가브리엘은 마음을 바꿨다. 그러다 쓸데없이 자신들의 존재를 노출할 위험이 있었다. 코앞에서 카일을 놓치는 실수를 범할 수는 없었다.

트레일러의 문은 세 개의 산업용 자물쇠로 단단히 잠겨 있었고, 가브리엘은 가장 가까운 창으로 다가갔다. 쇠창살 틈으로 그녀의 형체가 희미하게 반사되었다. 더 바짝 다가가자 창문 안쪽을 덮은 검고 불투명한 물질이 보였다. 옆에 있는 다른 창문도 그런 식으로 막혀 있었다.

가브리엘은 소용돌이치며 흐르는 강과 그것을 막아주는 질펀한 둑을 둘러보았다. 그녀는 허리를 굽히고 손가락으로 바닥에 있는 흙을 떠서 손전등을 비춰보았다. 제이콥 존스 검사의 차 타이어에 엉겨 붙어 있던 진흙과 비슷해보였다.

"안에 사람이 있나요?"

밀러가 살금살금 다가오며 가브리엘에게 물었다.

"지금까지는 안 보이네요."

가브리엘이 손가락에 묻은 진흙을 닦으며 대답했다.

"어떻게 하실 거예요?"

"할 수 있는 일이 별로 없네요. 이곳을 감시하는 것보다…."

"내부를 좀 살펴볼까요?" 밀러가 물었다.

가브리엘이 미간을 찌푸렸다. "영장 없이는 안 돼요."

"하지만 여기 창문들은 낡고 허술해요." 밀러가 물러서지 않고 말했다.

밀러의 말에도 일리가 있었다. 영장이 나오려면 꼬박 하루는 걸릴 터였다. 그러나 지금 규정을 어긴다면 향후 사법 절차에서 위법 수집 증거라는 이유로 증거능력이 부정될 수도 있다.

"좀 더 경험이 쌓이면 말이에요…, 밀러 형사도 안 되는 이유를 알게 될 거예요. 어쨌든 당신의 열정만큼은 높이 평가할게요."

밀러는 잠시 실망스러운 표정을 지었지만, 가브리엘의 말을 수용했다.

가브리엘은 터덜터덜 자신의 차로 돌아갔다. 오늘은 빈손으로 발길을 돌리는 수밖에 없었다. 이 트레일러가 살인 사건과 관계가 있다고 의심되는 정황은 있어도 확실한 증거는 없었다.

짜증이 난 가브리엘은 거칠게 시동을 걸었다.

카일은 지금 어디 있을까? 그리고 지금 무슨 짓을 하고 있을까?

집에 돌아와 문을 닫은 로첼은 잠금장치까지 걸어잠궜다. 모든 위험 요소를 철저히 차단하고 싶었다. 유리창이 잘 잠겨 있는지, 여닫이창이 잘 고정되어 있는지 꼼꼼히 점검했다. 모두 이상 없음을 확인한 그녀는 주방으로 들어가 의자에 풀썩 주저앉았다.

오늘 하루, 그녀는 너무 피곤했다.

마음을 진정시킬 술이 필요했다. 냉장고로 다가가던 로첼의 머릿속에 케이시의 사회복지사에게 연락해야 한다는 생각이 뒤늦게 떠올랐다. 로첼은 한숨을 쉬며 휴대폰에서 연락처를 뒤졌다.

늦은 시간이라 그런지 전화를 받지 않았다. 로첼은 사회복지사에게 자신의 상황을 간략히 설명하고, 아침에 만나서 이야기하자는 짧막한 음성메시지를 남겼다.

메시지를 보내고 휴대폰을 테이블에 던졌다. 그때 휴대폰이 요란스레 알람을 울렸다. 오늘 하루 종일 얼마나 정신이 없었는지 즐겨 보는 TV프로그램이 곧 시작한다는 사실조차 까맣게 잊고 있었다.

그녀는 친구 캐트에게 전화해 집에 놀러올지 물어본 다음 간단히 샤워를 해야겠다고 생각했다. 캐트와 둘이서 와인을 마시며 예능프로그램 〈스캔들〉을 볼 생각에 기분이 한결 좋아졌다.

로첼은 침실로 향하는 계단을 사뿐사뿐 올라갔다.

그의 눈이 그녀를 따라 움직였다. 그녀가 무슨 행동부터 할지 궁금했다. 여러 차례 지켜본 결과 그녀는 늘 습관대로 움직였다. 보통은 발코니로 나가 잠시 담배를 피운 다음 옷을 갈아입었다. 그러다 침대에 쓰러져 휴대폰을 들여다보기도 했다. 속이 상하거나 심기가 불편해 보이는 날에는 곧장 샤워를 하러 갔다.

로첼은 입고 있던 원피스를 훌러덩 벗어버렸다. 원피스를 팽개치고 스타킹을 허물 벗듯 벗어던지는 그녀의 모습을 그는 옷장 문틈으로 유심히 지켜보았다.

로첼은 브래지어를 풀고 팬티를 끌어내렸다. 그러고는 방에 딸린 욕실로 들어갔다. 얼마 뒤에 파이프가 꾸르륵대며 물을 토해내는 소리가 들렸다. 그 소리를 들을 때마다 그는 절로 미소가 지어졌다.

그녀를 당장이라도 덮치고 싶은 욕구를 간신히 다스리며 50까지 숫자를 센 다음 옷장에서 조용히 나왔다. 문이 살짝 열린 욕실 안을 흘끔 돌아봤지만, 샤워 커튼에 김이 서려 있어 그녀의 모습은 보이지 않았다.

그는 신속하고 조심스럽게 욕실로 다가갔다. 그리고 장갑 낀 손으로 손잡이를 잡고 욕실 문을 완전히 열어젖혔다. 아무것도 모르는 로쳴은 나직이 콧노래를 흥얼거리고 있었다.

원래대로라면 바로 지금이 기회였다.

그러나 그는 눈앞의 매혹적인 여체를 외면하기 힘들었다. 김이 서려서 시야가 흐릿했지만 그녀의 허벅지 곡선과 볼록한 가슴, 등 뒤로 늘어진 기다란 금발이 그를 자극했다.

서서히 아랫도리가 부풀어 오르는 느낌이 들었다. 하지만 지금은 꾸물거릴 때가 아니라며 마음을 다잡았다. 그는 욕실 문을 조용히 닫고 그녀에게 다가가기 시작했다.

47

열쇠 구멍에 열쇠를 밀어 넣던 애덤은 순간 멈칫했다. 그는 불안에 떨고 있었다.

'말도 안 돼, 여긴 우리 집인데…. 내가 어쩌다가 이렇게….'

항상 벅찬 마음으로 돌아오던 편안하고 예쁜 집이었지만, 문 안쪽에서 어떠한 광경과 마주치게 될지 오늘만큼은 몹시도 두려웠다.

페이스의 모습을 지켜보기가 너무 힘들었다. 지난 며칠 사이, 그녀는 눈에 띄게 수척해졌다. 한평생 다른 사람들의 정신 문제와 위기를 해결해온 애덤이었지만 페이스의 고통을 해결하는 일은 그에게 너무 어려운 일이었다. 그는 평정심을 유지하는 것조차 힘들었다.

그는 집 안으로 들어갔다. 주전자에서 물이 끓는 소리가 들렸다. 어이없게도 이 대수롭잖은 소리에 용기를 얻은 애덤은 서둘러 주방으로 들어갔다. 아래위로 운동복을 입은 페이스가 싱크대 앞에 서 있었다.

"짜잔!"

그녀가 애써 밝은 척하며 자신의 옷을 가리켰다.

"보기 좋은데."

그 역시 유쾌한 목소리를 내려 애썼다.

"이게 다가 아니야. 나 오늘 작업실도 갔었어."

"잘했어. 그 작품은 어떻게…."

"아직 멀었어."

그녀가 그의 말을 자르고 짧게 대답했다.

"당연히 서두를 필요 없지. 한 발짝씩 나아가는 거야."

그의 말에 페이스는 대답 없이 주전자를 받침대 위에 놓았다. 그러고는 그에게 차 한 잔을 건넸다.

"오늘은 어떻게 보냈어?"

"그냥저냥. 환자들이랑 밀린 전화 통화를 했어."

"그랬구나."

"아직 돌릴 전화가 많지만, 번호를 갖고 있으니까 그건 집에서 할 수도 있고…."

애덤은 끝을 얼버무렸다.

페이스는 애덤이 무언가 더 얘기해주기를 바라고 있었다.

"괜찮은 거야? 신경이 좀 날카로워 보이는데…."

"괜찮아." 그가 딱딱하게 대답했다.

"그래?" 페이스가 애덤을 똑바로 응시하며 반문했다.

"케이시가 나를 찾아왔어. 상담실로."

"그랬구나. 그 애가 뭐래?" 페이스가 조심스레 물었다.

"…"

애덤은 어떻게 대답해야 할지 몰라 난감했다.

"애덤?"

"도와달라고 했어. 다른 일이 또 있었나 봐."

"이번에도 환영이 보였다는 거야?"

애덤은 고개를 끄덕이며 어깨를 으쓱했다. 왠지 '환영'이라는 단어가 마음에 들지 않았다.

"그래서? 누구랑 관련된 환영인지도 이야기했어?"

"응."

"누군데?"

"별거 아니야."

"애덤?"

"그 아이를…, 그 아이를 그냥 되돌려보냈어."

그런 말을 하는 자신이 조금 부끄러웠다.

"뭐야?"

깜짝 놀란 페이스가 격한 어조로 외쳤다.

"지금 당장은 그 아이랑 엮일 수가 없어. 우리 코가 석 자라…."

"하지만 당신은 프로잖아."

"그래서?"

"우리 일이랑은 아무 상관없다고. 만약에 당신이 그 애를 도울 수 있다면 도와줘."

"그럴 수 없다고 벌써 그 아이한테 얘기했어. 지금 와서 다시 얘기를 할 이유가…."

"나는 당신이 다시 생각해봐야 할 것 같아."

"왜?"

"왜냐면 나는 당신 일까지 망치게 만들 그렇게 약해빠진 년이 아니니까." 분노가 담긴 험한 말이 페이스의 입에서 튀어나왔다. "물론 당신이 나를 도우려고 하는 거 알아." 페이스가 발개진 얼굴로 말을 이었다. "하지만 난 성인이야. 스스로 이겨낼 수 있다고."

"페이스, 난 그저…."

"그리고 어린애 취급하는 건 내게 아무 도움이 안 돼. 아무리 비참하고 힘들어도…, 삶은 굴러가게 돼 있어."

애덤도 차마 그 말을 부정할 수 없었다.

"그러니까 만약에 케이시가 곤경에 처했다면…, 자기 발로 당신을 찾아올 만큼 도움이 절실했다면…"

페이스가 그의 눈을 똑바로 쳐다보며 확실히 매듭지었다.

"당신은 그 애를 도와야 해."

48

"아가, 어서 좀 먹어봐."

눈앞에 펼쳐진 장면이 케이시는 쉽게 이해되지 않았다.

예쁜 꽃무늬 원피스를 차려입은 나탈리아가 만면에 미소를 머금은 채 식탁 앞에 앉아 있었다. 식탁에는 진수성찬이 차려져 있었고, 평소에는 허락되지 않던 패스트푸드 음식도 몇 가지 있었다.

"어서."

케이시는 쭈뼛쭈뼛 자리를 잡고 오레오 쿠키를 씹기 시작했다. 모든 상황이 너무 어색하고 부자연스러웠다. 오늘도 평소처럼 질문 공세가 쏟아지거나 한바탕 잔소리가 쏟아질 것을 예상했다. 이런 전개는 전혀 생각하지 못했다.

"오늘 어땠어? 네…, 치료 모임은 어땠니?"

케이시가 약물 중독 카운슬링 모임에 나간다는 사실을 나탈리아는 지금껏 아는 척하지 않았다.

"좋았어요." 케이시는 어설픈 거짓말을 했다.

지금도 사실은 로첼의 주소나 전화번호를 알아내기 위해 열심히 머리를 굴렸다. 하지만 케이시는 로첼의 성조차 몰랐고, 치료 모임에 친구라고는 한 명도 없었다.

"엄마는 오늘 어땠어요?" 케이시가 먼저 대화를 시도했다.

"좋았어. 일 끝나고 교회에 갔다가 그 근처 슈퍼마켓에 들렀어. 거기서 네가 좋아하는 것들을 좀 사왔지."

"고마워요."

케이시가 웅얼거리며 경단을 포크로 찍었다.

나탈리아는 케이시가 음식을 삼킬 때까지 기다렸다가 다시 말을 이었다.

"며칠 전에 노박 신부님이랑 얘기를 해봤는데…."

포크질을 멈춘 케이시가 나탈리아를 보았다. 이제야 이 기묘한 만찬의 목적이 드러나고 있었다.

"너 노박 신부님 기억하지?"

"그럼요."

'어떻게 잊을 수 있겠어요?'라는 말을 덧붙이려다 참았다.

"그분도 너를 똑똑히 기억하시더라. 교회에서 다시 만나고 싶어 하셔."

"그것도 좋죠." 케이시가 심드렁하게 대답했다.

"그래서 오늘 너랑 같이 가볼까 생각 중이야. 물론 이것들부터 다 먹고 나서."

"오늘요?"

"한 시간 후에 미사가 시작되거든. 시간 맞춰 갈 수 있을 거야."

'엄마는 이미 계산해두었을 것이다. 22번 버스가 정확히 언제 오는지도 알아두었을 테고.'

엄마와 다투어보았자 소용없을 터였다. 그리고 미사 시간을 활용해 생각을 정리할 수 있을지도 모른다.

두 사람은 곧 교회에 도착했고, 미사가 시작되었다. 케이시는 짜증을 억누르며 노박 신부의 말에 집중하려 애썼다. 엄마를 위해 그 정도는 해줄 수 있었다. 늘 그렇듯이 노박 신부의 인사 말 다음에 기도문, 그다음에 전례가 이어졌다. 잠시 후 성체 기도가 시작되었고, 케이시는 기도 쿠션에 엎드렸다.

"주님께서 여러분과 함께…"

케이시는 눈을 감고 두 손을 맞잡은 채 기도문을 중얼거렸다.

"…또한 사제와 함께."

입으로는 기도문을 중얼거렸지만, 자꾸 로첼 생각이 나서 집중하기 어려웠다.

그런데 케이시의 정신을 흩트리는 것이 또 있었다. 누군가의 휴대폰이 울리고 있었다. 케이시의 휴대폰이었다.

몇몇 사람이 비난의 눈길로 케이시 모녀를 돌아보았다.

"꺼라."

나탈리아가 소리 죽여 말했다.

그러나 케이시는 이미 달려 나가는 중이었다.

발신자는 애덤이었다.

그녀의 기도에 응답한 사람이 적어도 한 사람 있었던 모양이다.

49

"내가 잘 얘기할게. 넌 차 안에 있어라."

썩 내키지는 않았지만 그리 하겠다는 뜻으로 케이시는 어깨를 으쓱했다.

"그분한테 뭐라고 하실 거예요?"

"오늘 모임에서 있었던 일을 전해 들었다고 하고 사과부터 해야지."

애덤은 업계 세미나에서 로첼과 몇 차례 만난 적이 있었다. 그래서 자신이 잘 이야기하면 괜찮을 거라고 생각했다. 케이시를 조금이라도 안심시킬 수 있다면, 그것만으로도 충분히 가치가 있는 일이었다.

"그 다음에는 어떻게 하실 거예요?" 케이시가 따져 물었다.

"그다음은 딱히 할 게 없지 뭐. 로첼이 무사한지 확인하고 그냥 돌아서면 돼. 네 어머니는 지금도 너를 애타게 기다리고 계실 테니까."

"그건 제가 알아서 할게요."

그 순간, 모녀의 문제에 자신이 말려들지 않았으면 하는 비겁한 생각이 애덤의 뇌리를 스쳤다. 나탈리아는 지금 그가 하고 있는 행동을 비난할지도 모른다.

"어서 가보자." 워싱턴클로즈 방향으로 운전대를 틀면서 애덤이 말했다.

거리는 어둑했지만, 집집마다 번지수가 정확히 표시되어 있었다. 두 사람은 아스팔트 위를 천천히 이동하며 번지 표시를 살펴보았다.

"20…, 18…, 16…"

14번지가 눈에 들어오자 애덤이 차를 경계석 쪽으로 움직였다.

"여기서 기다려라." 그가 운전석 문을 열며 단호히 말했다.

"알았어요." 그녀가 짜증을 내며 답했다.

애덤은 로첼의 집에 다가갔다. 1층의 불빛을 제외하면 집 안은 인기척 하나 없이 깜깜하기만 했다. 재빨리 현관문 앞으로 걸어간 애덤은 초인종을 눌렀다.

긴 벨 소리가 요란하게 울렸고, 애덤은 바짝 긴장했다.

'로첼한테 무슨 말을 해야 하나?'

그러나 집 안에서는 아무도 나오지 않았고, 애덤은 다시 초인종을 꾹 눌렀다.

"뭐야? 왜 왔어?" 어느새 옆에 와서 서 있는 케이시를 돌아보며 애덤이 말했다. "차 안에 있으라고 했잖아."

"그분이 집에 있나요?"

"아니, 보이지 않아."

그러자 케이시가 창문에 얼굴을 바짝 갖다 댔다. 그러고는 눈을 가늘게 뜨며 어둠 안쪽을 열심히 살폈다.

"그분 가방이 보이네요. 오늘 오후에 갖고 있던 거예요. 복도 테이블 에 휴대폰이 있는 걸 보니 틀림없이 집에 돌아왔어요."

"어쩌면 벌써 잠자리에 들었는지도 몰라."

"하지만 초인종을 눌러도 아무 반응이 없잖아요. 아주 늦은 시간도 아닌데."

"잠깐 외출한 건 아닐까?" 애덤이 답했다.

"휴대폰이랑 가방을 집에 두고요?"

케이시는 차고 문으로 다가가 손잡이를 비틀었다. 그러나 문은 꿈쩍도 하지 않았다. 다시 집 앞으로 돌아온 케이시는 집 옆쪽 골목으로 사라졌다. 애덤이 황급히 그녀의 뒤를 따랐고, 케이시는 뒷마당에 서서 여닫이창을 들여다보고 있었다.

"잠겼어요."

케이시가 창문을 쾅쾅 두드렸다. 그러나 여전히 반응이 없었다.

"좋아, 지금으로선 우리가 할 수 있는 건 없어. 이제 로첼에게 문자메시지를 보내서 아침에 내게 전화를 달라고 하면 돼." 애덤이 말했다.

하지만 케이시는 이미 창턱을 기어오르고 있었다.

"케이시, 무슨 짓이니?"

"이 창문은 위쪽만 빗장으로 고정돼 있어요."

"그래서 어쩌려고 그래?"

케이시는 조그만 창문 유리를 팔꿈치로 가격했다. 그런 다음 손을 창문 안으로 뻗어 빗장을 옆으로 밀고 창문을 열어버렸다. 그러고는 그 안으로 뛰어내렸다.

창을 연 케이시가 애덤에게 속삭였다.

"선생님도 들어오실 거예요?"

50

"계세요?"

케이시의 목소리가 메아리쳤지만, 여전히 아무 대답도 없었다. 애덤은 깨진 유리를 조심스레 밟으며 케이시에게 다가갔다.

"로첼?" 애덤이 외쳤다.

온 집에 침묵이 감돌았다.

"로첼, 나예요, 애덤 브랜트. 무서워할 필요 없어요. 집에 있으면 좀 내려와줄래요?"

여전히 대답은 없었지만, 위층에서 살짝 삐걱거리는 소리가 들렸다.

거실로 살금살금 들어간 케이시는 이내 복도로 이동했다. 테이블 위에는 로첼의 숄더백과 휴대폰, 열쇠가 있었다. 케이시가 그것들을 만지려 하자 애덤이 만류했다.

"이 일에 너무 깊이 개입해선 안 돼. 그런 걸 만지면 네 지문이 묻을 수도 있어."

이번에는 케이시도 잠자코 그의 말을 들었다. 애덤은 2층으로 향했고, 케이시도 그 뒤를 따랐다.

2층에는 조그만 침실이 두 개 있었다. 첫 번째 방은 평범한 손님방이었다. 침대는 깔끔하게 정리되어 있고, 새로 세탁한 옷들이 침대 옆의 옷걸이에 걸려 있었다. 옆에 놓인 서랍장을 손가락으로 쓸어보니 얇은 먼지들이 밀려났다.

두 번째 방은 그보다 큰 방이었다. 케이시와 애덤은 그 방 안으로 들어갔다. 그곳에는 사진 액자가 여러 개 놓여 있고, 내용물이 가득 찬 세탁물 바구니가 보였다. 케이시는 세탁물 바구니를 살폈다. 로첼이 좀 전까지 입고 있던 원피스와 브래지어, 팬티 등이 함부로 쑤셔 박혀 있었다.

침구 역시 깔끔하게 정리되어 있었다. 그 어떤 혼란이나 저항의 흔적은 없었다. 그리고 로첼의 흔적도….

"로첼은 여기 없어, 케이시. 그리고 이상한 점도 없어."

케이시의 옆으로 다가온 애덤이 말했다.

"집에 와서 샤워를 한 게 틀림없는데…. 뭔가 이상해요. 왜 지갑이랑 휴대폰을 놔두고 나갔을까요?"

"깜박했겠지. 아니면 이웃집에 잠깐 놀러갔거나."

"그건 말이 안 돼요."

"하지만 주위를 둘러봐라, 케이시. 누구 하나 얼씬거린 흔적이 있는지."

케이시가 애덤을 흘겨보았다. 케이시는 애덤의 말이 자신을 비아냥거린 거라는 생각에 심사가 뒤틀렸다.

케이시는 싱크대, 거울, 샤워기 등을 샅샅이 살폈다. 샤워 커튼은 아직 젖어 있었고, 샤워 매트 역시 아직까지 흠뻑 젖어 있었다.

'왜 이렇게 젖어 있을까? 혹시 샤워를 하는 사이 공격을 당한 걸까? 아니면 이 모든 게 오해일 뿐일까?'

그때 애덤이 그녀의 팔을 덥석 잡았다.

"이 정도면 됐어, 케이시. 이제 돌아가자."

5.1

그녀는 소리 없이 입술만 달싹거렸다. 고개를 떨군 채 양손을 맞잡고 자비를 갈구했다.

나탈리아가 교회의 빈 신도석에 홀로 쓸쓸히 앉아 있었다. 신도들은 모두 떠났고, 노박 신부 역시 행정업무를 처리하러 갔다.

케이시를 다시 교회로 인도하겠다고 노박 신부에게 약속했지만, 창피하게도 딸의 광기 어린 모습만 만천하에 보이고 말았다.

창피함이 분노로, 분노가 다시 절망으로 바뀌었다. 그녀에게 모든 짐을 지운 채 일찍 세상을 떠난 남편이 원망스러웠다.

지금껏 그녀는 괴로운 일에 시달릴 때마다 하느님께 의탁했다. 그녀는 충실한 신자였다. 교회를 위해 돈을 모금하고, 전능하신 하느님께 날마다 기도했기에 힘겨운 시기를 이겨낼 수 있으리라 굳게 믿었다. 그래서 나탈리아는 정성을 다해 쉴 새 없이 기도했다. 그러나 오늘밤에도 구원은 찾아오지 않았다.

미사 내내 불어온 바람이 점점 강해지더니 넓은 교회 내부를 휘감았다.

쾅!

덧문이 닫히면서 교회 건물을 때리는 소리에 나탈리아는 소스라치게 놀랐다. 쾅! 쾅!

그녀의 목소리는 한층 더 높아졌다.

바람은 마치 비명소리를 지르며 성경책을 거칠게 넘기고, 교회 소식지를 공중으로 날려버리는 듯했다. 나탈리아는 눈을 감은 채 하느님의 자비와 인도를 소리쳐 갈구했다.

그러다 나탈리아는 자리에서 일어섰다. 그녀는 갑자기 두려워졌다. 노박 신부를 부를까 잠시 고민하던 나탈리아는 몸을 돌려 출구로 달려갔다.

우르르 쾅쾅쾅!

거리에는 천둥과 함께 비가 내리고 있었다. 나탈리아는 목도리로 얼굴을 여미고 서둘러 길을 내달렸다.

구원을 찾아 교회에 왔던 나탈리아는 신의 무자비한 분노에 질겁하여 그곳을 떠났다.

52

"911에 연락해야 해요."

"그래서 뭐라고 할 거니?" 애덤이 물었다.

"로첼이 실종됐다고요."

"그건 확실하지 않아."

"가방이랑 휴대폰만 남아 있는 거 보셨잖아요. 너무 이상하지 않아요?"

케이시가 애덤을 뚫어지게 응시했다.

"이봐, 너는 아직 제이콥의 살해 용의자야."

그 말에 케이시는 불편한 기색을 보였다.

"경찰한테 얘기해봤자 범죄가 발생했다는 증거가 없다고 하겠지."

케이시가 반박하려는 사이, 애덤이 케이시의 입을 막고 계속 말했다.

"나도 로첼의 행적이…, 조금 수상쩍다는 건 인정해. 하지만 그게 전부야. 로첼이 납치당했다는 구체적인 증거가 나오기 전까지는 경찰이 절대 움직이지 않을 거라고."

"그러니까 그분이 어찌 되든 그냥 내버려 두자고요?"

"아침에 다시 찾아볼 수도 있어. 그때쯤이면 다시 나타날지도 모르고."

"그때쯤이면 이 세상 사람이 아닐 거예요."

"그건 모르는 일이야."

"…그리 되면 선생님은 양심의 가책에 시달리겠죠."

케이시는 눈물까지 글썽거렸고, 그 모습을 본 애덤은 크게 놀랐다.

"우리는 지금 잘못하고 있는 거예요."

케이시가 차 문을 열었다.

"케이시, 너무 늦은 시간이야. 혼자 밖에 돌아다니면 안 된다."

그러나 케이시는 들은 체도 하지 않고 차 밖으로 뛰쳐나갔다.

"내가 집까지 데려다줄게."

하지만 케이시는 이미 전속력으로 달리고 있었다.

애덤은 손가락으로 운전대를 두드려댔다. 머릿속이 복잡했다. 케이시가 걱정되고, 로첼이 걱정되고, 자기 자신도 걱정되었다.

'애당초 뭐 하러 케이시를 돕겠다고 나섰을까? 얻을 게 뭐가 있다고?'

케이시에게 로첼을 쫓아다니지 않도록 설득해야 했지만 그는 실패했다. 사실 애덤은 처음부터 케이시의 능력을 믿지 않았다. 정말로 케이시가 사람들의 운명을 정확히 예측할 수 있다면, 그것은, …그것은 무엇을 의미할까? 애덤이 살인자가 된다는 예언은? 애덤이 케이시를 죽인다는 예언은?

어처구니없는 생각이었다. 불쾌해진 그는 그 생각을 머릿속에서 애써 밀어냈다.

애덤은 현관문을 살며시 열고 자신의 집 안으로 들어갔다. 페이스는 아직 깨어 있을 것이다. 요 며칠 내내 그녀는 심야 TV 프로그램을 즐겨 보았다. 그런데 어쩐 일인지 오늘은 전등이 다 꺼져 있었다.

그는 휑한 주방을 거쳐 침실로 향했다. 침실 역시 조명이 꺼져 있었다. 침실로 들어간 애덤은 이불을 몸에 감고 누워 있는 페이스를 발견했다.

그는 어둠 속에서 옷을 벗고 페이스의 옆자리로 기어 들어갔다. 그녀의 나직한 들숨과 날숨소리를 확인하기 위해 귀를 기울였다. 하지만 아무 소리도 들리지 않았다. 그는 턱까지 이불을 당기고 머릿속을 맴도는 생각을 없애려 애를 썼다.

"괜찮은 거야?

페이스의 목소리에 애덤은 깜짝 놀랐다.

"케이시 일 말이야."

"그 아이가 틀렸어." 그가 페이스를 돌아보며 말했다.

"다행이네."

"케이시는 집에 돌려보냈어."

거짓말이었다. 그는 케이시가 어디로 갔는지 몰랐다.

"그 애가 괜찮다니 기쁘다." 페이스가 웅얼거렸다.

그녀는 그를 등진 채 더 이상 아무 말도 하지 않았다. 그러나 애덤은 어깨의 미세한 떨림과 소리 죽여 들이마시는 숨소리를 듣고 페이스가 지금 울고 있다고 짐작했다. 조금이나마 그녀의 고통이 줄어들기를 바라며 애덤은 페이스의 어깨를 감싸 안았다.

"당신은…, 우리가 언젠가는…, 다시 아이를 가질 수 있을 거라 생각해?"

애덤은 대답하지 않았다. 그런 고민을 하기엔 아직 지나치게 일렀다. 일단 현재의 슬픔을 극복하고 난 다음에야 생각할 수 있는 문제였다.

"잘 모르겠어, 페이스." 그가 더듬거리며 말했다. "하지만 일단 시간을 좀 가져야 하지 않을까?"

그러나 애석하게도 시간은 그들 편이 아니었다. 페이스는 이미 삼십 대 후반이었고, 임신에 성공할 확률도 낮았다.

애덤은 페이스의 다음 말을 기다렸다. 하지만 페이스도 아무 말을 하지 않았다.

애덤과 케이시는 슬픔과 침묵으로 묶여 있었다.

53

"웬 빌어먹을 고양이가 몰래 들어왔나 했네."

남편 드웨인의 짓궂은 말투에 이미 익숙한 가브리엘은 무슨 말을 들어도 절대 화를 내지 않았다.

"미안해. 처리해야 할 일이 너무 많이 남아 있어서 늦었어." 가브리엘이 말했다. "맥주나 한 잔 하자."

잠시 후 드라마가 시작되었고, 가브리엘은 드웨인과 맥주병을 맞부딪쳤다. 가브리엘은 이런 평범한 순간들이 참으로 소중했다. 스트레스와 분노, 위험으로 점철된 삶 속의 작고 평범한 오아시스.

가브리엘은 드라마에 몰입하려 애썼다. 하지만 도무지 집중이 되지 않았다. 카일 레드먼드를 찾으려는 노력이 헛수고로 돌아갔다. 3백만 인구가 북적이는 대도시라지만, 한 인간이 그토록 흔적 없이 사라지는 일이 가능할까?

"으이그."

드웨인이 팔꿈치로 그녀의 옆구리를 찔렀다.

"드라마에 집중 좀 해. 지금은 일 생각할 때가 아니야."

가브리엘은 다시 드라마에 몰입하려 했다. 그러나 이런 사건을 수사할 때는 한시도 머릿속을 비울 수 없는 것이 현실이었다. 사소한 실수, 아주 짧은 시간 지체가 수사에 큰 영향을 줄 수 있기 때문이다.

살인범은 여전히 시카고 거리를 활보하고 있었다.

54

"제발 말 좀 해요."

그녀의 가느다란 목소리가 갈라졌다.

"왜 나한테 말을 안 해요?"

마스크를 쓴 남자는 그녀의 말을 무시하고는 여행용 가방을 앞으로 끌어당겼다.

찝찔한 눈물과 콧물이 흐르는 바람에 상처 입은 목이 따끔거렸다. 이런 비참한 경험은 난생처음이었다. 로첼을 이 끔찍한 장소에 데려온 남자는 계속해서 침묵했고, 그녀의 두려움은 시간이 지날수록 커져만 갔다.

느닷없이 샤워 커튼이 휙 젖혀지더니 억센 두 손이 그녀를 붙잡았다. 무슨 영문인지 파악할 새도 없이 그녀는 젖은 타일 위로 맥없이 미끄러졌다. 곧이어 숨이 막히는 듯한 지독한 느낌이 찾아왔다.

정신을 차려보니 그녀는 벌거벗은 채 팔다리가 묶여 있었다. 구겨진 비닐로 추정되는 섬뜩한 감촉이 그녀의 발가락에 느껴졌다. 두려움에 비명을 지르고 또 질렀지만, 납치범은 침착하고 조용히 자기 할 일만 했다.

"제발…. 원하는 게 뭐예요? 돈은 충분히 있어요. 우리 아버지도 돈이 많아요. 원하는 걸 말해주세요."

그러자 그가 로첼을 돌아보았다. 그의 모습을 본 로첼은 피가 서늘하게 식는 기분이었다.

남자는 오른손에 푸줏간용 칼을 쥐고 있었다. 깜박이는 전등빛이 번뜩이는 칼날에 반사되어 불길한 춤을 췄다.

"제발 살려주세요…."

로첼의 뺨 위로 눈물이 줄줄 흘렀다. 그러자 남자는 고개를 기울이며 로첼에게 가까이 다가왔다.

"제발요…. 저를 죽이지 마세요."

남자가 로첼의 바로 앞에 멈췄다. 그리고 그녀의 뺨을 무딘 칼날로 조용히 그었다. 피부에 와 닿는 금속의 감촉이 섬뜩했다.

"내가 누군지 아니?" 남자가 속삭였다.

"아니, 몰라요…."

"내가 뭐 하는 사람인지 알아?"

"아니, 아무것도 몰라요."

"잘됐군."

그녀의 머리를 내려치려는 듯 그가 칼을 높이 들었고, 로첼은 몸을 뒤로 홱 젖히며 새된 비명을 질렀다. 그러자 남자는 팔을 내리고 나직이 낄낄거렸다.

그녀의 두려움을 간파한 남자가 허리를 숙여 그녀와 눈높이를 맞췄다. 그의 숨결에 담배 냄새와 코를 찌르는 땀 냄새가 섞여 있었다.

"서두르지 않을 거야, 로첼." 그가 다정하게 속삭였다.

그의 목소리에 담긴 악의, 그의 번뜩이는 눈빛이 너무 두려웠다. 그녀는 차라리 한시라도 빨리 이 모든 상황이 끝나기를 바랐다.

"아주 천천히 할 거야."

"제발, 그러지 말아요." 그녀가 신음했다.

"조금씩, 조금씩…."

그가 로첼의 팔을 칼로 쓰다듬었고, 앞으로 무슨 일이 닥칠지 정확히 알게 된 로첼은 토악질을 시작했다.

"자, 네 귀여운 혀부터 시작하자고."

55

커튼 틈새로 들어온 아침 햇살이 음울한 광경을 비추었다. 나탈리아는 단정하게 정돈된 딸의 침대에 홀로 앉아 열심히 묵주를 돌렸다. 노엽고 창피했지만 그녀는 무엇보다도 딸의 안위가 걱정되었다. 간밤에 케이시는 집에 들어오지 않았다.

'대체 지금 어디 있을까? 그 아이는 친구도 없는데, 누가 그 애를 불러냈을까? 나 몰래 사귀는 불량한 남자친구라도 있나? 아니면 혹시 케이시의 망상만 부추기는 그 정신과 의사가 불러 냈을까?'

하지만 지금으로서는 알 길이 없었다.

실망한 그녀는 케이시의 행방을 알 수 있는 단서를 찾을 수 있을까 해서 딸의 침실로 가 봤지만 아무것도 발견할 수 없었다. 평소와 다름없이 바닥에는 지저분한 옷가지가 널려 있고 허술한 책상 위에는 학교 교과서가 아무렇게나 흩어져 있었다.

'경찰을 불러야 하나?'

최근에 경찰과 그렇게 얼굴을 붉히며 다퉈놓고 그럴 수는 없었다. 최소한 학교에라도 연락해서 딸이 없어졌다고 알려야 할 것 같았다. 그러나 그런 통화는 정말 내키지 않았다. 해리슨 교장과는 지금도 이미 위태위태한 사이였다.

나탈리아는 기운과 희망이 몸에서 완전히 빠져나가는 기분을 느끼며 침대에 폭삭 주저앉았다. 꺼진 매트리스에 드러누우려는데 뭔가가 그녀의 눈을 사로잡았다. 침대 옆에 놓인 사진 액자였다. 어린 케이시와 그들 부부의 사진이었다. 아이는 환히 웃고 있었고 뒤편에는 링글리 파크가 펼쳐져 있었다. 감정의 소용돌이가 나탈리아의 가슴을 휘저었다.

기쁨, 자부심, 후회, 이 모두가 깊은 슬픔에 집어삼켜졌다. 그녀는 케이시를 위해 최선을 다했다. 자신이 애정을 잘 표현하지 못하는 엄마라는 사실을 알고 소중한 아이에게 무리할 정도로 애정을 쏟았다.

하지만 케이시의 아빠 미콜라이가 죽은 후에는 삶이 훨씬 팍팍해졌다. 오로지 입에 풀칠을 하기 위해 몇 가지 일을 동시에 해야 했고, 까다롭고 이해할 수 없는 아이 때문에 죽도록 힘들 때가 많았지만 그래도 그녀는 자신이 과거에 겪은 설움을 케이시에게는 물려주지 않겠다고 마음을 다잡곤 했다.

나탈리아의 어린 시절은 힘들고 외로웠다. 어머니의 무관심은 나탈리아에게 큰 상처를 남겼고, 그래서 그녀는 절대 어머니처럼 행동하지 않겠다고 다짐했다.

하지만 그렇게 노력한 나탈리아에게 돌아온 대가는 뭐였을까? 딸아이의 반항, 거부, 소외가 전부였다. 나탈리아에게 돌아온 것은 아무것도 없었다.

슬픔과 두려움에 빠진 그녀가 딸의 침대에 홀로 앉아 있는 이유는 그 때문이었다.

56

"천천히 하세요. 준비가 되면요."

병원 직원이 말했다.

"미안해요…."

"서두르지 않으셔도 돼요."

애덤은 앞에 놓인 서류와 손에 쥔 펜을 내려다보았다. 빈칸에 서명만 하면 되는 간단한 일이었지만, 세상에서 가장 어려운 일처럼 느껴졌다.

애너벨의 시체를 처리하려면 서명을 해야 했다. 하지만 그는 계속해서 망설이고 있었다. 여기에 서명을 해야만 아기의 조그만 시신은 장의사에게 보내지고 장례식을 위한 엄숙한 절차가 시작될 터였다.

하지만 그것은 애덤 부부의 희망과 꿈이 완전히 사라지는 절차였다.

애너벨의 얼굴이 떠오르자 눈물이 왈칵 쏟아졌다. 그의 팔에 안긴 아기는 순진무구한 표정으로 아주 짧은 순간 그를 올려다보았다. 깊은 고통을 주는 기억이었지만, 그는 그 이미지를 영원히 붙들고 싶었다.

그의 절망은 언제 폭발할지 몰랐다. 그러나 이 자리에서 그 감정을 터트릴 생각은 없었다.

그는 서류에 순순히 서명을 한 뒤, 병원 직원에게 그것을 돌려주었다.

굳세게 버텨야 했다.

자신을 위해.

페이스를 위해.

그리고 애너벨을 위해.

57

그녀는 케이시의 상상 속 모습과 전혀 다른 모습이었다.

케이시의 상상 속 그녀는 세련되고, 우아하고, 화려한 사람이었다.

하지만 실상은 조금 달랐다. 애덤의 집은 으리으리하면서도 귀여운 맛이 있었지만, 페이스는 전혀 화려하지 않았다. 오히려 가볍고 자유분방하며 심지어 조금 흐트러져 보였다. 예민하면서도 산만한 분위기를 풍겼다.

그녀는 한쪽 어깨에 가운을 걸친 채 짜증스런 눈빛으로 케이시를 보았다.

"귀찮게 해서 죄송해요." 미리 준비한 말이 전혀 생각나지 않아 케이시는 그렇게 말했다. 그러고는 얼굴을 붉히며 시선을 떨구었다.

"이봐요, 물건을 팔러 온 거면…."

"애덤…, 그러니까 브랜트 박사님을 뵈러 왔어요. 저는 케이시 보이체크라고 해요."

잠시 침묵이 흘렀다.

케이시는 페이스의 미묘한 표정 변화를 감지했다.

"여기 찾아오면 안 된다는 거 알지만…, 지금 상담실에 안 계시고, 연락도 안 받으셔서요."

"아니, 그이는…." 페이스는 말을 더듬거렸다.

"볼일이 있어서 나갔어요."

"알겠어요." 케이시는 다음 말을 찾지 못했다.

케이시도 애덤의 가족에게 변고가 있다는 사실은 짐작하고 있었다. 케이시는 페이스의 부모님이 돌아가셨을 거라고 예상했다. 하지만 그 예상이 틀렸을 경우의 대안은 생각해두지 않았다. 케이시는 멍하니 손톱을 물어뜯으며 몸을 앞뒤로 흔들었다.

"그이한테 연락하라고 전할까요?"

페이스의 말에 케이시는 멍 때리던 상황에서 깨어났다.

"네, 부탁드려요." 케이시가 웅얼거렸다.

"급한 일이라고 전해주세요."

"그럴게요."

대화가 또 흐지부지 끝났다. 그대로 기다려야 할지 돌아가야 할지 알 수 없어 케이시는 문 앞만 서성거렸다.

지난 한 시간여 동안 인터넷은 이제 두 번째 시신이 발견되었으니 연쇄살인사건이 발생했다는 기사로 떠들썩했다. 그래서 케이시는 애덤을 꼭 찾아야 한다고 생각하게 된 것이다.

하지만 케이시는 어떻게 해야 할지 몰라 어리둥절했고, 멍청한 자신에게 화가 났다.

"저기, 괜찮으면 여기서 기다려도 돼요."

그 말에 놀란 케이시가 페이스를 돌아보았다.

"그이는 30분 뒤에 돌아올 거예요. 오늘은 출근을 안 한다고 했어요. 그렇게 중요한 일이라면…"

그 제안을 받아들이고 싶었지만, 케이시는 저도 모르게 이렇게 대답했다.

"괜찮아요. 폐를 끼치고 싶지 않아요."

"아니, 나도 정말 괜찮아요." 부드럽지만 단호한 말투였다.

케이시는 따뜻한 미소로 감사를 표하며, 애덤의 집 안으로 따라 들어갔다.

수많은 가족사진과 여행 기념품으로 장식된 거실을 지나 케이시는 페이스의 작업실로 발걸음을 옮겼다.

작업실 안에는 조각품, 벽걸이 융단, 장신구 등이 가득했다. 하지만 케이시가 진짜 감탄한 것은 그림이었다. 어떤 작품들은 작고 아기자기했고, 어떤 작품들은 크고 중후했다. 스타일도 제각각이었다. 몇몇은 선명한 색으로 화려하게 그렸고, 몇몇은 목탄을 써서 수수하게 표현했다. 그런데 모두 초상화라는 공통점이 있었다. 하나같이 그림 속 대상에게 호기심을 품게 만드는 작품이었다.

"다 직접 그리신 거예요?" 케이시가 물었다.

그러자 페이스가 그림들을 둘러보면서 무심히 대답했다.

"그래요."

"정말 멋져요. 이 그림들을 다 그리는 데 얼마나 걸렸어요?"

"여러 해가 걸렸죠." 페이스가 덤덤히 대답했다.

"갤러리에 있어야 할 작품들 같아요. 아니면 미술품 가게나."

"그런가요…?"

페이스가 무성의하게 대답했다. 마치 자신의 그림이 아니라는 것처럼, 누군가의 관심을 받을 가치도 없다는 듯이 덤덤하게.

케이시는 그녀가 무척이나 위태로워 보인다고 생각했다. 페이스에게서는 상실감과 공허감이 느껴졌다. 조금 부풀어 있는 그녀의 배를 발견한 케이시는 이들 부부에게 생긴 사건이 무엇인지 깨달았다.

"음, 이제 가봐야 할 것 같아요."

케이시가 커피 잔을 내려놓으며 말했다.

"가지 말아요. 나 혼자 있으면 너무 적막하고 외로워요."

케이시는 자신의 직감을 따라 떠나야 할지, 아니면 여기 머물러야 할지 결정하지 못한 채 머뭇거렸다.

"우리 부부는 아기를 잃었어요." 페이스가 재빨리 말을 이었다.

"…안됐네요."

"혼자 있고 싶을 때도 있는데…, 때로는…"

페이스가 말꼬리를 흐렸다. 케이시는 그녀의 고통을 놀랍도록 선명하게 인식했다. 케이시는 무심결에 페이스의 팔에 손을 얹었고, 그러자 페이스가 그 손을 필사적으로 붙잡았다.

"힘들었겠어요." 케이시가 페이스의 팔을 쓰다듬으며 위로했다.

페이스는 눈물을 펑펑 흘리며 격렬히 고개를 끄덕였다. "말로 표현할 수 없을 정도예요."

케이시는 무슨 말을 해야 좋을지 몰랐다. 역시 지금은 이 집에서 나가는 편이 좋지 않을까 고민도 되었다. 이런 상황을 애덤이 달가워할 리도 없었다.

그때 페이스가 고개를 들었다.

주저하는 눈빛으로 케이시를 찬찬히 살피던 페이스가 조심스레 입을 열었다.

"혹시…, 우리 아기가 고통받았다고 생각해요?"

그 물음에 당황한 케이시는 그녀의 시선을 피했다.

"애너벨은 죽을 때 고통스러웠을까요?"

"…"

"제발…, 알고 싶어요."

'페이스는 무슨 말을 듣고 싶은 걸까? 애덤은 그녀에게 무슨 말을 한 걸까?'

아기가 어떤 경험을 했을지 전혀 알 길이 없었다. 사실 케이시는 그 아기의 존재조차 알지 못했다. 그러나 페이스에게 위로가 필요해 보였다. 그래서 이렇게 말했다.

"아니, 아니에요. 아기는 고통받지 않았어요."

울먹이면서도 환히 미소 짓는 페이스를 보면서, 케이시는 다른 사람의 고통을 막지 못하는 자신에게 수치심을 느꼈다.

·············· **5.8** ··············

가브리엘 형사는 속이 메스꺼웠다.

이른 아침, 아이들을 학교에 데려다주던 중에 전화를 받았다. 그녀는 범죄 현장인 호숫가의 요트 클럽으로 차를 달렸다. 제복 차림의 경찰들과 과학수사팀이 이미 현장에 나와 있었고, 한쪽에는 구경꾼과 기자들이 모여들어 있었다.

버려진 포드 레인저가 빈 주차장에 홀로 서 있었다. 시카고 경찰청 법의학 책임자인 에밀리 바틀렛이 트렁크의 내용물을 살피고 있었다.

내용물을 눈으로 직접 확인한 가브리엘은 극심한 충격에 휩싸였다. 수족이 훼손된 시체가 선혈이 낭자한 비닐에 싸여 있었다. 희생된 여성의 잿빛 얼굴은 섬뜩했고, 깊이 팬 목의 상처 위로 피떡이 진 기다란 머리 타래가 감겨 있었다.

가브리엘은 구역질을 하며 고개를 돌렸고, 그 사이 밀러가 가브리엘 옆으로 다가왔다.

"누가 발견했죠?" 가브리엘이 손으로 입을 가리고 물었다.

"요트 클럽 관리자가 발견했습니다. 출근했더니 차가 여기 있더랍니다. 트렁크가 제대로 닫히지 않은 걸 보고 가까이 다가갔더니…."

"희생자가 누구인지 알아냈나요?"

"아직 신원은 파악하지 못했습니다." 밀러가 조심스레 대답했다.

"하지만 차는 로첼 스티븐스라는 사람의 명의로 등록되어 있습니다."

한 시간 뒤, 가브리엘과 팀원들은 로첼의 주택을 수색하기 시작했다. 액자 속 수많은 사진 어디에도 남자친구나 남편의 모습은 없었다.

한편, 잘 관리된 집이었지만, 집 뒤편의 창문이 깨지고 여닫이창을 딴 흔적이 있었다. 범인이 저지른 짓이 분명했다.

현장 조사팀은 집의 진입로가 오염되지 않도록 별도로 접근 통로를 만들고, 침입자의 옷이나 피부 조직 등을 찾느라 여념이 없었다.

깨진 유리창을 제외하면 다른 흔적은 딱히 남아 있지 않았다. 피해자의 지갑, 열쇠, 휴대폰은 모두 어제 도착한 우편물과 함께 복도 테이블 위에 놓여 있었고, 바닥에는 회색 가방이 놓여 있었다.

가방 안에는 어제 오후에 지하철역에서 사용한 티켓이 들어 있었다. 그녀가 오늘 아침에 직장에 출근하지 않았다는 사실만 제외하면 이 집의 주인과 트렁크에서 발견된 처참한 시체 사이에 명확한 관련성은 없어 보였다.

가브리엘은 로첼의 휴대폰을 뒤지기 시작했다. 최근에 들어온 이메일과 문자메시지함에서도 단서를 찾을 수 없었다.

하지만 로첼의 휴대폰에 깔려 있는 캘린더 앱에서는 많은 정보를 얻을 수 있었다. 로첼은 무척 꼼꼼한 사람이었다. 모든 일정을 빠짐없이 입력해두었고, 화요일 밤마다 TV 프로그램 〈스캔들〉을 꼭 챙겨서 시청했다. 또한, 어제 오후에는 로워웨스트사이드에서 약물중독자 치료 모임이 있었다. 로첼은 그 모임의 카운슬러였다. 지하철 티켓에 찍힌 시간은 모임이 끝난 시간과 큰 차이가 없었다. 모임을 마치고 곧장 집으로 돌아왔을 것이다. 그러고는 감쪽같이 자취를 감췄다. 그렇다면 로첼이 공식적으로 마지막 모습을 드러낸 곳은 로워웨스트사이드의 치료 모임일 가능성이 컸다.

가브리엘은 지금 그곳으로 달려가고 있었다.

59

애덤은 운전대를 왼쪽으로 홱 꺾어 두 개의 차선을 한 번에 가로지르며 빈 주차 공간으로 들어갔다. 성난 운전자들이 사방에서 경적을 빵빵거렸지만, 그는 아랑곳하지 않았다.

"…시신은 오늘 오전 일곱 시 직전에 발견되었습니다. 수사팀과 가까운 한 소식통에 따르면…"

애덤은 파들파들 떨리는 손으로 라디오 볼륨을 높였다.

"…시신은 심하게 훼손되었고, 희생자의 목에는 깊은 칼자국이 나 있었다고 합니다. 지난주에 일어났던 제이콥 존스 살인 사건과 유사한 수법으로 살해됐습니다. 이에 시민들은 시카고 경찰청의 수사력에 의문을 제기하는 상황이며…."

도저히 믿을 수 없었다. 어젯밤 케이시와 헤어질 때만 해도 이런 일이 생길 징후는 전혀 보이지 않았다. 물론 이 범죄가 로첼과 관련이 없을 가능성도 있다. 그러나 그런 실낱같은 희망은 아나운서의 다음 말에 순식간에 사라져버렸다.

"아직 공식적으로 밝혀지지 않았지만, 희생자는 워싱턴클로즈에 거주하는 이십 대 후반의 여성이라고 전해집니다. 약물중독 치료사로 활동했고, 시카고에 오래 거주했다는 사실로 미루어볼 때 경찰은 이미 피해자의 신원을 정확히 파악한 것으로 보이며…."

희생자의 이름을 밝히지 않는 선에서 아나운서는 최대한 상세한 신상 정보를 전했다.

케이시의 예언대로 로첼이 살해당했다.

더 이상 들을 수가 없었다. 그는 몸을 앞으로 기울여 라디오를 껐다. 안 그래도 힘들고 괴로웠던 하루가 더욱더 암울해졌다.

60

"정말 안됐죠? 그렇게 앞날이 창창한 젊은 여자가…."

매들린 베인스의 오전 일정은 빡빡했다. 세탁소에 세탁물을 맡기고 장을 본 뒤, 네일숍을 거쳐 휴대폰 수리점에 들렀다. 그녀는 자신이 살고 있는 지역 근방에서 일어난 이런 중요한 사건에 대해 사람들과 수다를 떨지 않고 지나칠 수는 없었다.

휴대폰을 업그레이드하느라 정신이 없는 점원이 그녀의 말을 제대로 듣고 있다는 확신은 없었지만, 어쨌든 매들린은 늘 솔직하게 자신의 감정을 털어놓아야 직성이 풀리는 사람이었다.

"겨우 스물여섯이더군요. 그 아가씨가 두 번째 희생자라죠? 그 가엾은 남자 다음으로…."

"맞아요."

점원이 새 유심Usim 카드를 집어넣으며 무뚝뚝하게 대답했다.

"그 남자 이름이 뭐였죠? 제이…, 뭐였는데?"

두 명의 무고한 시민이 자신의 집에서 납치되어 처참하게 살해됐다. 그것도 매들린이 20년 전부터 줄곧 거주하고 있는 웨스트타운에서. 제이콥 존스(생각해보니 그것이 그의 이름이었다!)는 여기서 불과 몇 블록 떨어진 곳에 살고 있었다. 그렇다면 그 젊은 여성도 이곳 주민이 아니었을까?

휴대폰 수리를 마친 매들린은 차로 돌아갔다. 그녀가 처리해야 할 일거리가 수두룩했지만, 그녀는 머릿속에서 다른 계획을 세우고 있었다. 자신이 여장부 스타일이라는 사실을 스스로도 잘 알고 있었다. 너무 나댄다는 말도 들었지만, 힘든 일이 닥쳐도 절대 주눅 들지 않는 게 자신의 장점이라고 생각했다.

매들린은 다시 한번 나설 작정이었다. 절대 움츠러들어서는 안 된다. 겁을 먹어서도 안 된다. 이제는 우리들이 반격에 나서야 할 때였다.

61

"여기 오면 안 돼, 케이시. 이건 안 될 일이야."

애덤은 케이시를 노려보았다.

"저도 알아요. 죄송해요."

케이시가 멋쩍은 얼굴로 사과했다.

"나도 너를 돕고 싶지만…, 내게도 사생활이 있어. 내가 일을 하지 않을 때는…."

"이해해요, 정말로. 선생님이나 페이스 사모님에게 폐를 끼칠 생각은 전혀 없었어요."

케이시는 작업실에 페이스가 없는지 슬쩍 확인한 뒤 말했다. "그건 그렇고 너도 소식 들었지?"

"네."

"케이시…." 그는 적절한 단어를 찾느라 뜸을 들였다. "케이시, 만약에 이 사건에 대해 아는 게 있으면 지금 이야기해야 돼. 내가 너를 돕기 위해서는 우선 진실을 알아야 해."

질문의 의미를 이해하지 못했다는 듯 케이시가 그를 물끄러미 응시했다.

"무슨 말씀이신지…?"

"어제 저녁에 치료 모임 끝나고 로첼을 뒤쫓았다고 했잖아."

"그분이 저를 따돌리고 달아났어요. 그건 이미 말씀드렸는데…."

"혹시 그때 불쾌한 일이 있었니? 너랑 로첼 사이에 말이야." 그가 캐물었다.

"전부 다 말씀드렸잖아요. 제가 본 환영 때문에 두려웠다고요. 그래서 비명을 질렀고요. 그게 전부예요."

"지난밤에 나랑 헤어지고 난 다음에는 어디 갔었니? 집으로 돌아갔니?"

그러자 케이시는 시선을 떨구며 대답했다.

"아니요, 저는 그 상황을 도저히 받아들일 수가 없었어요."

"그래서…?"

"그래서 지하철 안에서 밤을 샜어요. 순환선을 타고 아침이 되어서야 집으로 돌아갔어요."

"내가 왜 이런 질문을 하는지 이해해줬으면 해." 애덤이 그녀의 눈을 피하며 말을 이었다. "넌 제이콥 존스와 아는 사이였어. 널 기소한 검사지. 그리고 넌 로첼과도 아는 사이였어."

"그분은 딱 한 번 만났어요. 법정에서의 제이콥 씨는 기억도 나지 않고요. 법정에 딱 30분 머물렀는데, 검사의 이름이나 얼굴을 어떻게 기억하겠어요."

애덤이 케이시를 말없이 응시했다.

"그리고 저는 그분들의 죽음과 아무 관계가 없어요. 저는 그분들을 돕고 싶었고, 살인을 멈추고 싶었을 뿐이에요. 그래서 여기 온 거예요. 선생님께 도움을 청하려고요."

"하지만 내가 뭘 할 수 있을지 모르겠다."

"저를 다시 그곳에 데려다주셨으면 좋겠어요."

"로첼의 집 말이니?"

애덤이 기가 차다는 얼굴로 되물었다.

"아니, 저의 환영 속으로요. 제가 본 장면들 말이에요. 선생님은 제가 느끼는 것, 제가 보는 것을 의심하시지만, 저는 그것들이…, 도움이 될 수 있다고 생각해요."

"하지만 다시 어떻게 시작해야 할지 모르겠다." 애덤이 한 걸음 물러서며 대답했다. "그것들은 네 기억이 아니야, 그것들은…"

'진짜가 아니야'라고 말하려다 애덤은 입을 다물었다.

"그렇다 해도…" 케이시는 물러서지 않고 말했다. "저는 실제로 경험했어요. 정말 로첼과 함께 있는 듯이 느꼈고, 제이콥 사건 때도 제가 경험한 것들이 사실로 드러났잖아요. 발밑의 싸늘한 물체는 비닐 시트가 분명했고요."

"너는 억지를 부리고 있어, 케이시."

"맙소사." 케이시가 탄식했다.

"두 사람이 목숨을 잃었어요. 그런데도 경찰은 아무것도 알아내지 못했고요. 제가 도움이 될 수 있다면 마땅히 뭐라도 해야 된다는 생각 안 드세요?"

"그것이 네게 부정적인 영향을 준다면?" 애덤이 맞받았다. "그것이 너를 더 불안하게 하고, 네 트라우마를 악화시킨다면…."

"그 정도는 얼마든지 감수할게요."

이제 애덤이 선택해야 했다. 케이시를 돕거나, 아니면 케이시를 돌려보내거나.

"음, 적절한 심리치료 기법을 시도해 볼 수도 있어." 그가 마침내 입을 열었다. "네 경험 속으로 완전히 들어가지 않고도 접근할 수 있는 방법이야."

"제가 부탁드리는 게 그거예요." 케이시가 눈물을 글썽이며 조용히 말했다. "그렇게 해보고 싶어요."

62

"그런 일은 처음이었어요. 모임이 순조롭게 진행되고 있었는데 갑자기…."

가브리엘은 울먹이는 소녀의 표정을 찬찬히 뜯어보았다.

시몬 피셔라는 이 소녀는 그 치료 모임에 참석했던 수십 명의 사람 가운데 하나였다.

"그래서요?" 가브리엘이 재촉했다.

"로첼의 제안으로 참가자들 모두 자기 이야기를 털어놨어요. 그 다음에 로첼은 그 여자아이한테 말을 걸었어요. …그때부터 무서운 일들이 일어났어요."

"어떻게요?"

"그 여자애는…, 아무 말도 하지 않고 이상한 신음소리만 내기 시작했어요."

"어떤 소리를 내던가요?"

"숨이 막히는 것처럼 끙끙대면서 헐떡거렸어요. 그러더니 마을 회관이 떠나가도록 비명을 빽빽 질렀어요. 그러다가 뭐랄까…, 눈이 회까닥 뒤집히더니 로첼에게 달려들어 그분을 막 할퀴는 거예요."

"그랬군요." 가브리엘이 반응했다.

"당연히 모임은 끝날 수밖에요. 다들 돌아가라는 지시를 받았어요. 로첼은 그 아이랑 같이 남았고요."

시몬은 잠시 침묵했다. 혹시나 자기들이 그곳을 떠나는 바람에 로첼이 살해된 건 아닌지 자책하는 모양이었다.

"그 여자아이 이름을 알아요?"

이 대화가 순조롭게 이어지기를 간절히 바라며 가브리엘이 물었다.

"그럼요." 시몬이 대답했다.

"카산드라였어요. 로첼은 그 애를 '케이시'라 부르라 했고요."

뒤집힌 쓰레기통과 바닥에 흘어진 오물을 피하며 가브리엘은 앞으로 나아갔다. 치료 모임이 흐지부지 끝난 뒤 로첼이 지하철역으로 이동했을 경로를 따라가는 중이었다.

가브리엘은 황량한 거리를 눈으로 훑었다. 이 동네에 대한 첫인상은 영 별로였다. 건물들 대부분이 텅 빈 상태로 방치되어 있었다. 한참을 걸었지만 이 길에서 다른 사람을 마주치지도 않았다. 옆구리에 찬 콜트 45 권총이 없었다면 가브리엘 역시 불안함을 느꼈을 것이다.

어느새 지하철역에 도착했다. 가브리엘은 서둘러 역 안으로 들어갔다. 방범 카메라 하나가 발권 구역 전체를 감시하고 있었다. 가브리엘은 매표소로 다가가 매표원에게 신분증을 들어보였다.

"저거 녹화 중인가요?"

가브리엘이 카메라를 가리키며 물었다.

"아마 그럴 거예요."

"그러면 확인 좀 해봐야겠어요."

잠시 후, 낡은 모니터 앞에 앉은 가브리엘은 뚝뚝 끊기는 영상을 들여다보았다. 이번만큼은 운이 따라주었다. 녹화 영상은 대개 24시간이 지나면 삭제되지만, 로첼이 실종된 지 하루가 채 지나지 않은 터라 원하는 장면을 찾을 수 있었다.

로첼은 발권 구역으로 허겁지겁 들어갔다. 승차권을 개찰구에 갖다 대던 로첼이 갑자기 위를 올려다보았다. 그러더니 지체 없이 개찰구를 통과하고는 계단으로 뛰어 내려갔다. 곧 로첼은 화면에서 사라졌지만, 가브리엘은 화면에서 눈을 떼지 않았다. 그리고 몇 분 뒤, 그녀의 인내심은 보상을 받았다.

발권 구역으로 달려든 키 큰 여자아이가 개찰구를 뛰어넘었다. 가브리엘은 화면을 되감아 발권 구역에 들어서는 여자아이의 인상착의를 다시 확인했다.

가브리엘은 의자에 기대어 긴 한숨을 쉬었다.

상황은 명명백백했다. 로첼을 뒤쫓는 사람은 케이시였다.

63

페이스는 앞에 놓인 캔버스를 가만히 응시했다.

작업실은 집 안에서 가장 환하고 아늑한 공간이었다.

애덤이 돌아올 때까지 케이시와 시간을 보내기에 가장 적합한 공간은 바로 이 작업실이라 생각했었다.

그런데 정작 애덤은 집에 돌아오자마자 케이시를 자신의 서재로 데려갔고, 곧이어 격렬한 언쟁을 벌이기 시작했다. 그들의 대화를 들으며 복도에 서 있던 페이스는 이내 무안하고 거북해졌다. 그러나 그들을 방해할 생각이 없었기에 페이스는 다시 작업실로 들어왔다.

페이스는 캔버스 위에 그려진 자신의 모습을 응시했다. 자화상은 거의 완성된 상태였다. 그녀는 검정 물감을 조심스레 집어 걸쭉한 내용물을 팔레트에 짰다. 흰 물감도 짜서 붓으로 두 색을 섞었다. 곧 매력적인 짙은 회색이 붓털을 덮었고, 그녀는 천천히 붓을 들어올렸다.

붓 끝이 캔버스를 건드리는 느낌이 낯설고도 익숙했다. 페이스는 천천히 획을 그었다. 또 다른 획을 그으면서는 조금 머뭇거렸다. 확신이 없어서인지 선이 흐릿했다.

그녀는 그림속 자신의 얼굴을 똑바로 들여다보았다. 그러다 불현듯 그녀는 자신의 얼굴이 아닌 애너벨의 얼굴을 보고 있다는 망상에 빠졌다. 조그만 들창코, 보조개 팬 턱, 투명하고 예쁜 파란 눈. 유리처럼 생명력 없던 두 눈….

페이스는 곧 쓰러질 것처럼 몸을 휘청대다가 머리를 앞으로 숙여 캔버스에 갖다 댔다. 펑펑 흘러내린 눈물이 캔버스에 떨어졌지만 개의치 않았다.

그림을 다시 그리고 싶었고, 그려야만 했다. 하지만 지금 당장은 불가능했다. 페이스는 여전히 애너벨의 환영에 시달리고 있었다.

64

두 사람은 집을 나와 말없이 애덤의 상담실로 이동했다. 페이스를 집에 혼자 두고 싶지는 않았지만, 집 안에서 상담을 진행할 수는 없는 노릇이었다.

상담실에 도착한 두 사람은 서로를 마주 보았다. 사실 케이시는 너무 초조했다. 최대한 서두르고 싶었다.

"지금부터 내가 하려는 심리치료는 몇 가지 구체적인 기법이 있어. 그 중 뭐가 좋을지 네가 선택해봐." 애덤이 설명했다. "기법들은 모두 안전한 상황에서 트라우마를 떠올리게 한다는 거야. 과거의 그런 경험들이 더 이상 나에게 영향을 줄 수 없다는 사실부터 깨닫게 하는 거지. 어떤 상황의 바깥에 있는 사람이 그 상황 안을 들여다보듯이 말이야. 우리는 네게 맞는 방식을 찾아야 돼. 어떤 사람은 자신의 안락한 거실에서 TV로 트라우마 상황을 시청하고 있다는 생각을 해. 언제라도 그 TV를 끌 수 있다고 생각하는 거야. 또 해당 경험으로 직접 들어가는 방법을 선호하는 사람도 있는데, 그럴 때는 자신이 일종의 보호막을 입은 채 그 속으로 들어간다고 상상을 해. 그 보호막 때문에 아무도 자신을 건드리거나 해칠 수 없고, 그 누구도 보호막을 볼 수조차 없다고…."

"보호막이요." 케이시가 끼어들었다. "제 주위에 보호막이 쳐져 있다고 가정하는 방법이 좋겠어요. 그 방법이 저한테 잘 맞을 거 같아요. 다른 대안은 고려할 필요 없어요."

그녀가 단언하자 애덤이 고개를 끄덕였다.

"알겠다. 그럼 이제부터 최면상태로 들어갈 거야. 하지만 넌 보호막 속에 있으니 완벽하게 안전해. 알았지?"

애덤은 그녀에게 50까지 세라고 말하고는 서서히 최면을 걸었다. 곧 케이시가 적절한 최면상태에 들어갔다는 확신이 들었고, 애덤은 그녀를 과거로 인도하기 시작했다.

"머릿속을 비워야 해, 케이시. 텅 빈 공간에서 둥둥 떠다닌다고 상상해. 어떤 색깔과 무늬도 없는 깨끗하고 순수한 공간이야. 너는 행복하고 편안한 상태로 그 공간을 가볍게 떠다니고 있어."

애덤이 잠시 케이시의 반응을 기다렸다. 케이시가 살짝 반응을 보였고, 애덤은 다시 말을 이었다.

"이제 저 멀리 뭔가가 보일 거야. 빛처럼 보이는데 손으로 잡을 수 있어. 너는 그쪽으로 나아가고 있어. 그 빛은 서서히 커지고, 점점 또렷해져. 이제 그것이 무엇인지 확인할 수 있을 거야. …그것은 치료 모임이야. 너는 로첼, 그리고 다른 사람들과 함께 그곳에 있어. 보이니, 케이시?"

케이시가 고개를 끄덕였다.

"너는 안전하고 편안해. 너의 보호막 안에서 그들을 내다보는 거야. 이제 천천히 위를 올려다 봐. 로첼의 눈을 들여다 봐. 그렇게 할 수 있지?"

그러자 곧바로 격렬한 반응이 일었다. 숨을 헐떡이던 케이시는 입에서 침을 흘리며 거친 비명을 질렀다.

"아, 맙소사, 안 돼요! 저를 해치지 마세요! 제발…."

그녀는 앞으로 고꾸라졌고, 애덤은 얼른 달려가 바닥에 쓰러진 그녀를 일으켰다. 잠시 후에 의식을 되찾았지만, 케이시의 얼굴은 죽은 사람처럼 여전히 파리했다.

"괜찮아, 케이시."

케이시를 다시 의자에 앉히며 차분히 말했다.

"넌 아주 안전해. 네 몸은 상담실에 있어."

"괜찮아요. …전 괜찮아요."

케이시는 숨을 쌕쌕거리면서도 제법 또렷하게 말했다. 뺨에 혈색도 조금 돌아왔다.

"죄송해요. 이런 시도를 하는 바람에 또 선생님을 놀라게 해드렸네요. 하지 말았어야 했는데…."

"전혀 미안할 건 없어, 케이시."

"하지만 그냥 아무것도 안 하고 있기에는 너무 무서워서…."

"이해해. 물 한 잔 가져올게. 그리고 택시를 잡아줘야겠다."

"저…, 정말 죄송하지만 다시 한 번만 시도해보고 싶어요."

"그건 안 된다."

"제발요." 그녀가 애원했다.

"한 번만 더 해봐요. 이제 무슨 일이 생길지 아니까 제가 통제할 수 있을 거예요."

한참 입씨름을 벌인 끝에 결국 애덤이 물러섰다. 하지만 애덤은 우선 15분 정도 쉬면서 맑은 공기를 쐬고 물 한 잔을 마시고 난 뒤에 한다는 조건을 내걸었다.

잠시 후, 애덤은 다시 한번 최면을 걸었다. 케이시를 치료 모임 장소로 데려갔고, 그곳에 있는 로첼을 똑바로 보라고 말했다. 그러자 구부정하게 앉아 있던 케이시가 허리를 꼿꼿이 펴고는 나직하게 울먹이기 시작했다. 몸이 뻣뻣해지더니 입 주위 근육을 씰룩거렸다. 케이시는 뭔가에 맞서 싸우는 것처럼 보였다. 어쩌면 두려움에 저항하고 있는 건지도 모르겠다.

"그 남자가 나를 해치려 해요." 케이시가 불쑥 말했다.

"그 사람이 나를 죽이려 해요. 내 목에 그 사람의 손이…"

케이시가 길고 요란한 비명을 지르더니 갑자기 침묵했다. 케이시의 숨결은 뜨거워졌고, 가슴은 요란하게 들썩였다.

"…그 남자가 바로 내 위에 있어요. 남자의 체취가 느껴져요."

순식간에 케이시의 얼굴에서 핏기가 빠져나갔다.

"왜 그러니, 케이시?"

"내 목을 자르려고 해요."

케이시는 신음했고, 애덤은 몸을 부르르 떨었다. 로첼의 목이 잘리는 순간을 그 역시 온몸으로 생생하게 느끼는 듯이.

"거기 그 남자만 있니?"

"네…? …아니요. 웃음소리가 들려요. 여자 웃음소리…"

"그 여자가 보이니? 거기에 있어?"

"아니…, 보이지는 않아요. 이제 아무도 없어요. …천장을 올려다보고 있어요. 달이 보여요. 커다란 분홍색 달…"

케이시가 팔을 앞으로 뻗어 휘젓기 시작했다.

애덤은 그녀를 신속히 최면에서 끌어냈다. 자신의 심리치료 기법을 실행하는 중에 이토록 강렬한 트라우마를 경험하는 환자는 처음이었다.

"저도 선생님만큼 지금 창백한가요?"

"네가 더 해." 애덤은 애써 가벼운 농담을 던졌다.

"이제 어떻게 하죠?"

"이제…, 네가 최면 상태 속에서 본 걸 전부 말해줬으면 해."

케이시의 말을 기록하기 위해 애덤은 펜을 들었다. 지금까지 수도 없이 해온 일이지만 이렇게까지 손이 떨린 적은 없었다.

"오두막, 헛간 같은 곳에…, 제가 있었어요."

"지난번과 같은 곳이니?"

"네."

"하지만 제이콥은 지하실에 있었다고 했잖아."

"제가 착각했어요. 지상이 틀림없어요. 부서진 서까래 틈으로 하늘이랑 달이 보였어요. 커다란 분홍색 달이….'"

애덤은 '분홍 달'이라고 적었다. 달이 붉어지는 현상은 주로 봄에 일어난다. 그렇다면 시기는 요즘과 맞아떨어졌다.

"같이 있던 사람을 봤니?"

"너무 어두워서 제대로 못 봤어요. 하지만 남자 입에서 담배 냄새가 났어요. 목소리도 들었고요. 로첼을 괴롭히는 걸 즐기는 것 같았어요."

"어떤 말투를 썼지?"

"중서부 출신 같았는데, 그것도 정확히는 모르겠어요."

"그 여자는?"

"모르겠어요. 그냥 웃음소리만 들었어요. 소름끼치게 날카로운 소리였어요. 도저히 멈출 수 없다는 듯이 자꾸만 웃었어요."

케이시는 양팔로 몸을 감싸며 부르르 떨었다.

"그 여자도 거기 같이 있었니?"

"그것도 모르겠어요. 멀리서 들리는 소리 같았는데, 아주 선명했어요."

"그 여자 목소리가 네가 아는 사람 같았니?"

"아니요."

"너는 옷을 입고 있었니?"

"아니…, 안 입고 있었어요. 너무 추웠어요."

"칼날도 직접 봤니?"

"아니, 그냥 피부에 느껴졌어요. 길고 얇은 칼날이 제 목구멍을 파고드는 감각을 느꼈어요."

케이시는 낮은 소리로 흐느끼기 시작했다. 애덤은 그녀가 진정될 때까지 기다리며 오늘의 최면에 대해 정리하기 시작했다. 지난번에 증언한 내용과 일부 모순이 있긴 해도 오늘 케이시가 한 말은 명료하고 구체적이었다.

그러나 여전히 가장 근원적인 의문은 풀리지 않았다. 과연 그 가운데 진실이라고 할 만한 내용이 있기는 할까?

.... **65** ....

"그 애가 어디 있는지 저도 모른다고 이미 말했잖아요."

나탈리아가 집을 마구 헤집는 경찰들을 쏘아보며 외쳤다.

"어제 오후에 교회에서 본 게 마지막이었어요. 어제 함께 교회에 갔는데…"

"그때가 구체적으로 몇 시였죠?" 가브리엘이 물었다.

"미사가 아홉 시에 시작됐는데 한 20분쯤 뒤에 나갔어요. 전화를 받고 뛰쳐나갔다고요."

경찰관은 이 말을 받아 적었고, 나탈리아는 가브리엘의 눈치를 살폈다. 괜한 말을 해서 케이시가 더 곤란해지는 건 아닐지 우려하는 눈치였다.

"어젯밤에 집에 돌아오지 않았다고요? 평소에 외박이 잦은 편인가요?"

"아니, 그렇지 않아요. …음, 거의 없었어요."

"그렇다면 따님이 실종됐다는 뜻인가요?"

나탈리아는 그렇다는 뜻으로 어깨를 으쓱했다.

"그런데 왜 신고를 안 하셨어요?"

당황한 얼굴로 잠시 머뭇거리던 나탈리아가 차분히 대답했다.

"최근에 골치 아픈 일은 겪을 만큼 겪었으니까요."

"지난밤에 한 여성이 아주 잔혹하게 살해당했어요. …따님이 희생자를 뒤쫓는 모습이 목격됐고요." 경찰이 퉁명스레 말했다.

나탈리아는 덜컥 겁이 났다. 하다 하다 케이시가 이런 일에까지 얽힌 것인가?

"케이시를 꼭 찾아야 합니다." 가브리엘이 거침없이 말했다.

"무엇보다도 아이의 안전을 위해서…. 그러니까 현재 케이시가 같이 있을 만한 사람, 갈 만한 장소에 대해 저희한테 말씀해주셔야 해요."

"저도 도…, 도움이 됐으면 좋겠네요." 나탈리아가 더듬거렸다. "하지만 케이시한테는 아무도 없어요. 세상에는 저랑 그 애 둘뿐이에요. 하지만…"

가브리엘은 차분히 나탈리아의 다음 말을 기다렸다.

"…어젯밤에 딸애한테 연락한 사람이 누구일지 어렴풋이 짐작은 돼요."

가브리엘은 조용히 그녀를 응시했고, 나탈리아는 처음으로 자신이 주도권을 잡았다고 생각했다.

"형사님도 이미 아시는 인물이에요. 경찰이 딸애한테 소개한 사람이거든요."

더 이상 들을 필요도 없었다. 나탈리아가 말하고자 하는 인물이 누구인지 가브리엘은 이미 정확히 알고 있었다.

66

가브리엘이 모습을 드러냈고, 케이시는 슬그머니 몸을 숨겼다. 하지만 변변찮은 가림막이 그녀를 잘 가려줄지는 의문이었다. 그녀를 숨겨준 쓰레기통은 높지도 넓지도 않았고, 가브리엘 형사는 오늘따라 유난히 의욕적으로 보였다.

애덤의 상담실을 나서며 케이시는 휴대폰을 켰다. 그 사이 속히 연락을 바란다는 가브리엘 형사의 메시지가 몇 통 들어와 있었다. 케이시는 휴대폰을 끄고 서둘러 집으로 향했다.

동네에 들어서자마자 경찰들 여럿이 보였다. 케이시는 주방에서 서성대는 엄마를 멀리서 지켜보았다. 엄마는 무척이나 화난 사람처럼 보였다.

가브리엘 형사가 다급히 자신의 차로 다가가고 있었다. 그녀는 무엇을 발견했을까? 엄마는 가브리엘 형사에게 무슨 말을 했을까? 가브리엘 형사는 어디로 가려는 걸까? 케이시는 불길한 예감에 사로잡혔다.

좌우를 두리번거리던 가브리엘이 차를 움직이기 시작했고, 케이시는 한 걸음 뒤로 물러났다.

경찰들이 집을 헤집고 있는 지금, 어디에도 안식처는 없었다. 케이시는 쫓기고 있었다.

67

핸드폰으로 인터넷 검색을 하던 매들린 베인스는 곧장 SNS 앱을 열었다.

아까 '폰쳌'이라는 핸드폰 수리점에서 직원과 이야기를 나눈 순간부터 그녀는 난데없는 열정에 불타오르고 있었다. 그녀는 SNS를 통해 자신의 생각을 널리 알리는 중이었다.

이 지역에서 발생한 두 번째 살인 사건 소식은 이미 곳곳에 전파되었다. 뉴스를 잘 보지 않는 사람들조차 그 소식은 이미 다 알고 있었다. 그러나 소문만으로는 충분하지 않았다. 뭔가 적극적인 행동을 취해야 한다.

　매들린은 지역 사회 활동에 무척 적극적이었다. 육아를 위해 직장을 포기한 이후로 그녀에게는 늘 시간이 많았다. 주체할 수 없을 만큼 많은 시간이었다.

　그녀는 자신이 복 받은 삶을 누린다고 생각했다. 자애로운 부모님, 헌신적인 남편, 사랑스런 아이들. 그래서 그녀는 불행하고 불쌍한 이들을 도와야 한다는 묘한 책임감을 느꼈다. 지역 곳곳에 도움을 주기 위해 그녀는 누구보다도 먼저 발 벗고 나섰다. 그것이 자신의 쓸모와 가치를 확인하는 방법이었다. 매들린의 남편은 종종 그녀가 일을 너무 벌인다고 걱정했지만, 매들린에게 남을 돕는 것은 숨 쉬는 것만큼이나 당연한 행위였다.

　지역 주민들은 살해당한 희생자들에게 추모의 뜻을 표하고 싶어 했다. 매들린은 그래너리 광장에서 촛불 집회를 여는 아이디어를 떠올렸다. 장소도 적절하고, 행사의 동기도 충분했다. 희생자를 추모하는 동시에, 다시는 그런 사건이 일어나지 않기를 바라는 사람들의 염원을 표현할 필요가 있었다.

　매들린이 SNS상에 올린 제안에, 두렵지만 함께하겠다는 반응들이 쏟아져 들어왔다. 매들린의 심장은 두근두근 춤을 추었다.

처음으로 댓글을 단 사람은 작은 딸 에이미였다. 자신과 닮은 점이 무척 많은 에이미는 집회에 참가할 학교 친구들을 벌써 모집하고 있었다.

매들린은 딸 에이미와 조앤, 남편 폴에 대한 자부심으로 마음이 벅차올랐다. 그들은 언제든 매들린을 든든히 지지할 것이다.

비극이 주는 교훈이란 바로 이런 것이다. 행복하고 단란한 가족의 일원이라는 사실이 얼마나 행운인지를 그녀는 최근 일어난 끔찍한 사건들로 인해 다시 한번 깨닫게 되었다.

68

"잘 이해가 안 되는데…, 그러니까 어젯밤에 로첼의 집에 쳐들어갔다는 말인가요?"

가브리엘의 목소리에 당혹감과 충격이 서려 있었다.

"네." 애덤이 멋쩍게 인정했다.

"그게 몇 시였나요?"

그를 빤히 보던 가브리엘은 이 예기치 못한 상황 전개를 이해하려 애썼다.

"밤 열 시 직후였어요."

"원래 로첼과 아는 사이였나요?"

"업무상으로 몇 번 만난 적이 있고, 로첼의 약물중독 치료에 아이들을 몇몇 소개하기도 했어요."

"케이시도 로첼의 환자였나요?"

"네, 지난주에 제가 연결을 해줬어요. 이미 말씀드렸지만 저는 케이시가 치료를 받는 게 중요하다고 생각했거든요."

애덤의 속마음을 읽으려는 듯 가브리엘은 그에게서 눈을 떼지 않았고, 애덤은 바짝 긴장했다.

"거기 왜 가셨죠?"

"로첼의 집을 찾아가겠다며 케이시가 고집을 부렸어요. 그래서 같이 가준 거예요. 그 아이는 로첼이 무사한지 확인하고 싶다고 했어요."

"그래서 로첼의 집에 몰래 들어갔다고요?" 가브리엘이 비아냥거리며 물었다.

"그러길 원한 사람은 케이시였어요. 제가 아니라. 저는 아침까지 기다리고 싶었지만…"

"다른 환자들과도 종종 그렇게 하시나요? 남의 집에 함께 쳐들어가서…"

"초인종을 아무리 눌러도 로첼이 나오지 않아서 그랬어요." 흥분한 애덤이 가브리엘의 말을 잘랐다. "로첼이 집에 있는 건 확실한데…"

"그걸 어떻게 아셨죠?"

"복도에 로첼의 가방과 휴대폰이 보였거든요."

그러다 애덤은 아차 싶었다. 로첼의 집 안을 엿보았다고 공공연히 떠든 꼴이라니. 하지만 그는 할 말은 하기로 마음먹었다.

"뭔가 잘못된 게 틀림없다고 케이시가 말해서…."

"도대체 무슨 근거로요?"

그가 제일 두려워하던 질문이다. 애덤은 단어를 신중하게 고르며 말을 이었다.

"로첼이 곧 큰일을 당하리라는 예감을 느꼈대요. 제이콥의 살해범과 동일 인물의 손에…."

"그래서 로첼에게 경고를 하려 했다고요?"

"네."

가브리엘의 비꼬는 말투를 애써 무시하며 애덤이 대답했다.

"치료 모임에서부터 줄곧 로첼의 뒤를 밟은 이유는 그 때문이었답니다."

"로첼의 위험을 왜 그리 확신했는지 직접 물어보셨나요?"

"그 아이는…, 일종의 환영을 봤대요. 치료 모임 도중에요."

"환영을 또 봤다고요? 케이시는 그런 걸 날마다 본대요, 아니면 온몸이 토막 날 운명에 처한 사람들의 환영만 본대요?"

"가브리엘, 당신 질문에 솔직하게 대답하려고 노력하고 있잖아요. 제 말을 좀 진지하게 들어주시면 감사하겠네요."

"네, 명심하지요. 하지만 먼저 제 질문에 제대로 된 대답을 해주시면 감사하겠어요."

"그러죠." 애덤이 짜증스럽게 말을 이었다. "케이시 말로는 그런 환영을 날마다 본다더군요. 하지만 저는 제이콥과 로첼에 대한 이야기만 들었어요."

가브리엘은 이 말을 곱씹어 생각했다.

"그 집에 들어가니 어땠나요?"

"특이한 점은 없었어요."

점점 수세에 몰리고 있다고 느끼며 애덤이 대답했다.

"로첼이 집에 없기에 금방 나왔습니다."

"그때가 몇 시였죠?"

"밤 10시 15분, 아니면 20분…? 그다지 오래 머물지 않았어요."

"케이시랑 같이 그곳을 떠났나요?"

"아니요." 솔직하게 대답했다.

"저는 제 차로 집에 갔어요. 케이시는…, 아마도 지하철 안에서 밤을 샜을 겁니다."

"밤새 지하철을 탔다고요?"

"그 애가 그러더군요."

"그러면 당신은 어디 있었죠? 그러니까 저녁 10시 30분 이후에요."

"아내랑 같이 집에 있었어요."

"밤새도록요?"

"네, 밤새도록." 애덤이 짜증 섞인 어조로 대꾸했다.

"그것을 증명해줄 사람이 있나요?"

"없어요. 제가 돌아오는 걸 우연히 목격한 이웃이 있다면 모를까."

재킷 호주머니에서 작은 수첩을 꺼낸 가브리엘이 몇 가지를 기록했다.

"…제가 용의자는 아니겠죠?" 애덤이 물었다.

"모든 가능성을 열어두고 있어요."

"아, 그러시군요." 애덤이 빈정거렸다.

"케이시는 지금 어디 있죠?" 가브리엘이 그의 항변을 무시하고 물었다.

"모르겠네요. 집에 없으면 학교에 있겠죠."

"학교에 없어요. 며칠째 결석이라고 학교 교장이 말해주더군요."

"그러면 당신도 모르는 건 마찬가지네요."

애덤은 그녀를 노려보았다. 그러자 가브리엘도 그를 마주 쏘아보았다.

"솔직히 말해주세요. 어젯밤에 로첼의 집에 왜 갔죠?"

"그건 이미 설명했잖아요."

"케이시 말고 당신이요. 당신은 그곳에 왜 갔냐고요?"

"로첼에게 케이시라는 환자를 소개시켜줘서 소동이 일어났으니 사과도 할 겸…, 케이시에게는 로첼한테 아무 일도 안 일어난다는 걸 확인시켜주고 싶었어요."

"그 과정에서 로첼의 주소를 환자에게 누설한 셈이군요…"

"그런 게 아니라…."

"그것도 모자라 환자를 데리고 그녀의 집에 몰래 들어갔어
요."

"네, 그러지 말았어야 했어요. 저도 압니다. 하지만 케이시는
로첼이 위험에 처했다고 확신했고, 결국엔 그 말이 옳았다는
게 밝혀졌잖아요."

자신도 모르게 이런 말이 불쑥 입 밖으로 튀어나왔다.

"세상에." 경악한 가브리엘이 손으로 입을 가렸다. "당신은 케
이시에게 일종의…, 초능력이 있다고 믿으시네요?"

"당연히 아닙니다." 애덤이 쏘아붙였다.

"그러면 뭐죠?"

"그 아이를 돕고 있을 뿐이에요."

"케이시의 망상을 부추기면서요?"

"케이시가 하는 말에 귀를 기울이는 겁니다. 당신과 나의 차
이가 바로 그거예요, 가브리엘. 당신은 무슨 말을 들으면 덮어
놓고 의심부터 하죠. 하지만 나는 그럴 수 없습니다. 사람들의
말을 이해하려고 노력해야 하니까요."

"사람들이 하는 거짓말을 맹신하겠다는 뜻인가요?"

"케이시가 왜 거짓말을 하겠어요?" 애덤의 언성이 점점 높아
졌다. "그 아이가 이 일에 연루되어 있다면…, 정말 그렇다면…,
애초에 왜 저한테 쓸데없는 얘기를 했겠어요?"

"저도 그 점이 참 궁금하긴 하네요."

"말이 안 되잖아요. 그 아이한테는 아무런 동기도 없고요."

"그건 아니에요."

"더구나 혼자서 그런 일을 어떻게 저질러요?"

"혼자서 저지른 일인지 여부는 당신이 케이시와 얼마나 가까운 사이인가에 달려 있겠죠, 애덤 박사님?"

"그게 무슨 뜻이죠?"

"당신은 지금 케이시를 너무 감싸고돌고 있어요. 그러고 보니 당신 아내도 처음에는 당신 환자였네요, 안 그래요?"

"빌어먹을!" 애덤이 버럭 소리를 질렀다.

"케이시는 겨우 열다섯이에요. 대체 나를 뭐로 보는 겁니까?"

가브리엘은 아무 말도 하지 않았다. 이제 지금껏 애덤과 가브리엘이 유지해온 아슬아슬한 협조 관계가 완전히 파탄에 이르렀다.

"시간 내주셔서 감사해요." 가브리엘이 가방을 집어 들며 말했다.

"박사님 진술서를 받기 위해 우리 직원이 연락할 거예요. 그 사이에 아무 데도 가지 마세요. 알겠죠?" 애덤은 조용히 고개만 끄덕였다.

발걸음을 옮기던 가브리엘이 잠시 멈춰 서서 최후의 일격을 가했다.

"당신이 무슨 일을 꾸미고 있는지 모르겠지만 제가 조언 한

마디 할게요. 당장 케이시와 인연을 끊고 본업으로 돌아가
서…."

그녀는 그에게 시선을 고정했다.

"진지하게 자신을 한번 들여다보세요."

···················· **69** ····················

살금살금 집 안으로 들어간 그녀는 주위를 둘러보았다. 집
안은 쥐 죽은 듯이 고요했다. 집 안을 온통 헤집어놓은 시카고
경찰청 형사들은 10분 전에 모두 떠났다.

좁은 복도를 지나는데 큰방에서 기척이 느껴졌다. 그곳에 나
탈리아가 있었다. 나탈리아는 케이시를 한 번 쓱 쳐다보더니
말없이 짐 싸는 일에만 열중했다.

"무슨 일이에요?"

"우린 이 집에서 나갈 거야."

"…"

"마리야 이모랑 통화했어. 당분간 우리를 돌봐줄 수 있대."

"그럼 미니애폴리스로 가는 거예요?"

"준비가 되면 곧장 떠날 거다. 네 옷도 쌌어. 따로 가져가고
싶은 물건이 있으면 지금 챙기렴."

"이렇게 떠날 수는 없어요."

"그 말은 여기 남아 있기를 바란다는 거니?" 나탈리아가 사
납게 쏘아붙였다. "그래, 경찰이 다시 찾아오겠지? 이 집을 또

들쑤셔놓을 거고. 이웃들은 자기들 멋대로 쑥덕거릴 테고…, 젠장!"

나탈리아는 욕설을 내뱉으면서도 가슴에 십자를 그었다.

"엄마, 미안해요."

케이시의 말을 막기 위해 손가락을 쳐들던 나탈리아는 순간 온몸을 떨기 시작했다. 그녀는 눈물을 글썽이며 짐 싸는 일을 계속했다.

"나는 할 만큼 했다, 케이시. 널 올바른 길로 이끌려고 노력했어. 하지만 내가 실패했다는 걸 이제는 인정해야겠다."

"그런 말 마세요." 케이시가 울먹였다.

"네가 무슨 짓을 하고 다니는지는 모르겠다. 하지만 이 말은 해야겠어. 나는 여기 남아서 우스운 꼴을 당할 생각은 추호도 없다. 내가 지난 몇 년간 얼마나 노력했는지는 하느님도 잘 아실 거다."

케이시는 어리둥절한 얼굴로 나탈리아를 바라보았다.

"어쩌면 다시 돌아올 수도 있고, 안 돌아올 수도 있어. 하지만 나는 다른 사람의 도움이 필요해. 너도 이런 데서 벗어날 필요가 있고. 어쩌면 맥스가 네 버릇을 단단히 고쳐줄지도 모르지. 나처럼 물러터진 사람이 아니니까."

이모부의 이름이 나오자 케이시는 진저리를 쳤다. 엄마는 그를 '군기반장'이라 불렀다. 케이시는 그를 '악마'라고 불렀고.

"어쨌든 빨리 길을 나서야겠다. 너도 그렇게 멀뚱히 서 있지 말고 빨리 준비해."

"저는 못 가요, 엄마."

"왜? 왜 못 가겠다는 거니? 이모가 널 얼마나 예뻐했는데?"

"엄마도 그 이유를 아시잖아요."

"아니, 모른다. 알고 싶지도 않아."

"사람들이 죽고 있어요."

"그래, 경찰들이 내게 그러더구나."

"그들이 뭐라고 했어요?" 케이시가 물었다.

"경찰이 뭐랬는지는 신경 쓸 거 없다. 다 허튼소리니까. 어차
피 우리가 떠나면 그만이야."

"제가 경찰을 도울 수 있다면요?"

"뭐라고? 네가 경찰을 돕는다고? 하지만 넌 네 앞가림도 제
대로 못하잖아."

엄마의 독설에 놀란 케이시는 눈만 깜박였다. 그러다 마음을
추스르고는 대답했다.

"그러니까 이 참에 좋은 일도 좀 하고 살아야죠."

마치 정신 나간 사람을 보는 것처럼 나탈리아는 경멸의 시선
으로 딸을 응시했다.

"난 가야겠다, 케이시. 네가 나와 의절할 생각이 아니라면 지
금 나를 따라가야 한다."

"하지만…, 제 눈에 환영이 보이는 게 다 이유가 있는 거라면
요?"

그러자 나탈리아의 얼굴에 씁쓸한 체념이 드러났다.

"그러면 너 알아서 해라."

나탈리아는 입을 꾹 닫은 채 성큼성큼 걸어 나갔고, 충격과 혼란에 빠진 케이시만 방 안에 홀로 남게 되었다.

케이시는 엄마를 사랑했다. 나탈리아를 깊이 사랑했다.

하지만 이제 두 번 다시 엄마를 만나지 못할 것이다.

70

불안한 표정의 밀러가 다급히 가브리엘 옆으로 다가왔다.

"밀러 형사님?" 가브리엘이 그녀에게 먼저 알은체했다. "좋은 소식이라도 있나요?"

억지로 꾸민 가브리엘의 명랑한 목소리에 밀러는 살짝 당황했다.

가브리엘은 오늘따라 무척 고단해 보였다. 사실 그녀뿐만 아니라 수사팀 전원이 심한 중압감에 지쳐가고 있었다. 좀 전까지도 호스킨스 총경은 신속한 체포의 중요성을 강조했다.

"수아레즈와 제가 로첼의 현금 거래 내용을 추적했는데요, 지난 달 은행 계좌에서 이런 내용을 발견했습니다."

그녀는 제목에 형광 표시가 된 인쇄물을 내밀었다.

"클린이지에 80달러 결제. 회사에 전화를 걸어 작업 사실을 확인했습니다. 로첼의 집에서 카펫 세탁을 했다고요. 짐작하시겠죠? 그때 파견된 청소부가…."

"코너 섬너."

"네. 즉, 카일 레드먼드죠."

"그러니까 희생자 둘 다 그자를 집에 들였다는 뜻이네요. 그렇다면 그자에게는 납치를 계획할 시간이 충분했겠네요."

"그렇습니다."

"…카일 레드먼드야말로 케이시의 공범 노릇을 하기에 가장 적합한 인물이네요. 케이시가 어디에 있는지 혹시 실마리를 찾았나요?"

"아직 찾지 못했습니다."

"카일은요?" 눈에 띄게 실망한 표정으로 가브리엘이 물었다.

"지난 몇 달 사이 카일과 거래했던 클린지 고객 몇 명에게 연락을 해봤습니다. 그들 말에 따르면 카일은 루이지애나 번호판을 단 갈색 포드 픽업트럭을 타고 다녔답니다. 정확한 차량 번호는 모르지만…."

"어쨌든 교통국의 눈과 귀가 필요한 상황이네요. 아무튼 우리 팀 전체가 좀 더 분발해줬으면 좋겠어요. 팀원들이 직접 거리로 나가서 발로 뛰어야 해요."

"지당한 말씀입니다."

"그 사이에 나는 압수수색영장을 받아두겠어요. 그 트레일러에 다시 가서…."

"한 시간 전에 받아두었습니다." 밀러가 의기양양하게 대답하며 영장을 가브리엘에게 내밀었다.

"내 곁에 당신이 없었으면 어쩔 뻔했어요?" 마침내 가브리엘이 환히 미소 지었다.

"5분 뒤에 출동할 준비 됐어요?"

마침내 수사에 진전이 생겼다. 유력한 용의자를 특정하게 되었다.

이제 그자를 잡아들이기만 하면 된다.

71

그는 담배를 입에 물고 힘껏 빨아들였다. 담배 끄트머리가 확 타오르며 강렬한 빛을 내자 짜릿한 전율이 그의 척추를 타고 내려갔다. 요즘 들어 그는 사소한 것들에 의미를 부여하곤 했는데, 타들어가는 조그만 불씨가 마치 그의 힘을 증명하는 것만 같았다.

그의 앞에 TV가 켜져 있다. 주차장에서 발견된 시체에 대해 아나운서들이 열띤 어조로 침을 튀기며 보도하고 있다. 또 한 명의 선량한 희생자가 자신의 차 트렁크 안에서 온몸이 토막 난 상태로 발견되었다고 말했다. 시카고 지역 사람들 대부분이 오늘 밤 잠을 못 이루고 뒤척일 생각을 하자 그는 짜릿한 흥분을 느꼈다.

'시카고의 도살자'

언론이 붙여준 별명에 그는 분노했다. 그것은 아무나 마구잡이로 골라 난도질하는 미련한 살인마에게나 어울릴 별명이었다. 물론 희생자의 고통과 두려움이 그를 흥분시킨 것은 사실이었다. 하지만 이 일의 목적은 따로 있었다.

훌륭하고 선량한 시민들이 어쩌다 희생양으로 선택되었는지, 그가 그들을 없애기 위해 얼마나 정교한 계획을 세웠는지 언론과 경찰들은 미처 알지 못했다. 세상에 우연은 없다. 운으로 일어나는 일도 없고.

그는 한 번 더 길게 담배를 빨아들였다.

제이콥은 마땅히 치러야 할 대가를 치렀을 뿐이다. 로첼도 마찬가지였다. 그리고 이 일은 그 두 사람으로 끝나지 않을 것이다. 또 한 사람의 마지막 순간이 다가오고 있었다. 본인은 그 사실을 전혀 알지 못할 것이다. 절대 알 수가 없다.

하지만 그 눈치 없는 년은 머잖아 도살자의 칼과 만나게 될 것이다.

72

눈앞의 광경에 매들린은 큰 감동을 받았다. 그녀의 호소가 이렇게까지 대단한 결과를 불러오리라고는 예상하지 못했다. 손전등과 촛불, 제이콥 존스와 로첼 스티븐스의 사진을 든 사람들이 하나둘 그래너리 공원으로 모여들고 있었다.

매들린은 곧 시작될 집회를 앞두고 연설문을 한 번 더 훑어보았다. 지역 성직자, 유명 정치인, 로첼의 지인 등이 프로그램에 참여할 예정이었지만, 마무리는 매들린이 지어야 했다. 그녀

는 자신이 그 역할을 충분히 감당할 자질이 있음을 증명하고
싶었다. 사실 그녀가 주도해서 시작된 행사이니만큼 어쩌다 보
니 리더 역할을 하고 있었다. 하지만 사람들 앞에서 연설하는
것은 또 다른 문제였다.

지역 명사들과 접촉하고, 행사에 사람들을 동원하는 일에
신경을 쏟느라 그녀는 자신이 무슨 일을 벌였는지 되돌아볼
여유조차 없었다. 그러나 조그만 공원에 모인 사람들을 보니
이제 서서히 감이 잡히기 시작했다. 광장은 순식간에 사람들
로 빽빽이 채워졌고, TV 촬영팀이 몰려들었다.

연설문을 한 번 더 검토하면서 단어의 의미를 천천히, 그리
고 제대로 전달하겠다고 마음을 다잡았다. 사람들에게 위험에
대한 경각심을 일으킬 수 있다면, 마음을 모아 이 악을 뿌리
뽑을 수 있다면 그녀로서는 할 일을 다하는 셈이었다.

공원에 모인 사람들 모두 팔짱을 끼고 촛불을 밝힌 채 노래
를 불렀다. 남녀노소 불문하고 어깨를 맞대고 서서 절제된 시
민 의식을 표현하는 모습은 그야말로 장관이었다. 단순한 의지
의 표명을 넘어선 눈물겹도록 아름다운 광경이었다.

73

예쁜 십 대 소녀가 한 손에 로첼의 사진을, 한 손에 양초를
쥐고 있었다. 사람들과 함께 노래를 부르는 소녀의 얼굴을 포
착한 카메라가 소녀의 뺨 위로 흐르는 한 줄기 눈물 자국을 선

명하게 잡아냈다.

애덤은 그 모습을 더는 볼 수 없어 고개를 돌렸다. 그러나 다른 사람들은 뉴스에서 눈을 떼지 못했다.

"한 잔 더 주세요."

바텐더는 그에게 눈길도 주지 않은 채 잔을 채웠다. 바텐더 역시 뉴스에 온 정신이 팔려 있었다. 애덤은 순식간에 잔을 들이켰지만 기분은 조금도 나아지지 않았다.

'좀 더 독한 술이 필요할까?'

그는 뒤쪽 선반에 길게 늘어선 술병들로 시선을 돌렸다.

그는 가브리엘과의 대화를 몇 번이나 곱씹었다. 좋았던 인간관계가 그렇게 쉽게 틀어질 수 있다는 게 우스웠다.

지난 며칠 사이 일어난 일 가운데 정상인 것은 아무것도 없었다. 한 주 전만 해도 그는 유명 정신과 의사로서 사람들의 고민을 들어주는 존재였다. 또 출산을 앞둔 행복한 아내도 곁에 있었다. 그런데 지금 이 모습은 대체 뭐란 말인가? 이 허름한 술집에서 대낮부터 술이나 퍼마시면서 주정뱅이처럼 한탄만 하고 있다.

케이시는 살인 장면을 아주 구체적이고 충격적으로 묘사했고, 최면상태에서의 반응도 진짜였다. 그 말은 즉, 그 아이가 살인에 관여했거나 살인자와 내통하고 있기에, 자신을 끌어들이려 한다는 뜻이 아니었을까?

오늘 케이시와 상담실에 있을 때 그는 황당한 의문이 하나

들었다. 케이시가 들었다는 여자 웃음소리, 사실은 그 소리가 케이시의 웃음소리는 아니었을까? 혹시 그 아이가 이 살인에 연루됐다는 사실을 스스로 왜곡한 뒤, 애덤을 이 미로 속으로 끌어들인 게 아닐까? 물론 이런 해석 역시 만족스럽지는 않았다.

하지만 그는 지금껏 이렇게 심각한 해리성 둔주(극심한 스트레스를 겪은 후 자신의 본래 인격이나 정체성을 일시적으로 망각하고 새로운 사람처럼 행동하는 정신 장애 - 옮긴이 주) 상태를 경험한 적이 없었다. 그리고 케이시가 연기를 하는 것도 아니라고 확신했다. 그렇다면 실제로 케이시가 앞날을 내다보는 재능이나 초능력을 갖고 있을지도 모른다고 생각했다. 하지만 그것은 자연과학적으로 불가능한 일이다.

술잔을 내려다보니 또 비어 있었다. 그러나 그것을 언제 다 마셨는지 기억조차 나지 않았다.

자, 그렇다면 지금부터 어떻게 하는 것이 최선일까? 술을 계속 마실까, 아니면 페이스가 있는 집으로 돌아갈까? 경찰에게 의심받고 있다는 사실을 케이시에게 알려줘야 할까, 아니면 이참에 아예 그 아이와 모든 연락을 끊어야 할까?

난생처음으로 애덤은 갈팡질팡하였다.

이럴 때마다 그는 아버지가 그리웠다. 아버지는 그를 바른 길로 인도해준 유일한 존재였다. 아버지는 주관이 뚜렷하고, 단호한 사람이었다. 빈 술잔을 들여다보던 애덤은 자신이 아버지의 발끝에도 미치지 못하는 사람이라고 생각했다.

·· **74** ··

냄새가 지독했다. 금속 강화문을 비집어 열자 톡 쏘는 냄새
가 그녀를 덮쳤다. 코를 찌르는 업소용 세제의 악취였다. 마스
크로 입과 코를 덮은 가브리엘이 밀러를 돌아보았다.

"셋 하면 들어가요. 하나, 둘, 셋…!"

손전등을 최대한 밝히고 총을 쳐든 채 둘은 안으로 들어갔
다. 가브리엘은 왼쪽 모퉁이를, 밀러는 오른쪽을 살피며 앞으로
나아갔다. 그들은 카일의 흔적을 찾아 깜깜한 트레일러 내부
를 눈으로 훑었다. 그러나 이곳에는 아무도 없었다.

가브리엘은 구석으로 다가가 못 쓰게 된 기계를 손전등으로
비춰보았다. 산업용 카펫 세탁기에 찢어진 호스가 연결되어 있
었고, 신발 덮개와 보호복, 비닐 시트와 라텍스 장갑 등도 함께
있었다.

쭈그리고 앉아 그것들을 살피던 가브리엘은 문득 제이콥의
뺨에 있던 라텍스 알레르기 자국을 떠올렸다. 로첼의 시신에도
라텍스 장갑이 사용됐다는 증거가 있었던가? 시체에서 지문
이나 섬유는 발견되지 않았다고 들었다. 하지만 법의학자 애런
홈즈를 통해 정확히 확인하지는 않았다. 여기 일이 끝나자마자
애런 홈즈에게 물어봐야겠다고 가브리엘은 생각했다.

비닐 시트 무더기 옆에 커다란 드럼통이 놓여 있었다. 통 표

면을 손전등으로 비춰보던 가브리엘은 독성 물질임을 가리키는 커다란 경고 표시와 내용물의 이름을 확인했다. 그곳에는 '하이포아염소산나트륨'이라고 적혀 있었다.

"하이포아염소⋯, 이게 무슨 물질이죠?" 밀러가 물었다.

"공업용 표백제예요. 카펫 세탁에 이게 왜 필요한지는 모르겠지만요."

"그런데 이게 왜 이렇게 많죠?"

가브리엘은 허리를 굽혀 트레일러 표면을 확인했다. 아무렇게나 방치되어 있던 트레일러의 바닥은 티끌 한 점 없이 깨끗했다. 그만큼 카일이 꼼꼼하고 깔끔한 사람이라는 뜻일까, 아니면 뭔가 구린 비밀을 숨기고 있다는 뜻일까? 가브리엘은 손전등으로 트레일러 오른쪽 구석에 있는 배수구를 비추었다.

"밀러, 좀 도와줄래요?" 가브리엘이 그쪽으로 급히 달려가며 말했다.

배수구 위에는 묵직한 금속 안전망이 놓여 있었다. 가브리엘은 그것을 들어 올린 다음 손전등으로 그 밑을 비춰보았다. 그곳에는 깊고 넓은 하수관 같은 것이 있었다. 하수관이 강과 연결되어 방류되려면 족히 1.5미터 정도는 땅속으로 파묻혀있어야 할 것 같았다. 하수관 안은 지저분하고 컴컴했는데, 그 안에 엄청난 양의 표백제를 쏟아 부었다는 것만은 분명했다. 표백제의 독한 냄새가 물컥 올라왔기 때문이다.

"과학수사팀을 데려와야겠어요." 하수관 뚜껑을 다시 덮으며 가브리엘이 말했다.

"이곳을 정밀분석하기 위해 완전히 해체해야겠네요."

"지금 연락할게요."

밀러가 재깍 대답하고는 트레일러 출입구 쪽으로 달려갔다.

가브리엘은 트레일러를 나와 밖에서 그것을 멍하니 바라보았다. 이곳에서 무슨 일이 있었는지 너무나 알고 싶었다. 그러나 내일 새벽에 과학수사팀이 나타날 때까지는 기다려야 했다. 이 트레일러가 품고 있는 비밀이 무엇이든 지금은 그저 지켜보는 수밖에 없었다.

75

복도로 들어서던 애덤은 잠시 심호흡을 했다. 요즘 집에 돌아올 때마다 긴장과 분노, 불안 등의 기분 나쁜 감정에 휩싸였었다. 불과 얼마 전까지만 해도 현관계단을 밟는 순간부터 미소가 절로 나왔는데 말이다.

오늘 밤은 집 안이 조용할 거라고 예상했다. 페이스가 작업실에 틀어박혔거나 침대에 누워있을 줄 알았기 때문이다.

하지만 조용히 현관문을 닫는 순간, 거실에서 어떤 목소리가 들려왔다. 거실로 들어선 그는 소파에서 이야기를 나누는 케이시와 페이스를 보고 소스라치게 놀랐다.

그를 본 케이시가 살짝 얼굴을 붉혔고, 페이스는 그를 돌아보며 반겼다.

"어서 와." 페이스가 말했다.

"잘 지냈어?" 애덤이 페이스를 보며 어색한 미소를 지으며 말했다.

"케이시가 어머니랑 갈등이 좀 있었나 봐. 어머니가 갑자기 이사를 갔다고 해서 내가 케이시더러 이 집에 며칠 머무르라고 했어."

애덤은 저도 모르게 고개를 끄덕이고 있었다. 물론 이 일은 심각한 적신호였다. 환자가 정신과 의사와 함께 생활하는 것은 어떤 경우에도 좋은 선택이 될 수 없었다. 그러나 케이시를 돕고 싶어 하는 페이스를 말릴 수도 없는 노릇이었다.

"음, 너를 도울 수 있어서 기쁘구나." 애덤이 마음에도 없는 소리를 했다.

"하루 정도만 있을게요." 얼굴이 빨개진 케이시가 재빨리 말했다.

"괜찮아." 애덤이 케이시를 안심시켰다.

"하지만 경찰이 잔뜩 벼르고 있으니까 아침이 되자마자 우선 전화부터 하자꾸나. 일단 그 문제를 해결해야 될 거 같아."

그 말에 케이시는 불안한 표정으로 고개를 끄덕였다. 그러자 페이스가 애덤을 흘겨보았다. 페이스는 말없이 애덤을 힐난하고 있었다.

"뭐 좀 먹을래, 케이시?" 페이스가 케이시를 돌아보며 물었다.

"아니, 괜찮아요."

"나도 정말 괜찮아. 배달 음식을 먹을 거거든." 페이스가 급히 덧붙였다.

"감사하지만 밥은 이미 먹었어요." 케이시는 잠시 주저하다가 말을 이었다. "…저는 그래너리 공원에서 열리는 집회에 가보고 싶은데…"

"그러렴." 페이스는 그 제안을 순순히 받아들였다.

"…아무것도 안 할 수는 없어서요." 케이시가 수줍게 말을 이었다.

"그러면 집 열쇠를 줄게. 네가 돌아왔을 때 혹시 우리가 잠들어 있으면 안 되니까."

페이스는 애덤과 케이시만 남겨 놓은 채 서둘러 거실을 나갔다.

"괜찮니?" 애덤이 조심스레 물었다.

"괜찮아요."

"어머니는…? 어떻게 된 일이야?"

그러나 케이시는 고개만 저었다.

잠시 후에 거실로 돌아온 페이스가 케이시의 손에 열쇠를 쥐어주었다.

"손님방에 잠자리를 준비해놓을게."

"정말 감사합니다. 안 그래도 어디로 가야 하나 걱정이었는데…"

"네가 와줘서 기뻐. 안 그래, 애덤?"

"그래."

케이시는 애덤을 한번 흘끔 보고는 거실을 나섰다.

케이시의 발소리가 천천히 멀어지는 사이, 페이스와 애덤은 서로를 응시했다. 그러다 페이스는 테이블로 다가가더니 배달 음식 메뉴판을 집어 들었다.

"인도 음식이 좋아, 중국 음식이 좋아?"

"…페이스, 당신은 이게 정말 현명한 선택이라고 생각해?"

"…현명한 선택?"

"저 앤 내 환자야."

"그건 알고 있어."

"그리고 수사 중인 살인 사건의 용의자고…."

"그건 말도 안 돼. 지푸라기라도 잡는 심정으로 경찰들이 아무나 끌어다 붙이는 거잖아."

아내의 순진한 믿음이 부러웠다. 애덤은 잠시 그녀를 바라보았고, 페이스도 이글거리는 눈빛으로 그를 쏘아보았다.

"내 말은…, 만약에 내가 환자를 집에 재웠다는 게 소문이 나면…, 상당히 곤란한 일이 생길 수 있거든."

"하지만 딱 며칠만 있을 거야. 그리고 우리가 떠벌리지만 않으면 누가 알겠어?"

순진한 생각이다. 케이시가 여기 있는 것 자체가 차후에 문제가 될 수 있다. 그 사실을 페이스 역시 모르는 게 아니면서도 괜스레 성질을 부리고 있다.

"애덤, 그러면 대안이 뭐야? 케이시를 호텔에 보내는 거? 아니면 우중충한 가출청소년 쉼터에라도 보내는 거?"

"거기가 그렇게 나쁜 곳은 아니야."

"케이시는 어린애야, 애덤. 연약한 어린애라고."

"나도 알아. 하지만 저 아이를 도울 다른 방법이 있을 거야. 꼭 우리가 나설 필요는 없다고."

"당신이 잠시 잊었나본데…, 저 애한테는 아무도 없어. 저 애 엄마도 이 도시를 떠났대. 그렇다고 친구가 있는 것도 아니고…." 페이스가 얼굴을 붉히며 쏘아붙였다.

"저 아이가 갈 수 있는 안전한 곳도 많아. 담당 복지사한테 얘기하면…."

"케이시는 보호받아야 해. 저 애한테는 애정과 조언이 필요해." 페이스는 고집을 부렸다.

"당연히 나도 알고 있어."

"그런데도 저 애를 길거리로 내쫓겠다고?"

그도 옳았지만, 그녀도 틀리지 않았다. 애덤은 페이스와 이제 그만 화해하고 싶다는 생각이 간절해졌다.

그러나 페이스는 마지막으로 그에게 치명적인 한마디를 던졌다.

"당신이 이 정도밖에 안 되는 사람인 줄 몰랐어."

76

케이시는 빠르게 앞으로 걸어나갔다. 손에 대마초를 숨긴 그녀는 마지막 몇 모금을 조심스레 빨아들였다.

대마초를 피우면 기분이 나아질 거라 기대했다. 하지만 몇 가지 의혹이 자꾸만 머릿속을 괴롭혔다. 어쩌다 이런 신세가 됐을까? 엄마마저 자신을 포기하고 아예 손을 떼버렸다. 애덤은 또 어떤가? 애덤 역시 자신의 존재를 부담스럽게 여기는 게 분명했다. 이런 생각에 마음이 한층 더 침울해졌다.

그때였다. 큰 목소리와 갈채 소리가 앞쪽에서 들려왔다. 공원 안에 설치된 확성기 소리였다. 폭력 앞에 당당하게 맞서기를 독려하는 남자의 외침이 들렸다.

거리가 멀어서 잘 보이지는 않았지만, 그는 성직자 같았다. 평소 같았으면 그가 무슨 말을 하든 말든 귓등으로도 안 들었겠지만, 오늘따라 유난히 그의 말 한마디 한마디가 가슴에 와 깊이 박혔다.

"이 세상에 이기지 못할 악은 없습니다. 서로를 믿고 의지하면 이 지독한 시련은 지나갈 것입니다. 구원의 날을 여러분의 손으로 붙잡아야 합니다."

관중의 열렬한 호응에 케이시도 동참했다. 그녀는 소리 내어 웃고 싶었다. 케이시는 점점 무아지경에 빠져들었다. 아주 오랜만에 케이시는 행복과 설렘을 느꼈다. 지금 이 기분은 아드레날린의 작용일까? 아니면 공동체적 소속감 때문일까?

케이시는 머리를 숙이고 무대 쪽으로 슬금슬금 걸어가 인파 속에 섞여들었다.

77

자동차가 아스팔트 위를 천천히, 그리고 조심스레 굴러갔다. 차에 탄 두 사람은 말없이 주차된 차량과 지나가는 얼굴들을 샅샅이 살폈다. 벌써 두 시간 가까이 수색 중이었다. 둘 다 굉장히 지쳐 있었지만, 그만두기엔 아직 일렀다.

카일 레드먼드의 트레일러를 살펴본 가브리엘과 밀러는 줄곧 로워웨스트사이드를 훑고 있었다. 어쩌면 도시 밖으로 달아났을 가능성도 있지만, 그래도 트레일러 주변 지역을 다시 한번 수색할 필요가 있었다. 그러나 카일의 흔적은 그 어디에서도 찾을 수 없었다.

밀러는 터져 나오는 하품을 숨기려 입을 오므렸다. 그러나 가브리엘의 눈을 속일 수는 없었다. 밀러는 이번 주 내내 거의 잠을 못 잤고, 깨어 있는 시간 내내 사건의 단서를 찾아 거리를 누비고 다녔다.

"이 일은 나 혼자 해도 되니까 집에 가서 눈 좀 붙여요. 아직 몇 시간 여유가 있어요."

"괜찮습니다."

"나도 정말 괜찮아요. 지난 며칠간 죽도록 고생했잖아요."

"우리는 봉사하고 보호한다!(We serve and protect; 시카고 경찰청

216

의 공식 모토 – 옮긴이 주)"밀러가 유쾌하게 대답했다.

"그렇게 말해주니 나야 고맙지만…, 그러다 건강이라도 상할까 걱정이네요."

"저는 진짜 괜찮아요." 밀러가 애써 다시 한번 쾌활하게 대답했다. "저는 이 일을 사랑하고 있고, 이 일 덕분에 필요한 건 전부 얻고 있는걸요."

"가족은 어쩌고요?"

가브리엘은 자신이 밀러에 대해 아무것도 모르고 있다는 사실을 문득 깨달았다.

"전부 디트로이트에 살아요."

"결혼은 했어요?"

"아니요, 아직 때가 아닌 거 같아서요."

두 사람은 의료단지를 떠나 북쪽으로 이동하고 있었다.

"부모님이 디트로이트에 계시나요?"

"네."

"자주 찾아뵙나요?"

"일 년에 한 번 갈까 말까예요. 별로 애틋한 사이가 아니라서."

가브리엘은 곁눈질로 밀러를 슬쩍 보았다. 밀러의 표정은 무덤덤했다.

"있잖아요, 당신이 헌신적으로 일해주어서 정말 고맙게 생각해요. 하지만 개인의 삶에서…, 의지할 사람을 찾는 것도 중요해요. 우리 일이 여간 힘든 게 아니니까…, 때로는 힘들 때 기댈 사람이 필요하다고 생각해요."

"저에게는 팀이 있잖아요. 그걸로 충분합니다."

"물론 그것도 좋죠. 하지만 팀원들은 계속 바뀌잖아요. 당신도 조만간 승진을 할 테고, 그러면 완전히 새로운 얼굴들과 만나게 될 거예요."

그 말에 밀러가 살짝 고개를 저었다.

"저는 이 자리가 만족스러워요. 우리 팀은 제가 지금까지 속했던 그 어느 집단보다도 가장 애착이 가는 곳이에요. …예전에 저는 어딜 가나 겉돌았어요."

밀러가 가브리엘의 얼굴을 살피며 말을 이었다.

"학교에서도, 직장에서도, 심지어 가족들과의 사이도 좋지 않았어요. 하지만 팀장님만은 저를 믿어주셨어요. 이 팀에 합류하기 전에는 제게 목표도 방향도 없었어요."

가브리엘은 밀러의 얼굴을 물끄러미 응시했고, 그녀와 눈이 마주친 밀러는 황급히 눈길을 돌렸다.

"제가 괜한 소리를 했나 보네요."

밀러가 허공을 응시하며 우물거렸다.

"그러니까…, 과거에는 아무도 저를 믿지 않았어요. 어쨌든 지금 당장은 우리 팀원들과 함께 열심히 일하고 싶을 뿐이에요."

"신참인 봉고메리 형사와도 지금처럼 그렇게 서로 도와가며

일할 수 있죠?" 가브리엘이 물었다.

"몽고메리 형사는 아직 많이 어리죠." 당황한 밀러가 황급히 대답했다.

"아직 배우는 중이지만, 머잖아…. 몽고메리 형사도 누가 잘 이끌어준다면 분명히 훌륭한 형사가 될 거예요."

"물론입니다." 밀러가 냉큼 대답했다. "방금 제가 몽고메리 형사가 어리다고 한 것을 오해하실까 봐 드리는 말씀인데, 저랑 몽고메리 형사 사이에 문제가 있는 건 절대 아닙니다. 제가 도울 수 있는 건 뭐든지 도울 생각입니다. 팀장님이 제게 해주신 걸 생각하면 그게 바로 제 의무-."

그때였다. 그러다 밀러는 황급히 입을 다물었고, 어리둥절해진 가브리엘이 그녀를 돌아보았다.

"저것 보세요!"

밀러가 큰 소리로 외치며 가브리엘의 어깨 너머를 가리켰다.

무심히 그쪽으로 몸을 틀던 가브리엘의 눈이 커다래졌다. 큰 길을 벗어난 옹달진 골목에 루이지애나 번호판을 단 갈색 픽업 트럭이 숨어 있었다.

78

"지원 인력을 기다릴까요? 아니면 이대로 쳐들어갈까요?"

그들은 다 쓰러져가는 아파트 건물 뒤에 숨어 있었다. 밀러는 잔뜩 들뜬 얼굴로 주차된 픽업트럭 주위를 서성이면서 권총을 몇 번이나 점검했다.

가브리엘은 우뚝 솟은 허름한 아파트를 올려다보았다. 군데군데 철거 예정임을 알리는 표지가 붙어 있었다.

알려진 바에 따르면, 철거 작업은 앞으로 석 달 후에 착수될 예정이었다. 그렇다면 이 텅 빈 건물은 한동안 완벽한 은신처 구실을 할 수 있을 터였다.

눈을 찡그리자 그 안에서 나오는 희미한 빛을 감지할 수 있었다.

"들어가야겠네요. 지원팀이 도착하려면 20분은 더 기다려야 해요. 그 사이 카일이 우리의 존재를 눈치챌 가능성이 있어요."

"네, 좋습니다." 밀러가 의욕적으로 말했다.

힘든 결정이었다. 지원팀 없이 놈의 소굴로 들어가는 건 여간 위험한 일이 아니다. 하지만 기습을 펼친다면 큰 몸싸움 없이 카일을 잡을 수 있을 것이다.

가브리엘은 권총을 빼내 안전장치를 풀었다. 그러고는 앞으로 나아갔다. 정문 위에 붙어 있는 널빤지에는 접근 금지를 뜻하는 'X' 형태로 여러 개의 못이 박혀 있었다. 밀러는 널빤지 사이의 틈을 비집고 들어갔고, 가브리엘도 조용히 그 뒤를 따랐다.

앞으로 기어가자, 바닥은 기분 나쁘게 삐걱거렸고, 석고 벽은 부스러졌다. 노출된 천장에는 철사가 위험하게 늘어져 있었다.

가브리엘은 한 발 한 발 조심스레 내디디며 앞으로 나아갔다. 건물 자재가 워낙 부식되어 있는 터라 까딱 발을 잘못 디뎠다가는 크게 다칠 위험이 있었다.

건물 안에서 누군가의 기척이 들렸다. 그러나 위치가 어디인지는 파악할 수 없었다. 손전등을 켜고 싶었지만, 그랬다가는 단박에 들킬 것이다. 가브리엘은 총을 쳐든 채 어둠 속을 묵묵히 걸었다.

그러다 왼쪽에 있는 방이 간신히 보였다. 방 안으로 신속하게 들어간 그들은 어둠 속을 탐색했지만 아무도 없었다. 그 오른쪽에 있는 방도 마찬가지였다.

다시 복도로 나가려던 그들은 잠시 그 자리에 우뚝 멈추어 섰다. 머리 위에서 요란하게 삐걱대는 소리와 함께 나지막한 목소리가 이어졌기 때문이다. 윗층에서 나는 소리가 분명했다. 지원팀이 도착하려면 아직 10분은 더 기다려야 했다. 손 놓고 주저앉아 기다리기에는 턱없이 긴 시간이었다.

가브리엘은 날쌘 걸음으로 계단을 성큼성큼 올라갔다. 이제 여자 목소리가 더욱 분명히 들리기 시작했다. 총을 꼭 쥔 가브리엘은 행운이 자신의 편이기를 기도했다.

계단을 다 오르자, 다시 길고 어둑한 복도가 펼쳐졌다. 소리는 왼쪽에 있는 방에서 들리는 듯했다. 가브리엘은 벽을 따라 큰 보폭으로 살금살금 이동했다. 밀러에게 조용히 손짓을 한

다음, 입구를 홱 지나 맞은편으로 몸을 숨겼다.

그러나 그 방도 비어 있었다. 다만, 테이블 위에는 피자박스 몇 개가 있었고, 재떨이 가장자리에는 타다 만 담배가 놓여 있었다. 방 저편 TV에서는 뉴스가 방영되고 있었다. '시카고의 도살자'와 관련된 기사를 전달하는 여성 아나운서가 보였다.

'이것이 아래층에서 들은 여자 목소리였나?'

하지만 불이 채 꺼지지 않은 담배는 조금 전까지 누군가가 여기 있었음을 의미했다. 그게 누구인지는 아직 모르지만.

초조해진 가브리엘은 총을 들고 복도로 나갔다. 삭은 널빤지 사이로 발이 빠질 뻔했지만 아슬아슬하게 균형을 잡고 한 걸음 앞으로 나아갔다.

그때였다. 복도 반대편 끝에서 검은 형체가 쏜살같이 지나갔다. 가브리엘은 밀러에게 재빨리 지시했다.

"내 뒤에서 기다려요!"

가브리엘은 방의 입구로 총구를 겨눈 채 복도를 따라 신속하게 이동했다. 언제라도 발사할 수 있도록 손가락은 방아쇠에 얹었다. 복도를 신속히 내려가 열린 문 앞에 다다랐고, 몸을 낮춘 채 문 앞을 홱 지나갔다. 그러나 역시 방 안은 텅 비어 있었고, 열린 창틈으로 찬바람만 으르렁거렸다.

창가로 달려간 가브리엘은 조심스레 밖을 내다보았다. 쓰레기봉투 사이로 키가 크고 삭발을 한 남자가 있었다. 순간 그 남자와 가브리엘의 눈이 마주쳤다. 카일이었다.

순식간에 복도를 내달린 가브리엘은 발길질 두 번으로 출입구에 설치되어 있던 나무 널빤지를 박살냈다. 싸늘한 공기 속으로 뛰쳐나간 그녀는 건물 뒤편으로 이어지는 좁은 골목을 향해 질주했다. 건물 뒤편을 따라 돈 가브리엘은 카일이 뛰쳐나올 때 깨졌을 창문 유리 조각을 발견했다.

이 방향이 맞다고 확신한 그녀는 카일이 북쪽으로 뻗은 넓은 골목으로 도망쳤으리라 짐작했다. 그녀의 짐작대로 카일은 가브리엘의 앞쪽에서 허둥지둥 도망치고 있었다.

"경찰이다. 꼼짝 마!"

그때 가브리엘의 머리 위로 총알이 날아들었다. 하지만 가브리엘은 주저하지 않고 그를 뒤쫓았다.

추격은 계속되었다.

79

케이시는 군중 사이를 비집고 나갔다. 무대까지 이제 겨우 10미터 남짓한 거리였다. 그러나 사람들이 너무 많아 앞으로 나아가기가 쉽지 않았다. 하지만 케이시는 알 수 없는 힘에 이끌려 자꾸자꾸 앞으로 나아갔다.

그녀를 움직이게 한 힘은 희망이나 열망이었을까? 아니면 그 밖의 다른 어떤 감정이었을까? 심장이 쿵쾅거리고 머리가 조금 어질했다. 가슴이 두근거리다가 다음 순간 머리가 지끈거릴 만큼 순식간에 행복해졌다. 케이시는 주저하면서도 꾸준히 앞으로 나아갔다.

그때 한 중년 여성이 힘을 모아 악을 뿌리 뽑아야 한다는 내용의 연설을 하고 있었다. 그녀는 이 집회의 주최자 같았다. 그녀의 한마디 한마디에 대중은 열광했다. 곳곳에서 시민들의 폭발적인 외침이 들렸다.

완전히 흥분한 연설자는 목소리를 높여 모두가 행동하고 저항하기를 촉구했다. 그녀는 마치 사람들에게 특별한 자격을 주는 전지전능한 신처럼 보였다.

사방으로 시선을 옮기며 사람들을 훑어보던 연설자는…, 케이시와 눈이 마주쳤다. 그 순간 케이시의 몸이 휘청거리는 바람에 순간 뒷사람과 격렬하게 부딪치고 말았다.

"얘, 뭐 하는 거니?" 어렴풋이 말소리가 들렸다.

케이시의 눈은 연설자에게 고정되었고, 상황을 되돌릴 방법은 없었다. 숨이 멎을 듯이 놀란 케이시는 길고 요란한 비명을 지르며 바닥에 주저앉았다.

-------------------------------------- **80** --------------------------------------

고통스러웠지만 그는 꾸역꾸역 앞으로 나아갔다.

약 5미터 높이의 창문에서 몸을 던져 바닥으로 떨어졌다. 골목에 늘어져 있던 쓰레기봉투 덕분에 덜 다치기는 했지만, 팔꿈치가 단단한 땅에 세차게 부딪쳤다. 뼈가 부러졌을까? 하지만 경찰이 턱밑까지 쫓아온 지금 그런 데 신경 쓸 겨를은 없었다.

'그들은 도대체 어떻게 나를 발견했을까? 그곳은 정말 완벽한 도피처였는데…'

그는 이 동네 골목 지리를 손바닥 보듯 훤히 알고 있었다. 그래서 왼쪽으로 꺾었다가 오른쪽으로 튼 다음, 왔던 길을 되돌아가는 식으로 추격자를 혼란에 빠뜨렸다.

그러나 그 여형사는 여전히 그의 뒤를 밟고 있었다. 그래도 아직은 그가 유리했다. 주변에 시민들이 많이 있다면 형사가 총을 발사할 가능성은 낮기 때문이다. 오늘 밤 이 거리는 무척이나 붐볐다. 무슨 행사라도 있는 건지 근처에서 시끌벅적한 소리가 들렸다.

골목으로 빠져나가던 그는 한 방향으로 이동하는 무리를 발견했다. 그 덕분에 카일은 추격에서 벗어날 기회를 포착했다.

하지만 그 형사는 그와 겨우 15미터 간격을 두고 따라오고 있었고, 그를 한 방에 명중할 수도 있을 터였다.

그는 악취가 진동하는 이 골목에서 초라하게 죽을 생각 따위는 없다. 특히나 지금처럼 할 일이 많이 남아 있을 때는.

샛길 끝에 다다른 그는 휘청거리며 큰길로 나섰다.

카일을 본 여자 하나가 그를 빤히 응시하더니 총총걸음으로 멀어졌다. 그는 재빨리 그녀를 따라잡은 다음, 추격자가 자신을 놓치기를 바라며 여자를 밀치고 앞으로 나아갔다.

하지만 형사는 그와 같은 방향으로 움직이는 것 같았다.

그는 어쩔 수 없이 조용히 욕을 내뱉고 눈앞의 공원을 향해 절뚝이며 걸어갔다. 그 사이 주변에서는 다시 시끄러운 소리가 들려오기 시작했다. 확성기로 증폭된 여자의 목소리와 함께 갈채와 환호 소리가 간간이 들렸다. 그제야 그는 공원에서 무슨 일이 일어나고 있는지 깨달았다. 제이콥 존스와 로첼 스티븐스를 추모하는 촛불 집회였다. 군중 속에 섞여 도망칠 수 있는 기회가 생기다니 도저히 믿을 수가 없었다. 그야말로 완벽했다. 역시 그냥 죽으라는 법은 없었다.

그는 마지막 젖 먹던 힘까지 짜내어 공원 입구 쪽으로 달려갔다. 하지만 몸이 갑자기 옆으로 튕겨 나가 바닥에 머리를 부딪치고 말았다. 가까스로 자리에서 일어서던 카일은 그대로 얼어붙었다. 젊은 여자 경찰 하나가 그에게 총을 겨누고 있었기 때문이다.

"경찰이다! 무기를 내려놔!"

카일은 주저하지 않고 이마로 그녀의 얼굴을 들이받았고, 그녀는 바닥에 나자빠졌다.

그는 갖고 있던 총을 꺼내잡았다.

갈 길이 급했다. 이제 공원이 바로 코 앞에 있었다.

그때였다. 딱 한 걸음 내디뎠을 뿐인데, 싸늘한 총신이 그의 뒤통수를 세게 눌렀다.

'이제 어떻게 해야 할까? 이 년을 밀치고 돌아서서 총을 발사한다면?'

여러 가지 경우의 수를 저울질하는 사이, 등 뒤에서 차분한 음성이 들려왔다.

"뭐든 해보시지, 카일. 네가 뭘 하든 그 즉시 내가 방아쇠를 당길 테니까."

81

케이시는 머리에 얼음주머니를 댄 채 의자에 앉아 있었다. 점점 가까워지는 발자국 소리가 그녀의 귀를 자극했다. 굳이 확인하지 않더라도 그녀는 발자국 소리의 주인이 누구인지 알 수 있었다.

"정말 죄송해요." 케이시가 작게 속삭였다.

"병원에서 보호자를 꼭 불러야 된다고 해서요."

"괜찮아."

애덤이 힘없이 대답하며 그녀의 옆에 앉았다.

"우리랑 같이 지내는 동안은 널 책임져야지."

이 말에 케이시의 기분은 더 침울해졌다.

"무슨 일이 있었니?" 애덤이 다정하게 물었다.

그런 애덤이 정말 고마웠다. 이 와중에도 그는 그녀에게 상냥히 대하려 애를 쓰고 있다. 자신에게 이 정도의 인내심을 보여준 사람은 처음이었다.

"집회에 갔다가 기절을 했고…, 정신을 차려보니 구급차에 있었어요. 구급대원들에게 그냥 가겠다고 했지만, 구태여 여기 데려오는 바람에….”

“지금은 좀 어떠니?”

“괜찮아요. 의사들도 다친 데는 없다고 했어요. 여기서 나가
고 싶어요.”

“기절하기 전에 대마초를 피웠니?”

케이시가 머뭇거리자 애덤은 다시 캐물었다.

“네 입에서 대마초 냄새가 났다고 의사가 그러던데….”

“…딱 한 대 피웠어요.”

“케이시, 대마초는 꼭 끊어야 해.”

“저도 알아요. 그럴 거예요. 하지만 중요한 건 그게 아니에
요.”

“그래. 무슨 일이 있었니?” 애덤이 긴 한숨을 내쉬고는 물었
다.

“누가 널 때렸니?”

케이시는 손톱을 물어뜯었다.

“…또 환영을 봤어요.”

애덤은 그대로 얼어붙었다. 이것이야말로 그가 예상했던, 그
리고 두려워했던 시나리오이다.

“그 아줌마를 본 순간….”

“누구를 봐?”

“공원에서 연설하던 아줌마요. 매들린 뭐라고 했는데….”

“매들린 베인스.”

"네, 매들린 베인스. 그분과 우연히 눈을 마주쳤는데…, 그때 보고 말았어요. 그분의 고통, 공포, 그리고 그분을 집어삼키는 불길…"

케이시는 애덤을 보며 떨리는 목소리로 말을 이었다.

"매들린 베인스가 다음 번 희생자예요."

82

수갑을 찬 카일은 의자를 거칠게 잡아당기며 가브리엘을 쏘아보았다. 그는 붙잡힌 직후부터 밀러에게 발길질과 주먹질을 해댔다. 결국 가브리엘과 밀러는 그를 결박하여 취조실로 옮겨야 했다.

"제이콥 존스! 그리고 로쉘 스티븐스!"

가브리엘이 테이블 위에 두 희생자의 사진을 던졌다. 그러나 카일은 사진을 거들떠보지도 않고 가브리엘만 노려보았다.

"이 둘을 어디서 처음 만났지?"

하지만 카일은 코웃음만 쳤다.

"…내가 대신 말해주지. 당신은 웨스트타운에 있는 제이콥의 집을 청소했어. 그리고 로쉘의 집도. 그 사람들과 말을 나눈 적 있나, 카일?"

카일은 느릿느릿 시선을 가브리엘 쪽으로 옮겼다. 그에게 주눅 든 기색이라고는 전혀 없었다.

"아니라고? 아, 그래. 그 사람들은 일찌감치 일하러 나가고 없었겠지." 가브리엘이 술술 말을 이었다.

"여간 바쁜 사람들이 아니었으니까 말이야. 그리고 넌 빈집을 실컷 휘젓고 다녔겠지? 이것저것 슬쩍하기도 하면서 말이야, 안 그래? 보조 열쇠도 손에 넣었을 테고?"

카일은 꿋꿋이 침묵을 지켰다.

"너는 그들 집에 멋대로 들락거릴 수 있었을 거야. 그래서…."

가브리엘의 미끼에도 카일은 걸려들지 않았다.

"아니야? 그래, 그러면 처음으로 다시 돌아가보자고. 4월 10일 밤에 어디 있었지?"

카일은 여전히 침묵했다.

"대답 안 해? 그러면 4월 17일에는? 로첼 스티븐스가 살해당한 날 밤 말이야."

카일은 몸을 비틀며 그를 결박한 줄들을 신경질적으로 잡아당겼다.

"내가 묻고 있잖아, 카일!"

"…외출했었어. 어디 갔었는지는 기억 안 나고."

"뭐 하러 나갔어? 친구 만나러? 술 퍼마시러?"

"드라이브하러."

"그날 웨스트타운 근처에 갔었지?"

카일은 콧방귀를 뀌며 어깨를 으쓱했다.

"희생자들이 그쪽에 살았지. 물론 너도 잘 알겠지만 말이야, 안 그래?" 가브리엘이 빈정거렸다.

"내가 사람 얼굴을 잘 기억하지 못해."

"그래? 그런 미남미녀들을? 사진을 봐, 카일. 참 멋지고 세련된 사람들이잖아. 한 번만 대화해 봐도 기억할 수밖에 없는 얼굴들 아냐? 아, 어쩌면 그 사람들이 너랑 말을 섞지 않으려 했는지도 모르겠다."

카일이 눈을 치뜨고 가브리엘을 쏘아보았다.

"넌 사람들을 멋대로 주무르는 걸 좋아하잖아?"

"뭔 소리야?"

"성폭행, 불법 감금, 학대. 여기 기록이 전부 남아 있더라고. 그러니까 당신의 옛 애인이었던 대니 로체퍼드 이야기부터 시작해보자고. 대니한테 당신이 어떻게 했지?"

대니의 이름이 나오자 카일은 몸부림을 멈추었다.

"대니는 당신을 좋아했어. 그래서 당신을 기꺼이 받아줬고. 그런데 당신은 그에 대한 보답으로 그녀를 48시간이나 감금했어. 마구 학대하면서 손가락을 두 개나 잘랐고."

"그 썩을 년이 지조도 없이 몸을 함부로 굴리잖아."

"…그리고 소년 범죄 기록을 보니 어머니를 때린 전과도 있던데."

"그 년 역시 당해도 싼 년이야."

처음으로 그의 얼굴에 웃음기가 돌았다.

"그것도 모자라 형제자매랑 학교 친구들까지…"

카일은 어깨를 으쓱했다. 그는 과거의 그런 경험들을 자랑스러워하고 있었다.

"그러다 결국 제이콥 존스와 로첼 스티븐스를 죽였지. 그 사람들을 고문할 때 기분이 어땠어?"

카일이 그녀를 빤히 바라보았다.

"그 사람들을 망가뜨리고 싶었을 거야. 그 사람들이 당신 자존심을 건드리는 말이라도 했어? 그래서 죽인 거야?"

그 말에 카일이 시선을 내려 테이블에 놓인 사진을 찬찬히 들여다보았다.

"아니라고? 그럼 내가 완전히 헛다리를 짚었다는 뜻이네?"

"이제야 좀 상황 파악이 되시나본데…?"

카일은 금니를 드러내며 활짝 웃었고, 그 바람에 찌든 담배 냄새가 훅 날아들어 왔다. 가브리엘은 욕지기가 올라왔다.

"그러면 왜 우리를 보고 달아났지? 왜 경찰한테 총을 쐈어? 왜 내 동료를 공격했냐고?" 가브리엘이 추궁했다.

"난 가석방 상태잖아. 잡히면 또 감방에 처박힐 게 뻔하니까."

"헛소리 마. 아무려면 그런 이유로 경찰을 살해하려 들었겠어?"

"당신 쿡카운티에서 감방 생활 안 해봤지?" 그가 비아냥거리며 물었다.

"당연하지."

"그러면 어떻게 알겠어? 거기엔 별의별 미치광이가 다 있다고. 그딴 데 다시 들어가느니 차라리 총 맞아 뒈지는 게 훨씬 낫겠다, 염병! 차라리 지옥에 가서 우리 엄마를 만나는 게 훨씬 낫겠다고."

그때 수아레즈 형사가 끼어들었다.

"거 참 딱하게 됐네. 당신이 갈 곳이 바로 거긴데 말이야."

카일이 수아레즈에게 한바탕 욕을 퍼부으려는 찰나, 가브리엘이 물었다.

"그 짓을 어디서 했어, 카일? 강이나 호숫가겠지. 사우스모건 거리에 있는 당신 트레일러 안이었나?"

그 질문에 카일은 눈에 띄게 긴장하고 위축된 모습을 보였다.

"은밀하고 외지고, 밤에는 꽤 조용한 곳이던데."

"더구나 증거를 깨끗이 지울 도구도 전부 갖춰놨더군." 수아레즈가 덧붙였다.

"무슨 소리야? 사우스모건에 트레일러 같은 건 없어."

"왜 이래, 카일. 네 패거리 중 한 놈에게 빌렸잖아."

카일은 또 당황했다. 가브리엘은 드디어 카일에게 결정타를 날렸다고 생각했다.

"과학수사팀이 지금 그곳으로 가고 있어. 거기서 로첼이나 제이콥의 머리카락 한 올이라도 나오면 넌 끝이야."

"그딴 게 나올 리 없어!" 그가 맞받았다.

"그렇다면 뭐 하러 그렇게 완벽하게 청소를 해놨을까? 표백제 냄새가 진동을 하던데. 아주 강력한 세제를 들이부었더군."

"뭔 헛소리야?"

"마지막으로 기회를 한 번만 더 주겠어. 네가 혼자 움직이지 않는다는 거 알아. 어쩌면 이 모든 걸 시작한 사람은 따로 있을 거야."

고개를 숙인 카일은 바닥만 응시했다. 다음에 무슨 일이 닥칠지 두려워하는 것처럼 보였다.

"이 여자애 알아?"

가브리엘이 테이블 위로 케이시의 사진을 밀었다. 고개를 들어 사진을 들여다보던 카일은 눈썹을 우그렸다.

"지금 하는 대답은 앞으로 네 거취에 큰 영향을 줄 거야. 그러니까 잘 생각하고 대답해야 돼. 아는 애 맞아?"

사진을 한참이나 응시하던 카일이 이윽고 웅얼거렸다.

"아니야."

그는 가브리엘과 눈도 마주치지 않은 채 천천히 고개를 저었다.

"처음 보는 년이야."

83

애덤은 서류 작성에만 집중했다. 케이시가 더 이상 헛소리를 하기 전에 그녀를 병원에서 빼내기로 한 것이다.

애덤과 케이시가 탄 차 안의 침묵은 한층 더 무거워졌다. 그들은 집으로 돌아가는 길이었다. 케이시는 라디오 채널을 돌리는 애덤을 지켜보았다. 애덤 역시 침묵이 불편했던 모양이다.

라디오에서는 80년대 록발라드가 이어졌다. 골치 아픈 생각을 접고 진부한 가사와 식상한 멜로디에 몰입하는 것도 나쁘지 않았다. 하지만 노래는 금방 끝나버렸고, 뉴스가 곧 시작되었다.

"속보를 전해드립니다."

아나운서의 목소리가 차 안을 채웠다.

"오늘 저녁 아홉 시 경에 시카고 경찰청은 제이콥 존스와 로쳴 스티븐스의 살해 용의자, 일명 '시카고의 도살자'를 체포해 구금 중입니다. 시카고 경찰청에 따르면 현재 용의자는 경찰청 본부인 브론즈빌에서 조사를 받고 있으며…."

케이시는 너무 놀라 아무 말도 할 수 없었고, 차 안의 침묵은 한층 더 묵직해졌다.

'이 소식이 무엇을 의미할까? 내가 잘못된 환영을 봤을 리는 없는데? 그런 일은 여태 일어난 적이 없었다.'

애덤의 안색도 무척이나 창백했다. 케이시는 불쑥 그에게 이렇게 물었다.

"저를 믿으세요?"

애덤은 말없이 정면만 응시했다.

"선생님, 저를 믿나요?"

잠시 침묵하던 애덤이 입을 뗐다.

"솔직히 나는 뭘 믿어야 할지를 모르겠어."

"답답하네요." 상심한 케이시가 말했다.

"넌 또 살인이 일어날 거라고 했는데, 경찰이 방금 용의자를 체포했어. 너는 살인자를 돕는 여자가 있다고 했지만, 시카고 경찰의 레이더망에 걸린 여자는 너 하나야. 넌 내가…, 널 해칠 거라고 했지만 난 그럴 생각조차 한 적이 없고, 앞으로도 그럴 일은 절대 없을 거야. 그러니까 말해봐, 케이시. 내가 뭘…, 어떻게 믿어야겠어?"

그의 공격적인 어조에 놀란 케이시는 잠시 그를 바라보았다.

"널 나무랄 생각은 아니었다."

그가 케이시에게 불안한 시선을 던지며 말을 이었다.

"하지만 솔직히 뭐가 뭔지 모르겠다."

죄책감이 케이시의 가슴을 내리쳤다. 그녀를 돕겠다고 나선 착하고 헌신적인 의사, 애덤. 그런 그가 자신 때문에 잔뜩 지쳐 있었다.

애덤의 차가 고요한 시카고의 거리를 지나는 사이, 그녀는 눈물을 숨기려 계속해서 창밖만 내다보았다.

84

매들린은 현관문에 머리를 기댔다. 완전히 녹초가 되었지만, 그래도 행복했다. 예상보다 훨씬 성과가 좋았다.

지친 몸을 가까스로 움직여 주방으로 들어갔다. 주방으로 들어간 매들린은 식탁 위에 놓인 알록달록한 쪽지를 발견하고 기분이 더욱 좋아졌다. 쪽지에는 삐뚤삐뚤한 글씨로 이렇게 적혀 있었다.

'잘했어요, 멋쟁이 엄마. 울 엄마 최고!!!'

그녀는 딸들을 집회에 오게 할지 고민하다가 결국 허락하지 않았다. 다음 날 등교를 해야 하는 데다 어린 아이들을 공연히 자극하고 싶지 않았다. 촛불을 든 참가자의 행렬을 본 것만으로도 아이들은 펜을 들고 쪽지를 쓰기에 충분한 감동을 받은 모양이었다.

매들린은 물잔을 들고 계단을 올라갔다. 집은 고요함 그 자체였다. 쌍둥이는 이미 꿈나라를 여행하고 있을 테고, 안방에서 들리는 나지막한 코골이 소리로 짐작컨대 이미 폴도 잠들었을 것이다.

그대로 안방으로 들어가려니 조금 아쉬웠다. 누군가와 함께 오늘 느꼈던 복잡다단한 감정을 정리하고픈 마음이 들었다.

사실 막판에 사소한 사고가 있기는 했다. 앞줄에 서 있던 여자아이 한 명이 정신을 잃고 쓰러진 사고였다. 하지만 그 외에는 모든 것이 순조롭게 흘러갔다. 묵념은 나무랄 데가 없었고, 연설은 열렬한 호응을 얻었다. 그곳에 모였던 사람들은 새로운 위안과 용기를 가슴에 안고 흩어졌다.

라디오와 TV 방송국, 신문사 등에서 전화가 빗발치기 시작했다. 그녀는 내일 아침 시카고 지역 뉴스에 출연한 다음, 〈트리뷰〉지와 인터뷰하는 일정이 잡혀 있었다. 그 모든 일들이 부담스러웠지만 자랑스러운 것도 사실이었다.

당장이라도 TV를 켜서 집회에 관한 뉴스를 확인하고 싶었다. 그러나 너무 피곤해 리모컨 집을 기울조차 없었다. 매들린은 침대로 다가갔다. 그녀는 침대에 살며시 걸터 앉아 조심조심 침대 옆 전등을 켰다.

혹시나 폴이 깨지 않았을까 싶어 돌아보았다. 하지만 그는 미동조차 하지 않았다. 그녀는 미소를 지으며 옷을 갈아입기 시작했다. 귀걸이를 빼 그것들을 침대 협탁 위에 내려놓던 그녀는 무언가를 발견했다.

그녀가 가장 좋아하는, 몬타나에서 래프팅을 했을 때의 가족사진이 제자리를 살짝 벗어나 있었다. 평소에는 늘 그 위치에 놓여 있어서 그녀는 침대에 누운 채 사진을 찬찬히 감상할 수 있었다. 그러나 지금은 액자가 침대에서 조금 떨어진 곳을 향하고 있기에 딸들의 얼굴이 잘 보이지 않았다.

매들린의 심장이 불안정하게 뛰기 시작했다. 오늘은 청소기를 돌리지 않았고, 폴이 이쪽 편으로 침대에 올라가는 일은 없었다. 아이들 역시 이곳 침실에서 아이패드는 사용금지였기 때문에 이 방에 거의 들어오지 않았다.

하지만 지금 당장 이 비밀을 파헤치기에는 너무 피곤했다. 아침이 되면 아이들에게 물어보리라 다짐하며 매들린은 침대 위로 미끄러져 들어갔다. 그러고는 사진을 제자리에 돌려 놓고 몸을 숙여 불을 껐다.

방은 깜깜해졌다.

85

페이스는 눈을 꼭 감은 채 숨을 고르고 있었다.

"페이스?" 애덤이 부드러운 목소리로 그녀를 다시 불렀다.

10분 전, 페이스는 두 사람이 돌아오는 소리를 들었다. 잠시 후에 애덤이 침실로 들어오더니 어둠 속에서 옷을 벗고 침대로 올라왔다. 눈을 감고도 그가 자신을 내려다보고 있다는 게 느껴졌다.

"잠든 거야?"

페이스는 꼼짝도 하지 않고 가만히 누워 있었다. 곧 애덤이 몸을 돌리고 자리에 누웠다. 그가 들릴 듯 말 듯한 작은 소리로 한숨을 뱉었지만, 그녀는 언쟁을 감당할 자신이 없었다. 아까 그에게 너무 심하게 대했다는 후회가 들었지만, 아직 그에게 사과할 준비가 되지 않았다. 호르몬의 작용으로 화를 참지 못했던 것도 같았다.

그래도 역시⋯, 페이스는 케이시를 거부하는 애덤의 태도에 화가 났다. 이 가엾은 아이가 의지할 데 없는 외톨이여서만은 아니었다. 페이스 역시 십 대 시절 정신적인 문제가 있었다는 이유로 케이시에게 동질감을 느껴서도 아니었다.

케이시가 자신의 말에 진지하게 귀 기울여준다는 점이 가장 좋았다. 애덤 역시 좋은 대화 상대지만, 그와 애너벨 이야기를 하기에는 부담스러웠다. 하지만 케이시는 달랐다. 케이시는 객관적인 시선에서 페이스의 슬픔과 고통을 바라보고 공감해줄 수 있었다. 페이스가 케이시를 그토록 아끼는 것은 그 이유가 가장 컸다.

애덤의 가슴이 규칙적으로 오르내리기 시작했다. 그가 완전히 잠들었다고 생각한 페이스는 침대를 살금살금 빠져나와 주방으로 들어갔다. 입이 바짝바짝 말라서 시원한 물을 마시고 싶었다.

주방에 들어서던 그녀는 어둠 속에 홀로 앉아 있는 형체를 발견했다. 깜짝 놀란 페이스가 전등을 켜자 식탁 앞에 앉은 케이시의 모습이 드러났다. 케이시의 앞에는 우유 한 잔과 먹다 남은 쿠키 부스러기가 떨어져 있었다.

"죄송해요, 잠이 안 와서요." 케이시가 겁먹은 얼굴로 중얼거렸다.

"나도 잠이 안 오네." 컵에 물을 따르며 페이스가 말했다.

"저 때문에 놀라신 거 아닌지 모르겠어요."

"아니야, 괜찮아. 먹고 싶은 거 있으면 뭐든지 먹어. 나도 지난 며칠간 과자 부스러기랑 치즈만 먹고 연명했어. 다른 건 도저히 먹고 싶지 않아서."

케이시는 고개만 끄덕일 뿐 아무 말이 없었다. 오늘따라 유난히 케이시는 괴로워 보였다.

"괜찮니?" 케이시의 옆에 앉으며 페이스가 다정히 물었다.

"그럼요."

"병원에서 뭐래?"

"별거 아니래요. 머리에 작은 혹만 생겼대요."

"약은 처방받았니? 진통제라든지?"

"정말 괜찮아요."

케이시는 어색한 미소를 지어 보이고는 우유를 한 모금 마셨다.

괜찮다는 말과 다르게 케이시는 의기소침해 보였고, 초조한 얼굴로 몸을 계속 꼼지락거렸다.

페이스는 케이시의 얼굴을 바라보았다. 그리고 그 순간 케이시의 얼굴에서 놀라운 아름다움을 발견했다. 뽀얀 피부에 적갈색 머리카락이 단아한 얼굴 윤곽을 감싸고 있었다. 그것은 참으로 매력적인 조합이었다.

케이시는 잔을 만지작거리며 양손으로 돌리고 있었다. 그러다 자신을 바라보던 페이스와 눈이 마주치자 움직임을 멈추었다.

"죄송해요." 케이시가 당황한 얼굴로 웅얼거렸다.

"괜찮아. 계속해도 돼."

다시 한번 침묵이 내려앉았다. 대체 둘이서 뭘 해야 하나? TV라도 보자고 제안할까 고민하던 차에 문득 색다른 아이디어가 페이스의 머릿속에 떠올랐다. 좀 전까지 전혀 계획에 없던 일이었지만, 갑자기 꼭 해야 할 일처럼 느껴졌다.

페이스는 케이시에게 이렇게 제안했다.

"내가 널 그려줄까, 케이시?"

······························ **86** ·····························

"턱을 조금만 내리고 문 쪽을 보렴."

그럼에도 원하는 각도가 나오지 않았고, 페이스는 케이시에게 다가가 턱을 살짝 움직였다. 다시 그림 앞으로 돌아온 페이스는 케이시의 완벽한 자세를 보고 만족했다. 케이시는 독특한 분위기와 아름다움을 풍겼고, 내면에는 연약함과 섬세함도 지니고 있었다.

초상화를 그릴 때마다 페이스는 인물들의 특징을 유심히 찾았다. 초상화는 누군가의 특성이 제대로 담긴 그림이어야 한다는 것이 가장 중요했다. 그것을 찾고 난 후에야 페이스는 스케치를 시작했다.

작업은 무척이나 순조로웠다. 불과 하루 전만 해도 손에 잡힌 연필이 낯설게 느껴졌었다. 하지만 지금은 마치 손이 춤을 추듯 그림이 절로 술술 그려졌다.

페이스는 얼굴 윤곽을 마무리하고 케이시의 세부적인 특징도 대충 밑그림에 담았다. 물론 두 눈과 눈썹 선, 입매를 나타내려면 좀 더 정교한 손길이 필요할 터였다.

"네 머리색 부럽다."

케이시의 빨간색 머리가 이국적이고 아름답다 생각하며 페이스가 말했다.

"에이, 무슨…, 저는 페이스의 헤어스타일이 부러워요." 케이시가 대답했다.

"왜 그래, 네가 얼마나 예쁜데."

"농담이시죠?"

케이시는 수줍은 얼굴로 자신의 머리카락을 손가락으로 쓸었다.

"아니, 정말이야. 그 머리색은 누구한테서 물려받았니? 어머니?"

"아니요, 외할머니 머리색을 닮았어요. 우리 엄마의 엄마…."

"좋아, 그렇다면 이제부터 외할머니 얘기 좀 해주렴."

페이스가 연필을 내려놓으며 말했다.

페이스는 이 신비스럽고 음울한 소녀가 진심으로 궁금했다. 페이스는 차분히 케이시의 말을 기다렸고, 케이시는 단어를 신중히 고르며 이야기를 시작했다.

"외할머니는 지금 치매에 걸렸어요. 그래서 요양원에 계세요. 젊었을 땐 무척 씩씩한 분이었어요. 머리보다는 마음의 소리를 따르는 분이셨죠. 때로는 거칠기도 했지만, 제게는 늘 다정하고 너그러우셨어요."

"할머니 성함이 어떻게 되니?"

"비슬라바요. 비슬라바 주잔나." 케이시가 만면에 미소를 띠며 말했다.

"할머니랑 친했니?"

"네, 엄청 가까웠어요." 도전적으로 들릴 만큼 자신 있는 대답이었다.

"할머니가 모든 사람이랑 잘 지내는 건 아니었어요. 사실 친한 사람이 많지 않았는데, 저랑 할머니는…."

"그 이유가 뭐였다고 생각해? 네가 할머니를 닮아서?"

"닮은 점도 있고, 아닌 점도 있어요. 할머니는 용감한 분이세요. 저보다 훨씬 강하시죠. 살면서 슬픈 일을 숱하게 겪었지만, 꿋꿋이 이겨내셨어요. 빈손으로 미국에 와서 가정을 이루고 자식들을 억척스레 길러내셨죠. 할머니는 평생 당신의 경험, 어린 시절의 경험에 영향을 받았어요. 그래서 사람들에게 괴팍하게 대할 때가 많으셨죠. 그렇지만 특별히 아끼는 자식들이 있었는데…."

"누구? 네 어머니?"

"아니, 엄마 말고요. 저는 예뻐하셨지만…, 엄마는 아니었어요."

바짝 치밀어 오른 호기심에 페이스는 몸을 케이시에게로 기울였다.

"두 분은 왜 사이가 안 좋았어?"

"왜냐면…, 서로 완전 딴판이거든요. 엄마는 성실하고 현실적이고 책임감이 강해요. 반면 할머니는 그런 면이 전혀 없고…."

"가족끼리 그런 경우는 흔해. 성격이 안 맞고, 기질이 다른 경우는 많지."

"아니, 그런 정도가 아니었어요. 할머니는…, 미래를 준비하며 아등바등 살아봤자 소용없는 일을 많이 겪으셔서…."

"…전쟁 말이니?"

"네." 케이시가 고개를 끄덕였다.

"제2차 세계대전 중에 폴란드는 엄청난 고통을 겪었잖아요. 하지만 우리 가족은 운이 좋아서 해외로 탈출할 수 있었대요. 음, 그리고 우리 가족은 할머니가 어떤 일이 닥칠지 미리 예측을 했기 때문에 그럴 수 있었다고 했어요. 다행히 할머니의 엄마 아빠가 그 말을 들어주셨대요. 우리 엄마처럼 의심하지 않고…."

"할머니는 어떻게 아셨을까?" 페이스가 물었다.

"네?"

"당시에는 어린아이였을 텐데 말이야."

"네, 당시 아홉 살이었대요."

"아주 어린 나이였구나. 그런데 앞으로 일어날 일을 어떻게 미리 예측하셨지?"

사실 페이스는 그 답을 이미 알고 있었다.

이 질문을 할까 말까 망설이던 페이스는 조심스레 물었다.

"네 할머니…, 외할머니도 너처럼 미래를 예측할 수 있었던 거니? 사람들이 언제 죽을지…?"

케이시가 고개를 끄덕이고는 말했다.

"할머니가 아프시기 전까지 저는 몰랐어요. 할머니를 뵈러 요양원에 갔는데 제게 이런저런 이야기를 하시는 거예요. 무서웠지만 그 얘기를 듣고 나서야 할머니를 완전히 이해할 수 있었어요. 할머니가 왜 몇몇 자식들만 편애하셨는지, 왜 어린 나이에 죽은 아이들을 더 사랑하셨는지, 왜 우리 엄마가…, 소외받았다고 느꼈는지 전부 다 이해할 수 있었어요."

페이스는 케이시의 말을 이해하기 위해 애썼다. 들을수록 알쏭달쏭한 말이었다.

그러나 케이시는 태연한 얼굴로 계속해서 말했다.

"한번은 할머니가 폴란드에서 보낸 어린 시절에 대해 말씀해주셨어요. 당시 할머니는 학교를 자주 빼먹었대요. 학교가 싫었고, 친구들도 없었나 봐요. 어느 날, 교실에 들어갔는데 반 친구들이 일제히 할머니를 돌아보더래요. 그때 할머니는…"

감정이 격해진 케이시가 몸을 살짝 떨었다.

"…눈에서 그게 보였대요. 일 년도 채 지나지 않아 반 친구들 반 이상이 목숨을 잃는 모습이요. 나치의 손에 살해당해서."

케이시는 손으로 뺨에 흐른 눈물을 훔쳤다.

"그 이미지가 할머니를 괴롭혔나 봐요." 케이시가 살짝 떨리는 목소리로 말했다. "…평생 동안요."

케이시가 할머니에게 물려받은 재능이 진짜라면, 그리고 케이시가 하는 말이 진실이라면, 그녀는 타인의 삶을 들여다보는 지도를 손에 쥔 셈이었다. 하지만 그 지도를 손에 쥔 순간부터는 엄청난 대가를 치러야 한다. 예지력의 저주는 무시무시했다. 케이시와 할머니는 죽음의 늪에서 평생 허우적거려야 했다.

페이스는 자신의 피사체가 그렇게나 근심 어린 표정을 짓던 이유를 그제서야 깨닫게 되었다.

87

새벽 거리는 춥고 스산했다. 차에서 내린 가브리엘은 소용돌이치며 하류로 흘러가는 시커먼 강물을 내려다보았다.

코트를 단단히 여민 그녀는 서둘러 트레일러로 다가갔다. 그곳에는 경찰 잠수부와 과학수사대원이 뒤섞여 있었다. 제복 경찰들은 호기심 많은 구경꾼들을 저지하느라 바빴다. 그 가운데 코를 붕대로 싸맨 제인 밀러 형사가 서 있었다.

"며칠 쉬라고 했잖아요." 가브리엘이 나무랐다.

"병원에 갔더니 멍만 좀 심하게 들었을 뿐이래요. 그리고 제가 이 일에서 빠질 수 없잖아요."

못 말리겠다는 듯 가브리엘이 고개를 절레절레 저으며 밀러에게 물었다.

"바틀렛은 안에 있나요?"

"네, 팀장님을 기다리고 있습니다."

가브리엘이 지나가도록 밀러는 옆으로 비켜섰다.

밀러에게 미소를 지어 보인 후에 가브리엘은 트레일러로 들어갔다. 휑했던 트레일러가 지금은 사람으로 혼잡했고, 강한 불빛이 트레일러 내부를 구석구석 비추었다. 지금은 제거된 하수관 옆에 법의학복으로 몸을 감싼 에밀리 바틀렛이 서 있었다.

"새벽부터 연락해서 죄송합니다." 바틀렛이 명랑하게 말을 걸었다.

"두 시간이면 잘 만큼 잤죠, 뭐…."

"실례인 줄 알면서도…, 이걸 보고 싶어 하실 거 같아서요."

그녀가 손에 쥔 증거 봉투를 가브리엘에게 내밀었다.

"4시간 가까이 하수관을 조사했는데…, 솔직히 이렇게까지 깨끗한 배수구는 처음 봤어요. 더구나 강으로 바로 이어지고 있더군요. 이렇게까지 완벽한 쓰레기 처리장은 쉽지 않다는 얘기죠. 특히 표백제가 제 역할을 다했고요."

그때 가브리엘은 증거 봉투의 모서리에 들어 있는 물체를 보았다. 금빛의 조그만 물체였다.

"그런데 하수관 속에 틈이 한 군데 있더군요. 파이프 두 개가 만나는 부위죠. 파이프가 조금 휘어져 있는 바람에 물건이 걸릴 수 있는 모서리가 생겼는데, 그 부분에서 이걸 발견했습니다."

금색 커프스 단추(와이셔츠 소매의 소맷부리를 여미는 장식용 단추 - 편집자 주)의 일부처럼 생긴 물건이 보였다. 두 끝을 연결한 사슬이 잘려 절반은 없어진 상태였다.

"아직 법의학 검사는 거치지 않았지만…, 밑면을 한번 보세요."

부서진 단추의 밑면을 확인하는 순간, 가브리엘은 심장이 그대로 멎을 뻔했다. 그곳에는 두 개의 이니셜이 선명하게 새겨져 있었다.

'J. J.'

정장을 즐겨입던 제이콥 존스의 이니셜이었다.

가브리엘은 의기양양한 미소를 지으며 바틀렛을 올려다보았다. 마침내 살인 현장을 찾은 것이다. 이곳은 로첼 스티븐스와 제이콥 존스가 고통스러운 최후의 시간을 보낸 곳이었다.

88

혼란스럽고 불안한 심정으로 애덤은 빈 방을 훑었다. 케이시의 소지품이 바닥에 널려 있었지만, 그녀의 흔적은 어디에도 없었다.

애덤은 곧장 주방으로 향했다.

"오늘 아침에 케이시 봤어?"

식탁 앞에 앉아 있던 페이스가 고개를 저었다.

"아무 데도 없어. 전화해도 안 받고."

"내가 일어나기 전에 나갔나 봐."

"혹시 짚이는 데 있어? 어제 당신한테 아무 말 안 했어?"

페이스는 어깨를 으쓱할 뿐 아무 말도 하지 않았다. 페이스는 애덤이 케이시를 보호하지 않았다는 점 때문에 아직도 단단히 삐져있는 것 같았다.

애덤은 케이시와 오늘 아침에 이야기를 꼭 해야겠다고 벼르던 참이었다. 매들린에게 접근할 생각 말고 경찰에 얌전히 협조하라고 경고할 작정이었다. 그러다 페이스를 보고 그는 아차싶었다. 페이스는 오늘따라 유난히 애덤에게 서먹하게 굴었다.

"페이스, 어제 일은 미안해. …내가 케이시에게 냉정해 보였다면 말이야. 케이시가 더 나은 대안을 찾을 때까지 우리 집에 있도록 할게."

그러나 페이스는 그의 말을 전혀 듣지 않는 것 같았다.

"…페이스?"

"그 얘기를 지금 꼭 해야 돼?"

싱크대 옆으로 몸을 기대며 페이스가 심드렁한 어조로 물었다.

"당신, 괜찮아?"

"그냥 좀 피곤해."

"나를 봐, 페이스."

그녀는 느릿느릿 애덤을 돌아보았다. 그녀의 파리한 피부와 눈 밑에 드리워진 짙은 음영을 보자 애덤은 마음이 아팠다.

"잠은 좀 잤어?"

"자다 깨다 했어."

"새벽에 깨 있는 것 같던데…."

"잠이 안 와서."

"약은 잘 챙겨 먹고 있어? 약 먹는 거 굉장히 중요해."

"알았어요, 의사 선생님. 당신이 하라는 거 전부 다 지킬게요."

"페이스, 난 당신을 도우려는 거야."

그녀의 빈정거림에 기분이 상한 애덤이 날카롭게 대꾸했다.

"날 추궁하는 게 돕는 거야?"

"당신을 보살피는 거야."

"괜찮다고 말했잖아."

페이스는 건성으로 대답하고는 자리를 피하려 했다.

"잠깐 기다려, 얘기 좀 해."

"무슨 얘기? 우리가 무슨 얘기를 한들 지금 상황이…, 나아지겠어?"

적대적이라기보다는 상처받은 말투였다.

애덤은 갑자기 격한 감정이 북받쳐 올랐다. 지난 며칠 동안 차곡차곡 쌓인 슬픔이 한꺼번에 몰려와 그를 덮쳤다.

"내가 무슨 말을 해도 상황이 나아지진 않겠지. 하지만 당신이 불행하다고 느낀다면 나도 알고 있어야지. 당신을 사랑하니까…."

놀랍게도 그의 말이 그녀의 분노를 누그러뜨렸다. 페이스는 얼굴을 살짝 찌푸리며 눈물을 글썽였다.

"나도 알아." 그녀가 가운 끈을 만지작거리며 웅얼거렸다. "나도 알아. 미안해. 난 그냥 감시당하는 게 싫었어."

"아무도 당신을 감시하지 않아."

"내가 약해빠진 어린애처럼 느껴져서 그래."

"왜 그래, 그런 거 아니야."

애덤이 그녀에게 한 걸음 다가갔지만, 페이스는 손을 들어 그를 저지했다.

"제발, 애덤. 가서 케이시를 찾아봐. 아니면 상담실에 가든지. 여길 나가서 뭐든 하라고. 그냥…, 내게 시간을 줘."

그녀의 단호한 어조는 일체의 군소리를 허용하지 않았다.

현관으로 걸어가던 페이스가 잠시 멈추어 서서 속삭였다.

"나도 당신 사랑해."

페이스는 그러고는 나가버렸다.

89

케이시는 홀로 앉아 있었다.

저 멀리서 현란한 손놀림으로 팬케이크를 뒤집으며 호기심 어린 시선으로 자신을 살피는 요리사를 외면하면서.

케이시는 테이블 위에 휴대폰을 올려놓고 뱅뱅 돌렸다. 휴대폰이 자신을 가리키면 전화를 하고, 그렇지 않으면 하지 않을 생각이었다. 회전 속도가 점점 느려지던 휴대폰은 마침내 그녀를 가리키며 멈췄다.

"삼세판이야."

케이시는 스스로에게 그렇게 말하며 다시 휴대폰을 돌렸다.

그러나 휴대폰은 다시 그녀를 가리키며 멈췄다. 약이 바짝 오른 케이시는 휴대폰을 호주머니에 넣었다. 애덤에게 전화를 걸어 갑자기 도망친 것에 대해 사과하고 그 이유를 설명해야 했다.

하지만 그에게 뭐라고 말해야 할까? 더군다나 모든 것을 혼자 헤쳐 나가기로 결심한 지금, 애덤에게 연락을 하는 게 과연 옳은 생각일까?

어찌 됐든 케이시가 애덤의 집에서 나오기는 잘한 것 같다. 이미 그들에게 신세를 질 만큼 졌다.

"주문을 할 거니, 아니면 자리만 차지하고 앉아 있을 거니?"

요리사가 따지듯 물었고, 케이시는 호주머니를 뒤져 꾸깃꾸깃한 10달러짜리 지폐 한 장을 찾아냈다.

"팬케이크 두 장 주세요."

입맛은 전혀 없었지만, 따뜻하고 아늑한 곳에서 잠시 쉬어가고 싶었다. 그때 문득 귀에 익은 불길한 단어가 케이시의 귀에 꽂혔다.

"…제이콥 존스, 로첼 스티븐스…"

몸을 돌리자 조리대 옆에 자리 잡은 라디오가 눈에 띄었다.

"라디오 볼륨 좀 키워주시겠어요?" 케이시가 정중히 부탁했다.

요리사는 못마땅한 얼굴로 라디오 소리를 높였다. 라디오에 귀를 기울이던 케이시의 몸이 긴장으로 뻣뻣하게 굳었다.

"…카일 레드먼드는 두 건의 살인 혐의를 받고 있습니다. 카일 레드먼드는 곧 시카고 경찰청 본부에서 쿡카운티 치료감호소로 이송되며, 내일은 보석 심리가 예정되어 있습니다."

도저히 믿을 수가 없었다. 경찰은 카일의 유죄를 어떻게 이리 확신할까? 그렇다면 누군가 다른 인물이 매들린을 노리는 걸까? 아니면 카일에게 공범이 있나?

아니, 그건 앞뒤가 맞지 않았다. 케이시는 뭔가 크게 잘못됐다는 걸 알았다.

손 놓고 있을 수만은 없었다. 그녀의 운명도 매들린의 운명과 함께 이 일에 달려 있었다.

케이시는 팬케이크를 내미는 요리사를 본체만체하면서 문으로 달려갔다.

90

차고 문이 올라가고 검정 캐딜락 에스컬레이드가 미끄러져 나왔다. 운전석에 앉아 있던 매들린은 차고 앞에서 잠시 멈추어 섰다.

그는 무선 키로 차고 문을 내린 다음 다시 차를 모는 매들린의 모습을 지켜보았다. 잠시 후에 차고 문은 바닥까지 스르르 내려왔고, 다시 사방이 고요해졌다.

그는 모퉁이 뒤편으로 사라지는 캐딜락을 응시하다가, 호주머니에서 휴대폰 하나를 꺼냈다. 나중에 오지랖 넓은 이웃의 목격담 때문에 당황하는 일이 없도록 주위를 슬쩍 돌아보고는, 그는 그 휴대폰에서 캘린더 앱을 재빨리 열었다. 앱을 통해 오늘 매들린의 일정에 변동사항이 없는 것을 확인한 그는 다시금 안도했다.

오늘 아침 매들린은 시카고 지역 방송에 출연할 예정이었고, 정오에는 〈트리뷴〉지와 인터뷰가 잡혀 있었다. 그에게 시간은 충분했다.

혹시 지켜보는 사람은 없는지 그는 한 번 더 거리를 눈으로 훑었다. 교외의 거리는 여전히 썰렁했다. 차에서 내린 그는 서둘러 길 건너편에 있는 매들린의 집으로 향했다.

그는 또다시 주위를 둘러본 다음, 미리 준비해둔 롤잼(RollJam; 새미 캠카Samy Kamkar라는 보안전문가가 개발한 해킹 장치로, 무선키를 사용하는 자동차나 차고의 잠금 해제 코드를 가로챌 수 있다. – 옮긴이 주) 버튼을 눌렀다.

차고 문이 올라가기 시작했고, 1.5미터쯤 공간이 생겼을 때 그는 조심스레 몸을 숙이고 안으로 들어갔다. 그가 다시 버튼을 누르자 계속 올라가던 문이 다시 내려가기 시작했다.

그는 씩 웃으며 돌아서서 롤잼이라는 작은 도구를 호주머니에 넣었다. 고작 32달러짜리가 제값을 톡톡히 했다. 무선 키의 명령을 손쉽게 해킹하여 기록하는 기능 덕분에 그는 아무 제약 없이 차고 문을 열거나 차량 잠금 장치를 해제할 수 있었다.

차고에서 집 안으로 연결되는 문은 잠겨 있지 않았다. 덕분에 그는 이전에도 여러 차례 그 문을 통해 집 안으로 드나들었다. 범죄 없는 부유한 동네에 살다보니 그들은 굳이 문단속을 할 필요를 못 느꼈을 것이다. 최근에 발생한 흉악한 사건들조차 그들의 안이한 습관을 바꾸지는 못했다.

집 안에 홀로 들어선 그는 지금 이 순간을 음미했다. 지금 이 순간만큼은 이 집이 그만의 공간이었다.

이제 그는 원하는 건 뭐든지 할 수 있다. 제한된 시간에 끝내야 할 일이 많았지만, 그는 이 순간을 만끽하기로 했다. 이런 일을 벌일 때마다 쾌감은 커져만 갔다.

91

"이 메시지를 듣는 즉시 전화 부탁드립니다. 어제 가브리엘 그레이 형사님께 다소 우려스러운 말을 들었어요. …음, 우리는 선생님 입장도 한번 들어보고 싶네요."

자신의 사무실에 출근한 애덤이 빨간 단추를 눌러 음성 메일을 껐다.

가브리엘이 정신과전문의협회 의장인 제프 굴드 박사에게 어떤 말을 했을지 충분히 짐작이 갔다. 하지만 그에게 무슨 답변을 해야 할지, 자신을 어떻게 방어해야 할지는 알 수 없었다.

애덤은 노트북의 전원을 켠 뒤, 예약된 환자 명단을 확인했다. 하지만 일정표를 보던 애덤은 당황했다. 어제까지만 해도 예약이 다섯 건 잡혀 있었는데, 지금은 두 건만 남았다. 지난 24시간 동안 세 명의 환자가 예약을 취소한 것이다.

물론 단순한 우연일 수도 있지만 타이밍이 절묘했다. 굴드 박사는 매우 유능한 정신과 전문의지만, 입이 가볍기로도 유명했다. 만약 그가 업계 동료와 지인들에게 애덤과 가브리엘 사이에 있었던 일을 떠벌렸다면 문제는 심각하다. 애덤이 로첼의 집에 침입했을 뿐 아니라 살인 사건의 용의자와 밀접한 관계라는 소문 말이다.

전화기를 집어 든 애덤은 그가 환자의 대부분을 소개받는 기관인 베스트라 의료센터의 단축번호를 눌렀다.

"오늘 아침에 환자들이 전화로 예약을 취소했어요." 전화를 받은 사람이 심드렁한 목소리로 설명했다.

"환자들에게 예약 변경을 안내했나요?"

"네, 그분들에게 다른 시간을 제안했지만 나중에 다시 연락하겠다고만 했어요."

애덤은 그 자리에 털썩 주저앉았다.

로첼은 시카고 의료계에서 잘 알려진 사람이었다. 애덤이 그녀의 죽음과 관련된 사람이라는 소문이 퍼졌다면 그에게 치명적인 위협이 될 수 있다. 이 업계는 워낙 좁은 터라 환자가 완전히 끊기기까지 오래 걸리지 않을 터였다.

가장 먼저 굴드에게 전화해 그가 무슨 이야기를 들은 건지 확인해야 했다. 그러나 애덤은 두려웠다. 굴드에게 어느 정도까지 솔직하게 말해야 할까?

그의 삶이 갈수록 꼬이는 것 같았다. 케이시는 종적을 감췄고, 페이스는 여전히 그에게 삐쳐있다. 그리고 환자들마저 그에게 등을 돌렸다.

애덤은 자신이 현재 통제할 수 없는 어떤 힘의 영향을 받고 있다는 생각이 들었다. 그 초자연적인 힘이 자신을 위협하는 것 같았다. 이런 망상에 빠져 있는 자신이 한심스러웠지만, 아무리 애를 써도 그런 망상을 부정할 수는 없었다.

92

창밖으로 안뜰이 내려다보였다. 4층에 있는 외진 복도를 선택한 이유는 이곳의 전망이 가장 뛰어났기 때문이었다. 이곳에서는 남들의 눈에 띄지 않고 죄수 이송 구역을 훤히 내다볼 수 있다.

건장한 교도관들 사이에 끼인 카일이 모습을 드러냈다. 오늘 아침에도 심문을 시도했지만, 그는 응하지 않았다. 새 증거를 들이밀자 카일은 사나운 욕설과 위협으로 대응했다. 그는 가브리엘의 얼굴에 침까지 뱉는 만행을 저질렀고, 가브리엘은 그 사소한 폭행행위도 그의 사건 기록에 추가했다. 그녀는 그런 짓을 그냥 봐줄 사람이 아니었다.

이제 카일은 쿡카운티 치료감호소로 이송된다. 가브리엘은 때때로 자신의 손으로 감옥에 보낸 사람들에 대해 연민을 느꼈지만(그들 중 상당 비율은 불우하고 비참한 환경 출신이었다), 카일만은 예외였다. 그의 야만적이고 가학적인 범죄는 도저히 용서할 수 없다고 생각했다.

복도를 내려오는 발자국 소리가 들렸다. 돌아보니 몽고메리 형사가 그녀에게 다가오고 있었다.

"이런, 신참 형사가 이런 비밀 아지트를 어떻게 알았을까?" 가브리엘이 가벼운 농담을 던졌다.

"팀장님이 여기 자주 오신다고 수아레즈 형사님께 들었어요." 몽고메리가 무뚝뚝하게 대답했다.

"수아레즈 형사도 이곳에 구경하러 온대요?" 가브리엘이 명랑하게 대꾸하며 안뜰을 손가락으로 가리켰다.

"그게 아닙니다." 긴장한 표정의 몽고메리가 다급하게 대꾸했다.

"왜 그래요? 무슨 일 있어요?"

"긴히 드릴 말씀이 있습니다."

"그럼 내 집무실로 갈까요?"

"아니, 여기서 말씀드리는 게 좋겠습니다."

이유는 알 수 없었지만 가브리엘은 불안해지기 시작했다.

"그럼 얘기하세요."

"음, 오늘 아침에 발견된 증거가 있는데…." 몽고메리가 목소리를 낮추었다. "좀 이상한 점이 있어서요."

"뭐가요?"

"음, 제이콥의 커프스 단추는 되게 독특한 디자인이잖아요. 금도금에 각인이…."

"네, 제이콥이 약혼녀에게 받은 물건이죠."

"제 말은…, 워낙 특이한 물건이라서…, 제가 전에 그걸 본 기억이 났어요."

"무슨 뜻이죠?" 가브리엘이 물었다.

"그것을 제이콥의 집에서 본 적이 있습니다. 처음으로 그 집을 수색한 4월 11일에…. 그다지 중요한 물건이 아니라 생각했기에 당시 간단히 메모만 하고 지나쳤어요. 하지만 그것이 제이콥의 침실 협탁에 놓여 있었던 것만은 틀림없습니다."

그 말의 의미를 잠시 곱씹던 가브리엘이 대꾸했다.

"하지만 다른 커프스 단추일 수도 있잖아요. 어떻게 그리 확신하죠?"

"'J. J.'라는 그 각인을 본 게 떠올라서요. 제이콥의 이름을 보고 마음이 아팠던 기억이 있어요."

"얼마나 확신한다는 건가요?"

"음, 그래서 그때 제가 기록해둔 내용을 가져왔어요. 여기…."

몽고메리는 가브리엘에게 투명 파일을 건넸다.

가브리엘이 파일을 펼치는 사이 몽고메리가 말을 이었다.

"당시 현장 사진 중 침실 사진은 침대와 협탁을 멀리서 찍은 사진밖에 없어요. 그런데 여기를 보시면….”

몽고메리가 사진을 가리키기 전, 가브리엘은 사진 속 협탁 위에 놓인 금색 커프스단추 한 쌍을 확인했다.

“비록 각인이 뚜렷하게 보이지는 않지만 바틀렛이 오늘 아침에 발견한 것과 똑같은 커프스 단추가 분명합니다.”

“…일단 제이콥의 집에 다시 가봐야겠네요.” 가브리엘이 조금 떨리는 목소리로 말했다.

“이미 가봤습니다.” 몽고메리가 쭈뼛거리며 말했다.

“그랬더니?”

“그 자리에 없었습니다.”

가브리엘의 배 속이 요동쳤다. 어쨌든 일단 직접 확인해야 했다. 하지만 만약 몽고메리의 말이 옳다면, 누가 증거를 일부러 트레일러 하수관 안에 심어둔 거라면…? 그들은 끔찍한 결과로 이어질 수 있는 어리석은 실수를 저지른 셈이었다.

93

매들린은 안도의 한숨을 내쉬었다. 마침내 집에 돌아왔다.

잔뜩 긴장했지만 TV 인터뷰도 결국엔 꽤 잘 해냈다. 네티즌 사이에서도 긍정적인 반응이 쏟아져 들어왔다.

라디오 방송국 두 곳에서 추가 인터뷰 요청이 들어와 짬을 내어 응한 다음 〈트리뷴〉으로 이동했다. 그곳에서 매들린은 아주 뿌듯한 경험을 했다. 그런 으리으리한 건물에서 여왕 대우를 받으며 인터뷰를 하다니…. 단 며칠 만에 그녀는 시카고를 대표하는 인물이 되어 있었다.

거의 두 시가 다 되어가는 시간이다. 곧 딸아이들의 소프트볼 시합을 보러 나가야 한다. 서두른다면 외출하기 전에 옷을 갈아입고 화장을 고칠 수 있을 듯했다.

큰방으로 들어가는 계단을 오르던 매들린은 멈칫했다. 머리 바로 위에 있는 다락문에서 빛이 새어나오고 있었다. 분명 폴의 짓이었다. 폴은 종종 집 안의 불을 끄는 것을 잊곤 했다.

꾸물거릴 여유는 없었지만, 그렇다고 그대로 둘 수도 없었다. 옷장에서 사다리를 꺼낸 다음, 들창을 열고 먼지 쌓인 다락으로 올라갔다.

그녀는 주변을 휙 둘러보았다. 그러고는 스위치 쪽으로 몇 발짝 옮겨 가 불을 껐다. 어둠이 순식간에 내려앉았다. 이제는 밑에서 올라오는 희미한 불빛이 전부였다.

그런데 매들린이 몸을 돌리는 순간, 갑자기 그 빛이 사라지더니 다락문이 쾅 닫혔다.

'대체 무슨 일일까?'

심장이 마구 뛰었다. 그녀가 다시 불을 켜려는 순간, 그녀를 향해 누군가가 다가오는 소리가 들렸다.

"누…, 누구 있어요?"

겁에 질려 목소리가 잘 나오지 않았다.

"이봐요?"

역시 아무 대답도 없었다.

온몸의 피가 싸늘하게 식는 기분이었다. 뒷걸음질 치며 전등 스위치를 찾던 그녀는 마침내 침입자의 대답을 들었다. 목덜미에 숨결이 와 닿을 만큼 가까운 곳에서 한 남자가 부드러운 목소리로 속삭였다.

"안녕, 매들린."

94

매들린의 가족은 멋진 주택에 살고 있었다. 그들의 집은 유명 인테리어 관련 페이스북 페이지에 여러 차례 소개되었다.

그래서 케이시는 별다른 수고 없이 매들린이 살고 있는 동네를 찾아낼 수 있었고, 마침내 매들린 가족의 이름이 새겨진 은색 우편함을 발견하게 되었다.

주위를 확인한 케이시는 매들린의 집으로 조심스레 다가갔다. 창문에 얼굴을 바짝 붙인 채 거실에 놓인 거대한 TV, 가죽 소파, 미술품 등등을 샅샅이 살폈다. 내부는 고요했고, 평온했다. 너무 늦지 않게 도착한 모양이다.

창문에서 떨어진 케이시는 초인종을 누르고 기다렸다. 그러나 집 안에서는 아무런 기척이 없었고, 다시 벨을 눌렀지만 역시나 대답이 없었다.

케이시는 몇 발짝 뒤로 물러나 위층으로 시선을 옮겼다. 위층 역시 아무것도 없는 것 같았다. 이 거리에는 사람 한 명 보이지 않았다. 어쩌면 살인자는 그래서 이렇게 조용한 교외 주택만 노리는 게 아닐까 싶었다. 시끌벅적한 번화가에서는 사람을 죽이는 게 훨씬 어려울 테니까.

케이시가 양손을 입가에 대고 외쳤다.

"매들린, 안에 있어요?"

"…."

목소리를 높여 한 번 더 외쳤다.

"매들린, 내 말 들려요?"

95

모든 것을 내려놓은 듯한 매들린은 소리가 나는 방향으로 힘없이 고개를 돌렸다.

그는 2층 침실 커튼 사이로 난 틈을 통해 케이시를 내려다보았다. 그리고 이 상황을 이해하려 애써 보았다.

'이 여자애는 누굴까? 왜 매들린을 찾아온 거지? 저 초라한 차림의 여자애는 매들린과 무슨 관계일까?'

시계를 보았다. 저 여자애가 매들린의 집 정문에서 죽치고 있는 한 집을 나갈 방법이 없다. 차를 출발하려고 시동을 건다면 들킬 것이 뻔하다. 마스크를 쓸 수도 있지만, 괜히 아이의 의심을 사게 될 수도 있다.

매들린은 잠시 후에 아이들의 소프트볼 시합을 보러 가기로 되어 있었다. 그녀가 제시간에 나타나지 않는다면 사람들이 이상하게 여길 것이다. 소프트볼 시합이 끝난 후, 어쩌면 매들린 대신 매들린의 남편이 아이들을 데리고 집으로 올지도 모른다.

그가 매들린의 집에서 빠져나가지 못한 채 만약 그런 상황이 벌어지면 어떻게 해야 할까? 매들린의 목을 베고 달아나야 하나? 아니, 아니, 그런 일은 절대 일어나서는 안 된다.

이제 여자애는 문을 쾅쾅 두드리기 시작했다. 그러다 2층 침실쪽을 올려다보는 듯했다. 자신을 발견하는 것도 시간문제일 거라 생각하는 순간, 아이의 시선이 다른 쪽으로 이동했다.

그는 매들린에게서 뭔가 알아낼 수 있지 않을까 생각했다. 아이에 대해 매들린에게 물어보고 싶었지만, 그렇다고 재갈을 풀어줄 수는 없었다.

지금으로서는 기다리는 것만이 최선이었다.

'아이는 저러다 결국 지쳐서 돌아가지 않을까? 아니면 집 안에 들어오도록 유도해볼까?'

그는 정답을 간절히 알고 싶었다.

그와 매들린의 운명이 거기에 달려 있었다.

96

"말도 안 돼. 진짜 말도 안 되는 소리예요!"

밀러는 자신의 결백을 강력하게 주장하고 있었다. 하지만 그러는 동안에도 밀러가 자신의 눈을 한 번도 똑바로 쳐다보지 않았음을 가브리엘은 눈치챘다.

"그냥 물어보는 거예요. 내겐 그럴 의무가 있으니까요."

"…몽고메리 형사가 도대체 무슨 꿍꿍이로 저를 음해하는지 모르겠어요. 제게 악감정이 있나본데…."

"그런 차원의 문제가 아니잖아요."

"저는 팀장님께, 그리고 이 팀에 헌신하며 밤낮으로 일했어요."

"그건 나도 잘 알지만…."

"잘 알지만…?"

"하지만 당신은 충동적인 면이 있고, 때로는 쉬운 길로만 가려 한다는 느낌을 받을 때가 있었어요. 전에도 영장 없이 트레일러 안으로 들어가자는 말을 했었죠?"

밀러는 아무 대답도 하지 않았다.

"다들 엄청난 부담감을 느끼고 있어요. 이번 수사는 대단히 까다로운 데다 세간의 주목을 받아왔어요. 그러니까…, 하루빨리 범인을 잡아야 하는데 그럴 만한 증거는 충분치 않으니, 일처리를 수월하게 하고 싶었겠죠."

떨어진 동전이라도 찾는 것처럼 밀러의 시선이 바닥을 헤맸다.

"오늘 아침에 제이콥의 집까지 직접 다녀왔어요. 현장 사진에는 분명히 찍혔던 커프스 단추가 지금은 없더군요. 누군가가 치운 거죠."

밀러는 여전히 가브리엘의 눈을 바라보지 않았다.

"다시 한번 물을게요. 당신이 제이콥의 커프스단추를 트레일러에 갖다놨나요?"

밀러는 한참동안 머뭇거렸다. 그러나 가브리엘은 이미 그녀의 대답을 알고 있었다. 밀러는 곧 괴로움에 몸서리치며 울음을 터뜨렸다.

가브리엘은 그녀를 응시했다. 그녀를 질책하고 마음속의 화를 모조리 쏟아내고 싶었다. 하지만 정작 가브리엘의 목소리에는 연민만이 담겨 있었다.

"당신 대체 무슨 짓을 한 거예요, 제인 밀러?"

97

"이게 무슨 상황인지 설명해볼래?"

연약한 십 대 소녀가 자기 회사의 보안 검색대를 통과했다는 사실에 폴 베인스는 놀랐다. 케이시가 이제 매들린의 남편인 폴의 사무실을 찾아온 것이다.

"혹시 아내분이랑 연락이 되시나 궁금해서요."

"…너 매들린과 아는 사이니?"

"집회에서 알게 됐어요. 오늘 댁에서 만나기로 했는데 아무도 없어서요." 케이시는 태연한 얼굴로 거짓말을 했다.

폴은 케이시를 찬찬히 뜯어보았다.

"언제 만나기로 했지?"

"두 시쯤…?"

"정말 매들린이랑 약속한 게 맞니? 그 시간에는 보통 아이들의 소프트볼 시합을 보러 가기로 돼 있어."

"잠깐이면 되는 일이라서…." 케이시는 뒷말을 웅얼거리며 폴의 시선을 피했다.

"전화 좀 해주실 수 있어요? 별일 없으신지 확인하고 싶어요."

"지금쯤이면 딸애들이랑 집으로 돌아오는 길일 거야. 나중에 너한테 연락하라고 전할게."

"제발요."

"왜 이러는 거야? 대체 무슨 일이지?"

"걱정하실 일은 아니에요. 그냥…, 전화 한 통만 해주세요. 아주머니가 무사하다면 더 이상 귀찮게 굴지 않을게요. 정말 중요한 일이거든요."

케이시의 애원이 결국 먹혀들었다. 폴은 휴대폰을 들고 아내에게 전화를 걸었다.

"안녕하세요, 매들린입니다. 메시지를 남겨주세요."

"나야." 녹음된 인사말이 끝나자 폴이 말했다. "메시지 확인하면 연락해 줘."

잠시 후에 폴은 다시 전화를 걸었지만, 이번에도 음성메시지로 연결되었다.

"이미 집에 도착했는지 모르겠다." 그가 중얼거렸다.

폴은 집 전화번호를 눌렀다. 이번에도 한참이나 벨이 울리더니 자동응답기로 연결되었다. 다시 매들린의 휴대폰에 전화를 걸어도 음성메시지에 연결이 되었다.

"…연락이 통 안 되는구나."

폴은 문득 아이가 이런 상황을 두려워했음을 눈치챘다. 그리고 그 역시 갑자기 이 상황이 두려워졌다.

<hr>

98

매들린의 머릿속에 수많은 의문이 스쳐갔다.

'여기가 어디일까? 이 남자는 누구지? 이 남자는 무슨 짓을 할 작정이지?'

순식간에 일어난 일이었다. 매들린은 너무 놀라 제대로 반격할 수 없었고, 정신을 차려보니 침실 바닥에 쓰러져 있었다. 그 사이 무슨 일이 일어났는지 하나도 기억이 나지 않았다.

얼마 뒤에 그녀는 자신의 차 트렁크에 구겨 넣어졌다. 몸이 결박된 채 입에는 재갈이 물려 있었고, 눈에는 안대를 찬 상태였다. 그 후 차가 멈추고 움직이기를 반복할 때마다 앞뒤로 굴러야 했다. 그렇게 흘러간 한 시간 동안은 인생에서 가장 두렵고 끔찍한 시간이었다.

사방이 깜깜했다. 공기는 텁텁하고 불쾌했다.

'나는 지금 어디 먼 곳으로 실려 가는 걸까? 그렇다면 어떻게 될까? 인질로 잡혀 있게 될까?'

그때 차가 요동치며 멈췄다. 잠시 후에 트렁크가 열렸고, 그녀는 밖으로 끌려 나왔다. 울퉁불퉁한 땅 위로 질질 끌려가다가 다시 실내로 옮겨졌다. 곧이어 그녀는 딱딱한 의자 같은 곳에 앉혀져 양팔이 묶였다.

그리고…, 홀로 남겨졌다. 주변에서 남자가 어슬렁거리는 소리가 들렸지만, 그녀를 건드리지는 않았다. 그녀는 생각을 가다듬고 이 상황을 파악하려고 애썼다. 파라핀 냄새와 축축한 나무 썩는 냄새가 났다. 소리도 들렸다. 남자가 돌아다니는 소리, 바닥 널이 삐걱대는 소리, 희미한 웃음소리.

매들린은 의자에 꼼짝없이 앉아 있었다. 공포로 심장이 미친 듯이 널뛰었다.

그녀는 순간 무언가를 깨달았다. 헛간으로 끌려오는 사이 안대의 위치가 조금 틀어졌다는 사실을. 그 바람에 오른쪽 눈을 감고 왼쪽 눈을 살짝 뜨자, 눈앞에 펼쳐진 광경을 대충 알아볼 수 있었다.

그녀는 헛간 비슷한 곳에 있었다. 벽은 짙은 갈색이었지만, 바닥은 흰색에 가까운 색이었다. 자신의 앞쪽에 있는 바닥을 발로 쓸자 바닥이 스르르 밀리며 구겨졌다. 그 서늘한 감촉은…, 비닐 같았다.

공포에 휩싸인 매들린은 주변에서 분주하게 움직이는 납치범을 흘깃 보았다. 보통 키에 살짝 뚱뚱한 남자로, 파란색 작업복의 배 부분이 팽팽하게 땅겨 있었다.

그가 마스크를 하고 있다는 사실이 가장 두려웠다. 그 밑에

270

어떤 괴물의 얼굴이 숨겨져 있을지 상상조차 할 수 없었다.

그녀는 문득 자신이 왜 붙잡혀 왔는지, 어떤 운명이 자신을 기다리고 있을지를 정확히 깨달았다. 남자의 손에 커다란 식칼이 쥐어져 있었기 때문이다. 남자가 그녀를 돌아보았고, 그 추측은 확신이 되었다.

본능적으로 비명이 터져 나오려는 것을 간신히 참았다. 그녀에게는 가느다란 구멍 밧줄이 하나 남아 있었기 때문이다. 납치범은 그녀가 자신을 볼 수 있다는 사실을 모르고 있다.

그가 그녀의 바로 앞에 섰고, 매들린은 마음을 단단히 먹었다. 그는 몸을 낮춰 매들린과 눈높이를 맞췄다. 이제 두 사람의 코가 맞닿을 지경이 되었다. 그는 그녀가 두려움에 떠는 모습을 즐기는 것처럼 보였다.

그때였다. 매들린은 앞으로 몸을 홱 기울였다. 그러고는 이마로 납치범의 얼굴을 들이받았다. 남자가 뒤로 나자빠졌고, 매들린은 주저 없이 발로 바닥을 밟고 일어섰다. 잠시 비틀거리던 그녀는 균형을 찾고 종종걸음으로 앞으로 나갔다.

바닥에 쓰러진 그가 끙끙대는 사이 매들린은 문으로 다가갔다. 그 문을 열기만 하면 사람들에게 도움을 청할 수 있을 것 같았다.

휘청거리며 나아가던 그녀가 드디어 문 앞에 이르렀다. 그녀는 오른쪽 발을 문틈으로 밀어 넣은 다음 온 힘을 다해 문을 밀었다. 문이 열리자 바깥에는 진흙으로 질퍽한 호숫가와 그

너머의 호수가 보였다.

허둥지둥 앞으로 걷던 매들린은…, 갑자기 뒤로 쓰러졌다. 목을 길게 빼 주위를 살피던 매들린은 납치범이 이쪽으로 오는 모습을 보았다.

이제는 사력을 다해 남자에게 맞서는 수밖에 없었다. 매들린은 남자에게 거세게 저항했다.

그렇지만 그녀는 다시 비닐 시트 위로 돌아올 수밖에 없었다. 무자비한 주먹질에 쓰러졌다가 가까스로 정신을 차려보니 눈앞에 납치범이 서 있었다. 칼날을 손에 쥔 그가 이글거리는 눈으로 그녀를 노려보고 있었다.

매들린은 흐느끼며 그에게 살려달라고 애원하고 싶었다. 그러나 공포심에 찍소리도 낼 수 없었다.

납치범이 칼을 치켜들고 다가오는 사이, 그녀의 귓가에는 소름 끼치는 웃음소리가 맴돌았다.

99

그녀는 그들의 시선을 느꼈다. 수사본부에 모여 있던 모든 형사들이 하던 일을 멈추고 대단한 구경거리인양 밀러를 지켜봤다. 시간이 흐를수록 수치심은 커지고 굴욕감이 쌓여갔다.

내사팀이 소집되는 사이 밀러 형사는 가브리엘의 집무실에서 30분을 기다려야 했다. 인생에서 가장 긴 30분이었다.

마침내 내사팀이 도착했다. 심술궂은 표정의 파리한 여자와 땀내가 나는 곰 같은 남자 두 명이 들어왔다. 그들이 제인의 책상 서랍 내용물과 서류철에 라벨을 붙이고 봉투에 담는 사이 밀러는 그 옆에 가만히 서 있어야 했다. 휴대폰과 노트북이 압수되었지만 가장 중요한 물건은 아직 남아있었다.

"가방 좀 넘겨주세요." 남자 경찰관이 고개도 들지 않고 말했다.

밀러는 어쩔 수 없이 핸드백을 그에게 건넸다. 그는 천천히, 신중하게 내용물을 꺼내기 시작했다. 구겨진 티슈, 교통카드, 탐폰, 모두에게 끊었다고 떠벌리고 다닌 담배까지. 이것들은 모두 그녀의 잘못을 밝히는 것과 직접적 관계가 없다. 그녀에게 창피를 주고 지켜보는 사람들에게 경각심을 일으키는 것이 이 일의 유일한 목적이었다.

제인은 고개를 떨구었다. 물론 보석으로 풀려나기야 하겠지만 그 다음에는 어떻게 해야 할까? 봉급은 조사가 끝날 때까지 유예될 테고, 그녀는 이렇다 할 예금도 해놓지 않았다. 앞으로 어떻게 해야 하나?

"준비됐어요?"

그 목소리는 무척 담담했다. 밀러에게는 세상이 무너질만큼 슬픈 일이 내사팀 직원들에게는 일상적인 업무에 불과하다니. 그녀는 고개를 까딱했다.

"그러면 자리를 옮깁시다." 내사팀 남자는 이렇게 말하며 제인을 출구로 이끌었다.

밀러는 이제 동료 모두가…, 그냥 사라져버리고 이 끔찍한 악몽이 끝났으면 했다. 하지만 그녀 같은 죄인이 이 악몽에서 쉽게 벗어날 방법은 없었다.

책상에서 돌아선 밀러는 지금껏 선망하던 여자의 곁을 떠나 수치스러운 발걸음을 느릿느릿 옮겼다.

······································· **100** ·······································

지나가는 사람들이 그녀를 흘끔흘끔 돌아봤지만 케이시는 신경 쓰지 않았다.

이곳을 왜 찾아왔는지 설명하기 어려웠다. 삶이 힘들 때마다 그녀는 늘 습관처럼 자신에게 진정한 사랑을 보여준 단 한 사람을 찾아왔다.

비슬라바 외할머니는 호숫가의 새들을 바라보고 있었다. 찬 공기가 파고들지 않도록 케이시는 그녀의 담요를 단단히 여며주었다. 그리고 할머니의 이마에 입을 맞추고, 검버섯이 핀 차가운 손을 자신의 양손으로 감쌌다.

"할머니!"

일말의 기대를 품고 케이시는 비슬라바 할머니를 올려다보았지만, 비슬라바는 수평선만 응시할 뿐이었다.

케이시는 생각을 정리할 수 있는 피난처를 찾아 이곳에 왔다. 케이시는 이제 인정해야 했다. 매들린은 곧 끔찍하게 살해될 테고, 자신에게는 2주도 채 남지 않았다는 사실을.

케이시는 비슬라바의 손에 입을 맞추고, 손을 담요 위에 살포시 내려놓은 다음 작별인사를 했다.

미시건 호수는 오늘따라 참으로 아름다웠다. 저무는 태양이 드넓은 수면 위에 햇살을 드리웠고, 출렁이는 황금빛 물결이 춤을 추었다. 호수는 고요하면서도 장엄함을 뽐내고 있었다. 아무것도 그 고요를 방해하거나 깨트리지 않았다. 공중에서 서로를 부르며 날아다니는 백로와 왜가리, 독수리, 물떼새를 제외하면.

케이시는 하늘 위를 뱅뱅 도는 새들을 지켜보았다. 새들의 느긋한 움직임 속에서 그녀는 위로 받기를 기도했다. 어쩌면 거대한 자연 앞에서 그녀의 삶과 고민거리는 지극히 사소한 것인지도 모른다.

그때 무언가가 케이시의 의식을 침범하기 시작했다. 어떤 생각…, 아니, 생각이 아니다. 소리였다. 전에 들은 적이 있는 소리!

그 순간 케이시의 머릿속은 그 끔찍한 판잣집 안으로, 그러니까 그 남자가 만든 공포와 두려움 속으로 옮겨졌다.

그렇다.

그녀는 갑자기 깨달았다.

101

케이시는 한 번에 계단을 세 칸씩 뛰어올랐다. 조금도 지체

하지 않았다. 정문 앞에 선 한 젊은 여자가 케이시를 제지했지만, 케이시는 그런 그녀를 밀치고 로비를 가로질러 계단으로 돌진했다.

케이시는 상담실 문을 벌컥 열고 뛰어 들어갔다. 그러자 전화 통화를 하던 애덤이 고개를 홱 들어 그녀를 보았다. 그에게로 달려간 케이시는 수화기를 낚아채 전화를 끊어버렸다.

"이게 무슨 짓이니?" 그가 불같이 화를 냈다.

"드릴 말씀이 있어요."

"이거 중요한 전화야." 애덤이 화난 얼굴로 항의했다.

"그게 뭔지 알아냈어요!" 케이시가 그의 항변을 무시하고 말했다.

"무슨 뜻이야?"

"그 웃음소리의 정체를 알아냈다고요." 멍한 얼굴로 서 있는 애덤에게 케이시가 설명했다.

"판잣집에서 들리던 여자 웃음소리요. 그건 사람 소리가 아니었어요. 새소리였어요!"

케이시가 창문 쪽으로 오라고 손짓을 했다. 창문 너머 애덤의 병원 건물 주변을 뱅뱅 도는 새들이 보였다.

"새였어요."

케이시가 창문을 열었다. 높은 톤으로 쉴 새 없이 깍깍거리는 해오라기, 독수리, 왜가리소리가 선명하게 들렸다.

케이시는 애덤을 돌아보았다. 애덤은 고약한 소음에 가만히 귀를 기울이고 있었다.

"매들린은…, 지금 물가에 있어요. 호수나 강가에 붙잡혀 있어요. 확실해요. 거기가 어딘지 알아내기만 하면 돼요."

"케이시…!"

"그분에겐 몇 시간밖에 남지 않았어요. 하지만 우리에게는 기회가 있어요."

"정신 좀 차려, 케이시. 이 근방 호수는 엄청나게 넓고, 그 지류는 셀 수 없이 많아."

"새들이 모이는 지점을 찾아야 해요. 그러면서 그곳은 납치범이 다른 사람으로부터 방해받을 가능성이 없는 곳이겠죠."

"하지만 그건 모래사장에서 바늘 찾기나 다름없지."

"우리가 구할 수 있어요. 제가 알아요." 케이시가 우겼다.

"하지만 어디서부터 시작해야 할지, 누구한테 도움을 청해야 할지 모르겠어요. 혹시 새들에 대해 잘 아는 사람 있어요?"

"없어. 아…, 생각해보니 친한 친구 중에 조류박사가 하나 있긴 한데, 갑자기 찾아가서 다짜고짜 물어볼 수는 없어."

"아뇨. 지금 당장 찾아가야 해요!"

"우선 네가 어디 갔었는지, 왜 그런 생각을 하게 됐는지부터 설명해야 해."

"시간이 없다고요!"

그녀가 버럭 소리치자 놀란 애덤이 입을 닫았다.

"두 번이나 제 예감이 맞았지만 우리는 아무것도 안 했잖아요. 이번에도 그분의 죽음에 죄책감을 느끼고 싶지 않아요."

하지만 애덤은 여전히 망설였다.

"이번 한 번만 도와주시면 다시는 귀찮게 하지 않을게요."

"…나는 잘 모르겠다, 케이시."

"우리가 그분을 구하면 모든 게 다 괜찮아질 거예요. 선생님한테도, 저한테도 좋은 일이라고요. 제발요, 저를 위해 마지막으로 한 번만 도와주세요. 부탁드려요." 케이시가 간절히 애원했다.

버티다 못한 애덤이 결국 휴대전화와 외투를 집어 들었고, 케이시는 크게 안도했다.

<h2 style="text-align:center">102</h2>

그에게 자비심이라고는 없었다.

그는 매들린이 의식을 잃을 때까지 난폭하게 때리다가 갑자기 행동을 멈추었다. 그러고는 그녀를 묶어두었던 끈을 느슨하게 풀어 그녀의 팔목을 옆에 있는 작은 테이블에 얹었다. 자신의 손 안에서 파들거리는 매들린의 손목을 보며 그는 웃음을 터뜨렸다.

"무섭지, 매들린?"

"네? …네."

"당연히 그래야지." 남자가 누런 이를 드러내며 씩 웃었다.

"우리 놀이 하나 할까?"

"…하고 싶지 않아요."

"원래 혀부터 시작하는데, 오늘은 다른 곳부터 하겠어."

"제발 살려주세요."

그는 그 말을 무시하고 자신의 새끼손가락으로 그녀의 엄지를 쓸었다.

"아기돼지 한 마리가 시장에 갔네."

그가 매들린의 검지를 쓰다듬었다.

"아기돼지 한 마리는 집에 있었네."

"…안 돼요."

"아기돼지 한 마리는 쇠고기를 먹었네."

"제발, 안 돼요." 그녀가 헉헉거렸다.

"아기돼지 한 마리에겐 아무것도 없었네."

그의 손길이 그녀의 약지에서 새끼손가락으로 옮겨졌다.

"그리고 아기돼지 한 마리는 음~ 음~ 집으로 돌아갔네."그녀의 새끼손가락을 쥔 남자는 테이블 위의 칼로 손을 뻗었다. 겁에 질린 매들린은 새된 비명을 질렀다. 그는 칼날을 매들린의 손가락 뿌리를 향해 몇 차례 겨냥하더니, 칼을 번쩍 들어 세차게 내리쳤다.

잠시 충격에 빠져 넋을 놓았던 매들린은 곧 무시무시한 고통에 휩싸였다. 잠시 혼절했던 그녀는 다시 끔찍한 현실로 돌아왔다. 그녀는 횡설수설 울먹이며 납치범에게 자비를 갈구했지만, 오히려 그에게 변태 같은 쾌감만 안겨주었다. 그의 성기가 팽팽하게 부푸는 것을 보았고, 그녀의 두려움은 극에 달했다.

매들린은 목이 쉬도록 악을 썼다. 차라리 어서 빨리 심장이 멈춰 이 끔찍한 고통에서 벗어나게 해달라고 기도했다. 그러나 잔인하게도 그녀의 기도는 통하지 않았다.

"그러면, 매들린…."

남자가 피투성이로 변한 그녀의 손을 꼭 쥐면서 부드럽게 속삭였다.

"한 번 더 할 준비 됐지?"

103

"정말 중요한 일이야, 브록. 생각 좀 해봐."

브록은 회의 중이었다. 레이크쇼어 해변 콘도 개발에 관한 자문을 해주던 중, 브록은 비서가 애덤의 이름을 얘기하자 회의를 중단하고 서둘러 뛰쳐나왔다.

애덤이 브록을 찾아온 목적은 딱 하나였다. 조류에 대한 브록의 지식, 그것이 필요했다.

브록은 혹시 애덤이 술에 취한 것은 아닌지 의심스러웠다. 하지만 애덤은 멀쩡한 모습이었다.

"…들어보니 독수리의 일종인 것 같은데…." 브록이 주저하며 말했다.

"소리를 한 번 더 내볼래?"

그러자 케이시가 길고 요란한 소리를 꽥꽥거렸다.

브록은 노트북으로 달려가 유튜브를 열었다.

"이 소리 말이니?" 그가 동영상의 재생 버튼을 누르며 물었다.

회의실 안은 새들이 우짖는 소리로 소란스러워졌다.

"네, 그 소리예요! 틀림없어요!" 케이시가 격앙된 목소리로 외쳤다.

"그러면…, 네가 들은 건 대머리독수리 소리야."

"여기가 어디야?" 애덤이 노트북 화면을 가리키며 다급히 물었다.

"그건 나도 잘 몰라. 이건 그냥 인터넷에 돌아다니는 동영상이야. 이 인근에서 찍은 게 아니라." 애덤의 목소리에 담긴 초조함에 놀라며 브록이 대답했다.

"이 새들을 시카고에서도 볼 수 있는 거지?"

"그렇지, 봄마다 이곳을 찾아오니까."

"둥지는 어디에 틀어요?" 케이시가 냉큼 끼어들었다.

"여기저기. 먹이를 구하러 와서 한 6주쯤 머무는데…."

"구체적으로 어디에 머물러요?"

"물이 많은 곳은 어디든 가리지 않아."

그 말에 애덤과 케이시는 노골적으로 실망한 얼굴을 보였고, 그들의 눈치를 살피던 브록이 말했다.

"미시건 호수에는 새들이 워낙 많이 찾아오니까…."

"그렇게 말하면 범위가 너무 넓잖아." 애덤이 그의 말을 잘랐다.

"다른 데서는 볼 수 없을까? 우리는 좀 외진 곳을 찾고 있는데 말이야."

"음, 위네바고 호수에 개체수가 많긴 하지만, 거긴 밀워키 북쪽이야."

"그보다 가까운 곳은요?" 케이시가 재촉했다.

"음…, 이 인근을 말하는 거라면 조건에 맞는 곳이 한 군데 있긴 해. 접근이 어려워서 나도 가본 적은 없는데, 듣기로는 올해 대머리독수리가 꽤 많이 찾아왔다더군."

"거기가 어디야?" 애덤이 물었다.

잠시 망설이던 브룩이 결론을 내렸다.

"캘루메트 호수 근처."

104

그들은 조용히 각자의 생각에 빠졌다. 도시 남쪽에 자리 잡은 캘루메트 호수는 한때 활기 넘치는 항구이자 산업의 중심지였다. 그러다 지역 산업이 쇠퇴하면서 폐기물 매립지로 바뀌었는데, 그마저도 오래 지속되지 못했다. 이제 그곳은 철새와 겁 없는 조류 관찰자들만 간간이 찾는 황무지가 되었다.

뼈대만 남은 채 방치된 산업용 건물들 위를 거대한 곡물 창고가 서글프게 굽어보고 있었다. 노후한 구조물들을 살피며 우울해하던 케이시는 머리 위를 맴도는 대머리독수리를 발견하고는 이곳에 온 이유를 되새겼다.

케이시는 애덤을 슬쩍 돌아보았다. 애덤은 몹시 긴장한 듯 손가락으로 운전대를 쉴 새 없이 두드려대고 있었다.

그러다 애덤은 차를 서서히 멈추고 시동을 껐다. 그런 다음 열쇠를 호주머니에 넣은 뒤, 저 멀리까지 펼쳐진 음울한 광경을 내다보았다.

"얼른 둘러보고 뭔가 의심스러운 게 보이면 곧바로 신고하는 거야." 애덤이 차문을 열었다.

"애덤, 잠깐만요."

애덤이 돌아보자, 케이시가 그의 팔에 손을 얹었다.

"여기까지 같이 와주신 것만으로도 충분해요. 이제 집에 가셔도 돼요. 이제부터는 저 혼자 대처할 수 있어요."

"나를 좀 믿어줘, 케이시."

"하지만 이 일에 엮이는 것은 원하지 않으셨잖아요. 그리고 제가 여태 폐만 끼쳤고요."

"하지만 너 혼자 가도록 내버려둘 수는 없어."

"제발요, 애덤." 케이시가 고집을 부렸다.

"사랑하는 아내도 있고, 책임지실 일이 많잖아요. 페이스가 기다리는 집으로 가세요. 이 일은 제가 마무리할게요."

"널 이런 곳에 혼자 남겨둘 수는 없어. 그리고 네가 틀린 게 확실하다고 판명되면 앞으로 치료를 잘 받겠다고 약속해줘."

"그럴게요, 하지만…."

"그렇다면 이 일부터 해결하자. 이렇게 시간낭비 할 때가 아니잖니."

애덤의 말이 맞았다. 그래도 케이시는 망설였다.

'과연 이게 옳은 행동일까? 정말 이 일을 내가 잘해낼 수 있을까?'

차에서 내린 애덤이 트렁크 쪽으로 다가갔고, 케이시도 서둘러 그 뒤를 따랐다. 애덤은 신속히 트렁크에서 손전등을 찾아냈다. 해는 이미 지평선 아래로 내려가고 있었다.

"자, 서두르자."

성큼성큼 걸어가는 애덤의 뒤를 케이시가 종종걸음으로 뒤따랐다.

그들은 오래된 창고처럼 보이는 건물을 지나 천천히 앞으로 나아갔다. 방치된 곡물 저장고, 텅 빈 사무실 등을 말없이 지나던 그들은 나무로 지은 창고 건물들을 눈으로 훑었다.

"손전등을 꺼야 할까요?" 케이시가 물었다.

"혹시라도 누군가가 우리가 들고 있는 불빛을 보면…."

그 말에 애덤이 손전등 스위치를 껐다.

"내 옆에 바짝 붙어야 해."

그들은 더욱 깊은 곳으로 들어갔다. 건물들은 다닥다닥 붙어 있었다. 케이시는 눈으로 어둠 속을 살폈다. 조만간 물가에 다다를 것이다. 그러면….

그때 갑자기 어두운 그림자 하나가 그녀에게 돌진했고, 케이시는 애덤의 품안으로 뛰어들었다.

검은 그림자의 정체는 비둘기였다. 비둘기는 비루한 날개를 퍼덕이며 어둠 속으로 달아났다.

"죄송해요."

케이시가 애덤에게서 몸을 떼며 속삭였다.

왜 그렇게까지 놀랐는지 케이시 스스로도 알 수 없었다. 하지만 조심해야 한다는 강한 느낌이 들었다.

조금 더 나아가니 마침내 호수가 보였다. 케이시는 용기를 짜내어 몇 걸음을 더 내디뎠다.

그때 애덤이 그녀를 잡아당겼다. 그러고는 호숫가에 있는 작은 건물을 가리켰다. 낡고 이지러진 판잣집이었는데, 그 옆에 주차된 SUV 한 대가 그들의 관심을 사로잡았다.

"저게 매들린의 차일까요?"

그 주변으로 다른 건물은 보이지 않았다. 그렇다면 여기가 틀림없었다.

마침내 매들린을 찾았다. 그녀를 구할 기회는 지금뿐이다.

105

남아 있는 온힘을 짜내 그에게 맞섰지만 결국 이렇게 끝나게 되었다. 괴롭힘은 끝없이 이어졌고, 그의 잔인함에는 한계가 없었다. 혀가 잘려나갔고, 손가락과 발가락이 절단되었다. 매들린은 신체 일부분이 잘려나갈 때마다 정신을 잃었고, 남자는 그

럴 때마다 매들린을 자꾸만 깨웠다. 얼굴에 물을 퍼붓고 뺨을
찰싹찰싹 때리는 등 매들린이 의식을 잃지 못하도록 괴롭혔다.

심장마비라도 일어나 한시라도 빨리 이 지옥에서 해방되기
를 기도했다. 그러나 노련한 납치범은 그녀의 숨이 끊어지기 직
전에 번번이 되살려냈다. 죽음이 목전에 닥쳤다고 느끼는 순간,
납치범이 그녀에게 말했다.

"이봐, 매들린. 네 꼴이 어떻게 됐나 보라고…"

고개를 들어보니 남자가 그녀의 코앞에 작은 거울을 들고
있었다. 거울 속 자신의 모습을 보니 절로 구토가 나올 것만
같았다. 그녀는 멍투성이, 피투성이의 괴물이 되어 있었다.

"예쁘지? 그런데 딱 한 가지가 빠졌어. 너 목걸이 좋아하지?"

마지못해 매들린은 고개를 조금 까딱했다.

"잘됐네."

그가 칼을 집어 그녀의 목에 가져다댔다.

"이제 마무리를 할 시간이 됐거든."

106

SUV 차량 근처로 가까이 가보니, 캐딜락 에스컬레이드의 트
렁크가 입을 활짝 벌리고 있었다.

그 앞을 지나던 케이시는 판잣집을 바라보았다. 살짝 열린
문틈으로 목소리가 새어나왔다. 음침한 저음의 남자 목소리와
애처롭게 갈라지는 여자 목소리였다.

놀란 케이시가 판잣집 문으로 향했다. 그러나 그전에 애덤이 그녀를 잡아당겼다.

"내가 먼저 들어갈게." 그가 속삭였다.

손전등을 단단히 쥔 애덤은 살며시 문을 밀었다.

눈앞에 펼쳐진 광경에 케이시는 숨이 멎을 것 같았다. 내부는 어둑어둑했지만 까물거리는 램프 불빛만으로도 매들린 베인스, …혹은 그녀의 잔해와 그 앞에 서 있는 파란색 작업복 차림의 남자를 확인할 수 있었다.

매들린의 손과 발이 있던 자리에는 피투성이 그루터기만 남아 있었고, 온몸은 피범벅이었다. 남자는 그녀의 목에 칼날을 들이대던 중이었다.

그가 매들린의 목을 그으려는 찰나, 케이시를 발견한 매들린이 요란하게 끙끙거렸다. 뒤를 휙 돌아본 남자는 놀란 나머지 욕설을 내뱉었다.

애덤은 주저하지 않고 앞으로 돌진했다. 마스크를 쓴 남자는 방어 태세를 취하며 애덤에게 칼을 겨눴다. 그러나 애덤은 손전등을 마구 휘둘렀고, 남자의 손에서 칼이 떨어져 나갔다.

남자는 머리로 애덤을 들이받으려 했고, 애덤은 몸을 피하며 무릎으로 그의 사타구니를 강타했다. 신음하며 휘청거리던 남자는 그대로 바닥에 쓰러졌다.

애덤은 남자의 머리를 움켜쥐고 끌어당기려 했지만, 도리어 자신이 뒤로 나자빠지면서 남자의 마스크만 벗겼다. 케이시가 창백하리만큼 흰 남자의 얼굴 피부와 염소 수염을 본 순간, 남자가 몸을 홱 틀어 애덤의 턱에 주먹을 날렸다. 예상치 못한 공격에 애덤은 뒤로 나동그라졌다. 애덤에게 달려든 그는 양손으로 애덤의 목을 틀어쥐었다. 애덤은 거세게 발길질을 하면서 남자의 손아귀에서 벗어나려 안간힘을 썼다.

그제야 정신을 차린 케이시가 앞으로 달려 나왔다. 케이시는 남자의 두툼한 목에 팔을 두르고 온 힘을 짜내 뒤로 끌어당겼다.

고통에 신음하던 남자는 애덤을 잡고 있던 손아귀에 힘을 풀었다. 케이시가 남자를 더 힘껏 잡아당기자, 그는 케이시의 관자놀이를 팔꿈치로 가격했다. 그 바람에 그대로 옆으로 쓰러진 케이시는 거친 바닥에 뺨을 세차게 부딪쳤다.

이제 케이시는 신음하며 누워 있었다. 사방이 빙빙 도는 느낌이었지만, 무릎을 짚고 천천히 몸을 일으켰다.

남자는 다시 애덤의 목을 움켜쥐고 힘을 주고 있었다.

뭐라도 해야 했다. 두 사람에게 기어가던 케이시는 순간 균형을 잃고 비틀거렸다. 시간이 얼마 남지 않았다. 애덤의 눈알이 붉어지고 얼굴이 불그죽죽하게 변하는데도 케이시는 움직일 수 없었다. 케이시는 욕설을 중얼거리며 무기력한 울음을 터뜨렸다. 정말 이렇게 끝나는 걸까?

그런데 그때 남자가 비척대며 자리에서 일어섰다. 남자가 갑자기 일어선 이유는 뭘까?

그때 문득 건물 안을 채우기 시작한 역겹고 불길한 냄새가 감지되었다. 난리 통에 파라핀 램프가 쓰러졌고, 건물 뼈대에 불이 옮겨 붙은 것이다. 삽시간에 건물 전체가 불길에 휩싸일 게 뻔한 상황이었다.

케이시는 달아나는 남자를 멍하니 지켜보았다. 잠시 후에 SUV에 시동이 걸리며 부르릉 대는 소리가 들렸다. 그 소리에 가까스로 정신을 차린 케이시가 애덤에게 달려갔다.

"괜찮아요?"

"나는 괜찮아." 애덤이 쉰 목소리를 내며 힘겹게 몸을 일으켰다.

뒤를 돌아보니 바닥에 엎어져 있는 매들린의 모습이 눈에 들어왔다. 케이시는 매들린의 팔 밑에 자신의 팔을 끼워 넣었다. 하지만 아무리 애를 써도 매들린은 꿈쩍도 하지 않았다. 케이시는 매들린을 묶어 놓은 의자 밧줄을 잡아당겼다.

그때 끔찍하고 날카로운 소리가 들렸고, 케이시는 위를 올려다보았다. 그 순간 불타는 목재가 그녀의 바로 옆에 쿵 떨어지더니 공중으로 불꽃을 날렸다. 불안하게 삐걱대는 지붕을 올려다보던 케이시는 다시 한번 힘을 짜냈다.

케이시는 밧줄의 매듭을 풀려고 용을 썼지만 소용이 없었다. 매캐한 연기가 판잣집 내부를 가득 채웠고, 그들이 밟고 선 비닐 시트가 녹기 시작했다. 하지만 케이시는 멈출 수 없었다. 매들린을 밖으로 끌어내야만 했다.

얼굴 위로 땀이 비 오듯 흘렀고, 숨 쉬는 것이 점점 힘들어졌다. 손톱이 다 부러졌지만, 케이시는 개의치 않았다.

바닥으로 떨어지던 목재 하나가 어깨를 치는 바람에 케이시는 균형을 잃고 휘청거렸다. 휘도는 연기 사이에서 어찌할 바를 몰라 하던 케이시는 매들린의 몸통을 잡아끌기 시작했다.

"매들린?"

케이시의 목소리가 갈라졌다. 그러나 매들린은 아무런 반응이 없었다. 그 사이 서까래 두 개가 더 떨어지면서 불꽃을 쏟아냈다.

케이시는 자신을 붙잡는 누군가의 손길을 느꼈다. 돌아보니 애덤의 얼굴이 흐릿하게 보였다. 무슨 말을 하고 있는지 애덤의 입술이 달싹거렸지만, 그 말을 전혀 알아들을 수는 없었다.

애덤은 케이시를 끌어당겼다. 화가 치밀어 오른 케이시는 매들린을 붙잡으려 했다. 하지만 연기에 가려져 보이지 않았다.

"…시, 여기를 나가야 돼."

그제야 애덤의 목소리가 선명히 들렸다.

잠시 후, 애덤이 불타는 건물에서 케이시를 밖으로 밀어냈다. 케이시는 발버둥 쳤지만, 사실 희망이 없었음을 그녀 스스로도 잘 알고 있었다.

"우리는 할 만큼 했어, 케이시." 애덤이 케이시를 끌어당기며 힘겹게 말했다.

케이시는 눈물을 흘리며 몸을 웅크렸다.

얼마 지나지 않아 지붕 전체가 폭삭 내려앉았다.

"우리가 너무 늦게 왔나 봐요."

그들은 최선을 다했지만 결국 실패했다. 판잣집에서 눈을 떼지 못한 채 두 사람은 그 자리에 멍하니 서 있었다. 검푸른 호수 물에 감싸인 그 집에서는 거대한 불길이 솟구치고 있었다.

······················ **107** ······················

"그 사람이 어떻게 생겼는지 다시 설명해봐."

케이시는 기진맥진했고, 온몸에 연기 냄새가 배어 있었다. 당장 응급대원의 처치를 받아야 했지만, 가브리엘은 그런 그녀를 제대로 괴롭히기로 작정한 모양이었다.

"저한테 무슨 말을 더 듣고 싶어요?" 케이시가 쉰 소리를 냈다.

"네가 말한 그 남자의 특징은 누구한테라도 갖다 붙일 수 있어. 남들과 구별되는 특이한 점은 없었니?"

"너무 어두웠고 연기가 자욱했다고요. 그냥 어렴풋이 봤을 뿐이에요."

"그러니까 '염소 수염을 기른 백인 중년 남자'란 말이지? 이봐, 시카고에 사는 남자 절반이 거기에 해당할걸."

케이시는 가브리엘 형사를 노려봤다. 비아냥거리는 그녀에게 심한 반감이 들었다.

불타는 판잣집에서 벗어나자마자, 그들은 곧바로 911에 전화했다. 그리고 제복 경찰이 도착한 지 5분 후 가브리엘이 나타나 응급대원들의 검사가 끝나자마자 두 사람을 따로따로 경찰차에 태워 시카고 경찰청으로 데려왔다.

"수염이 희끗희끗했어요." 케이시가 시큰둥하게 말했다.

"조금 뚱뚱했고요. 애덤에게서 떼어내려고 살찐 목을 잡았는데…"

"면봉으로 채취했지만 네 손톱 밑에서 피부 조직은 발견되지 않았어."

"매들린을 풀어주려고 힘을 줄 때 떨어져나갔나 봐요. 밧줄을 풀다가 손톱이 두 개나 빠졌거든요."

"눈 색깔은?"

"…"

"눈 색깔은?"

가브리엘이 다시 물었고, 케이시는 고개를 저었다.

"문신은 있었니?"

"얼굴이나 목에는 없었어요. 나머지 부위는 안 보였고요."

"흉터나 점은?"

"없었어요."

"만약에 그를 다시 만나면 알아볼 수 있겠니?"

"네, 그럴 거예요."

"참, 불행 중 다행이라 해야 하나…"

마지막 말은 우스갯소리랍시고 던진 말이었지만, 그 누구도 웃지 않았다. 케이시는 가브리엘 형사가 뭔가 달라졌다고 생각했다. 하지만 어딘가 잔뜩 지치고 맥이 풀린 사람 같았다.

"그리고 그 남자가 차를 몰고 가버렸다고 했지?" 가브리엘의 동료 형사가 합세했다. "네가 아직 판잣집 안에 있을 때."

"네, 검정색 캐딜락 에스컬레이드를 탔어요. 바퀴 자국을 보셨을 거 아녜요."

"바퀴 자국을 보기는 했지." 그가 싸늘하게 답했다.

"빌어먹을!" 마침내 케이시가 폭발했다.

"제 말을 믿을 생각이 없는 거죠? 애덤 브랜트 박사님이 제 말을 전부 확인해주실 텐데요."

케이시는 두 형사가 시선을 교환하는 모습을 놓치지 않았다. 그러나 그 의미까지는 알 수 없었다.

"진짜로 거기에 남자가 있었다고요. 몽타주를 그려서 뉴스에 내보내야 해요."

"그래?"

"그 남자도 많이 다쳤을 거예요. 엉망이 된 모습을 보면 누구나 범인이라는 걸 금방 알아차릴…."

"네가 매들린 베인스와 어떤 관계인지 먼저 말해보렴." 가브리엘이 케이시의 말을 묵살하며 끼어들었다.

"말씀드렸잖아요, 만난 적 없다고. 집회에서 처음 봤을 뿐이에요."

"그런데도 네가 그곳까지 왔었던 이유는…?"

"우리가 호수에 간 이유는 이미 설명…"

"그랬지." 가브리엘 형사가 말을 잘랐다.

"하지만 중요한 건 말이지, 나는 점쟁이나 초능력 따위를 믿지 않는다는 거야. 나는 증거, 사실, 구체적인 정황만 믿는다고. 이 세 명의 희생자와 전부 관련된 사람은 네가 유일해. 너는 제이콥에게 달려들었고, 로첼의 집에 쳐들어갔어. 네 인상착의와 일치하는 십 대 여자애가 오늘 아침에 매들린의 집 대문을 마구 두드리더라는 목격담도 있어."

"말도 안 돼요!"

"글쎄, 정말 그럴까?" 가브리엘의 말투는 딱딱하기 그지없었다.

"만약에 제가 이 사건에 연루되어 있다면 뭐 하러 판잣집에 불을 냈겠어요? 또 제가 왜 직접 911에 연락했겠어요?"

"그건 예상하지 못했던 사고였겠지. 어쩌다 불이 났는데 수습할 수 없게 된 건지도 모르겠고. 또 어쩌면 네가 줄곧 거짓말만 쏟아내는 건지도 모르고."

케이시는 말없이 고개만 내저었다.

"로첼을 치료 모임에서 알게 됐다고 했잖아. 제이콥은 과거에 네 판결에 관여했던 검사고. 내가 알고 싶은 건 네가 매들린을 어떻게 알게 됐냐는 거야."

"모르는 분이었어요."

그러나 그들은 케이시의 말을 믿지 않는 게 분명했다.

"진짜 맹세해요."

"매들린 부인의 지난 몇 달 스케줄을 확인해봤어. 교육 성과가 좋지 않은 학교에서 독서 수업을 운영하는 자선단체를 돕고 있더구나. 거칠고 다루기 힘든 아이들에게 '제대로 된' 문학을 읽히는 프로그램이지. 너도 그 프로그램에 등록되어 있었잖아."

"…네?"

"하지만 문제를 일으켜 회원 자격이 정지됐고…."

"난 한 번도 만난 적 없는 분이에요." 케이시가 재차 주장했다.

"케이시…."

"우리 학교에 찾아오는 사람이 한두 명도 아니고, 더군다나 저는 그런 프로그램에 참여해본 적도 없어요."

"매들린은 수개월간 너희 학교를 드나들었어. 그런데도 한 번도 본 적이 없다고? 네가 그 프로그램에서 퇴출되는 데 그녀가 손을 쓰지 않았다고 할 수 있을까?"

"설령 그렇더라도 저는 모르는 일이에요."

"그런 말로는 부족해, 케이시. 희생자가 벌써 세 명이나 발견되었어. 하나같이 너랑 과거에 접촉했던 사람들이지."

"아니에요…."

그때 가브리엘이 결정적 한 방을 날렸다.

"네가 이 사건의 유일한 연결고리야, 케이시. 의심 가는 인물은 너밖에 없다고."

108

그는 불쾌한 표정으로 자신의 모습을 응시하고 있었다.

호숫가에서 달아난 그는 매들린의 SUV 차량을 사우스쇼어의 황량한 주차장에 버렸다. 역겨운 소독약 냄새를 참으며 차 내부를 청소하던 그는 불안한 시선으로 주위를 살폈다. 차를 청소하는 동안만큼은 험한 꼴을 당하고 싶지 않았다.

하룻밤 사이 험난한 일을 겪었다.

매들린이 보여주는 최후의 발악에 너무 몰입하는 바람에 방해꾼들의 침입을 알아채지 못했다. 그러다 그는 침입자들 가운데 한 명이 자신이 아는 사람이라는 사실을 깨닫고 경악했다. 매들린의 집에서 훼방을 놓던 그 여자애였다.

'대체 뭐 하는 아이일까? 이곳까지는 어떻게 찾아왔을까?'

이런 의문들이 계속해서 그를 괴롭혔다. 그 아이가 그동안 자신을 미행했던 걸까? 아니, 그랬다면 알아채지 못했을 리가 없다. 그렇다면 매들린의 차에 추적 장치라도 부착한 걸까? 아니, 그것 역시 말도 안 된다. 어쨌든 그 아이는 그의 생각을 꿰뚫어봤고, 그의 계획이 무엇인지도 알고 있었다.

'어째서? 그 애는 무엇 때문에 이런 짓을 할까?'

하지만 답이 없었다.

그는 앞니 하나를 다쳤지만 그 정도는 아무것도 아니었다.

조금 깨졌을 뿐이고, 평소에 좀처럼 웃는 일이 없었으니 들킬 위험도 없었다. 오른뺨에 긁힌 상처도 고양이가 할퀴었다고 둘러대면 그만일 터였다. 그러나 매들린이 머리로 들이받아서 생긴 뺨 위의 크고 시퍼런 멍에 대해서만은 적절한 변명거리를 찾기가 어려울 듯했다. 그래서 파운데이션을 미리 준비해뒀지만 그것으로는 완벽히 감출 수 없을 듯했다. '사람들이 뭐라고 숙덕거릴까? 아니면 일부러 관심 없는 척할까?'

어쨌든 그는 눈에 띄는 존재가 아니었기에 그 역시 괜찮을 것이다.

정작 중요한 건 그게 아니었다. 그 여자애가 자신의 얼굴을 보고 말았다. 지금쯤이면 경찰에게 이런저런 말들을 나불대고 있을 것이다. 컴퓨터로 몽타주를 그려서 여기저기 뿌리고 있지 않을까? 그렇다면 당장 염소 수염을 깎는 수밖에 없다. 하지만 이 역시 확실한 해결책은 될 수 없었다.

그는 더없이 불안해졌다. 어쨌든 그 애는 그가 하는 일에 깊이 얽혀들어 있었다. 그 아이는 제이콥의 죽음 후에 신문에 언급되었던 열다섯 살 먹은 용의자였다.

하지만 지금은 뭐란 말인가? 그곳에 어떻게 찾아와서 매들린을 구하겠다고 나섰을까? 어떻게 자신의 움직임을 전부 예측했을까?

그는 자신을 향한 그물망이 옥죄어들고 있다고 생각했다.

109

"케이시와 대체 어떤 관계죠?"

그 질문을 받은 애덤은 가브리엘 형사를 노려보았다.

싸늘한 취조실에서 애덤은 한 시간이 넘게 대기했다. 전화통화는 물론이고 물 한 잔도 허락받지 못한 채. 그리고 그는 이제 지루하고 적대적인 추궁에 시달리고 있었다.

"그 얘기는 이미 끝났잖아요. 그 아이는 내 환자라니까요."

"그럼 오늘 밤에 있었던 일은 뭐죠? 치료의 일종인가요?"

"이봐요, 이미 말했듯이 우리는 매들린 베인스가 위험에 처했다고 생각하고…."

"케이시가 본 환영 때문에요?"

"나는 그런 용어를 쓰지 않지만…."

"어쨌든 그 애 때문에 거기 갔었던 거죠? 그 애가 당신에게 매들린이 다음 희생자라는 확신을 심어줬으니까…?"

"그래요."

그 사실을 부인할 수는 없었다. 최근에 생긴 일은 전부 케이시 때문이었다.

"당신은 제이콥 존스와 로첼 스티븐스의 살인에 가담했…."

"아닙니다!"

"…매들린 베인스의 살인은요?"

"당연히 아니죠."

"하지만 현장을 늘 어슬렁거렸죠? 당신이 소년원에서 케이시를 상담한 후 빼내고 나서 몇 시간 후에 제이콥 존스가 납치, 살해됐어요."

"내가 해야 할 일을 했던 것뿐입니다."

"둘이서 로첼 스티븐스의 집에 침입한 지 몇 시간 뒤에 그녀가 죽었고요. 매들린 베인스는 외딴 판잣집에서 처참하게 살해됐는데 그곳에도 두 사람이 있었죠."

"내가 왜 관여했는지 설명했잖아요. 제이콥과 로첼이 살해된 날의 알리바이도 말씀드렸고요."

"아내랑 같이 집에 있었다고 하셨죠." 수아레즈가 고개를 절레절레 저으며 말했다.

"이봐요, 나는 당신들에게 최대한 정직하게 털어놓으려고 노력했어요. 하지만 당신들이 그렇게 나온다면 나 역시 변호사부터 구하는 수밖에 없겠어요."

그러나 그의 분노 따위는 안중에도 없다는 듯이 가브리엘이 코웃음을 쳤다.

"케이시가 살인을 지시했나요? 그 애가 구체적인 계획을 세웠나요?"

"아니요. 케이시는 매들린을 구하려고 그 남자와 싸웠어요. 내가 그 아이를 판잣집에서 끌고 나와야 했고요. 그러다 케이시는 부상을 입었어요. 나도 마찬가지고요. 이 멍들이 눈에 안 보여요?" 목둘레에 생긴 짙은 멍을 손가락으로 가리키며 애덤이 외쳤다.

"이 모든 게 내 손으로 한 짓이라고 생각해요?"

"그건 알 수 없죠. 하지만 그 애가 희생자 전부와 아는 사이라는 사실은 어떻게 설명할까요?"

"그건 사실이 아니에요."

"제이콥은 케이시를 기소했죠. 로첼은 그 애를 상담했고요. 매들린 역시 케이시 같은 불량학생들을 대상으로 학교에서 봉사활동을 했고요."

"…"

"세 사람 다 그 애 인생에 관여했죠. 그 애를 도우려 했던 세 사람이 전부 죽었어요. 당신도 조심해야겠어요, 애덤 박사님. 다음 차례는 당신일지 모르니까요."

"그런 소리 말아요."

"지난번에 만났을 때 당신은 케이시의 '재능'을 믿는다는 식으로 얘기했어요."

"그런 적 없어요." 애덤이 항변했다.

"그때 나는 당신이 제정신이 아니라고 생각했어요. 하지만 이제 보니 그 애가 당신을 끌어들여 이용한 것 같네요. 어쩌면 경찰의 눈을 속이는 가림막으로, 어쩌면 그냥 재미 삼아."

"나는 그 애를 돕겠다는 생각밖에 없었어요."

"그래서 무엇을 얻었나요? …세 사람이 죽었어요. 그리고 케이시는 그 사람들이 죽는다는 사실을 매번 알고 있었고요. 매들린 사건 때는 당신을 살인현장에 데려가기까지 했어요. 그 이유라는 게 뭐였죠, 수아레즈?"

"케이시가 환영 속에서 새소리를 들었답니다." 수아레즈 형
사가 냉큼 대답했다.

"케이시가 환영 속에서 새소리를 들었으니까요." 가브리엘이
약 올리듯이 되풀이했다.

"당신 상담실에서도 환영을 봤다죠? 이른바 최면상태에서
요. 이 정도면 당신도 눈치를 채야 하는 거 아니에요?"

"형사님이 무슨 말씀을 하시는 건지 저는 모르겠어요."

"케이시가 초능력을 가졌다고 믿어요?"

"아니, 그건 아니에요."

"그렇다면 달리 어떻게 설명할 수 있을까요?" 가브리엘이 몸
을 앞으로 기울였다. "인정해야 해요, 애덤. 그 애는 처음부터
당신을 갖고 놀았어요."

110

케이시는 구치소 벽에 그려진 낙서와 발밑에 퍼진 찝찝한 얼
룩을 들여다보았다. 호숫가에서의 소동 이후, 케이시는 죄수호
송차에 태워졌다.

그녀는 두려웠다. 물론 여기서는 아무 일도 일어나지 않을
것이다. 하지만 앞으로 닥칠 일이 걱정이었다. 취조는 인정사정
없었다. 가브리엘과 수아레즈는 번갈아 가며 그녀를 괴롭혔다.
그들은 케이시의 알리바이를 집요하게 따지면서 희생자들과의

구체적인 연관성을 만들어갔다.

경찰은 케이시가 정당한 법적 절차를 거칠 수 있도록 변호사를 붙여주겠다고 약속했다. 그러나 케이시는 자신을 걱정해주는 가족과 이야기를 나누고 싶었다. 취조 중의 짧은 휴식 시간에 케이시는 엄마에게 전화를 걸었다. 그러나 나탈리아는 끝내 전화를 받지 않았고, 케이시는 전화 통화를 포기할 수밖에 없었다.

엄마는 자신의 곁을 떠났고, 애덤은…, 어떻게 됐는지 알 수 없었다.

케이시는 마치 자신이 궁지에 몰린 사냥감이 된 기분이었다. 부르릉대던 죄수호송차가 어둑한 거리로 나가자 케이시는 머리를 양손에 묻고 흐느끼기 시작했다.

-- **111** --

애덤은 주위를 두리번거리며 택시를 찾았다. 그의 차는 여전히 구치소에 있었기 때문이다.

머릿속이 너무 복잡했다. 가브리엘의 주장이 머릿속을 맴도는 가운데, 케이시에 대한 가느다란 믿음이 그 주장에 맞서 싸우고 있었다. 애덤은 한시바삐 집에 돌아가 쉬고 싶었다.

지나가는 택시 한 대를 보고 손을 흔들었지만, 택시는 쌩하니 가버렸다. 그는 잠시 투덜거리며 휴대폰을 꺼냈다. 페이스에게 무슨 일이 있었는지 설명한 다음 택시를 잡아야 할 것 같왔다.

전원을 켜자마자 휴대폰이 요란하게 진동하기 시작했다. 화면을 들여다보니 음성메시지가 다섯 통이나 와 있었다.

깜짝 놀란 그는 재생 버튼을 눌렀다. 첫 번째는 페이스의 메시지였는데, 주변의 차 소리 때문에 잘 들리지 않았다. 그녀는 흐느끼며 들릴 듯 말 듯 가느다란 목소리로 속삭이고 있었다.

그는 다음 메시지, 그다음 메시지로 건너뛰었다. 하나같이 제대로 알아들을 수 없었다. 심장이 터질 것만 같은 불안감을 느끼며 애덤은 곧장 마지막 메시지로 건너뛰었다.

"미안해, 애덤. 그러니까…, 여러 가지로 미안해. 사랑해…"

휴대폰을 그 자리에 떨어뜨린 애덤은 곧장 달리기 시작했다.

"페이스?"

그의 목소리가 텅 빈 복도에 울려퍼졌다.

"페이스, 집에 있어?"

그의 목소리에 긴장감과 간절함이 배어났다.

그는 곧장 주방으로 들어갔다. 라디오가 켜져 있었지만, 아내의 흔적은 없었다.

"페이스?"

그는 작업실로 향했다. 하지만 그곳 역시 비어 있었다. 그는 다시 침실로 달려갔지만, 그곳 역시 휑하니 비어 있었다.

크리스틴에게 전화를 걸기 위해 집 전화 앞으로 다가갔다.

그 순간 그의 눈에 들어온 것이 있었다. 닫혀 있는 아기 방의 문 밑으로 가느다란 빛이 새어나오고 있었다. 그 일 이후 페이스는 이 방에 발을 들인 적이 없었는데…, 애덤의 심장이 격하게 뛰기 시작했다.

"페이스?"

그는 문손잡이를 잡았고, 문이 벌컥 열렸다. 바닥에 깔린 아기 옷들을 발견한 그는 당황했다. 그가 다락에 숨겨두었던 아기 옷들이 바닥에 얌전히 펼쳐져 있었다.

그러다 애덤은 돌연 걸음을 멈췄다. 눈앞의 광경을 도저히 받아들일 수가 없었다. 그는 새된 비명을 질렀다.

대들보에 매달린 페이스의 몸이 앞뒤로 천천히 흔들리고 있었다.

Part 3

자꾸만 사람들과 몸이 부딪쳤다. 오른발이 밟히고, 누군가의 팔꿈치가 갈비뼈를 때렸다. 그러나 케이시는 신경 쓰지 않았다. 그녀는 계속 가야 했다. 그를 찾아야 했다.

케이시는 캘루메트 호숫가에서 겪은 일 때문에 혹독한 대가를 치러야 했다. 구치소에서는 풀려났지만, 케이시의 기도와 폐는 연기에 의해 손상되었고, 머리를 얻어맞은 탓에 경미한 뇌진탕을 겪었다. 그리고 매들린을 구하지 못했다는 죄책감, 페이스의 죽음에 대한 깊은 슬픔에 마음이 뒤숭숭했다.

구급된 지 하루가 지나도 별다른 조치가 취해지지 않았다가, 꼬박 이틀이 지난 저녁 무렵에 케이시는 석방되었다.

이 예상치 못한 전개에 그녀는 거꾸로 용기를 얻었다. 누군가를 구하기 위한 시도를 했기 때문이다. 비록 횅한 빈집으로 돌아와야 했지만 기분은 그전과는 사뭇 달랐다.

수중에 남은 마지막 몇 달러를 긁어모아 식료품 가게로 달려갔다. 40달러를 써서 허기진 배를 채우고, 맥주를 여섯 캔이나 마신 케이시는 몇 주 만에 처음으로 숙면을 취했다. 몸이 한결 가뿐해진 기분이었다.

이제부터 무엇을 할지가 문제였다. 범인은 여전히 거리를 활보하고 있었다. 시카고는 여전히 살인마의 손아귀 안에 있었다. 그녀는 이제 누가 뭐래도 자신이 할 수 있는 일을 하기로 결심했다.

그녀는 지나가는 쇼핑객과 직장인들을 살피며 거리를 배회했다. 놈이 희생자를 선택할 때 특별한 기준이나 이유는 없어 보였다. 살았던 동네가 희생자들의 유일한 공통점이었다.

케이시는 희생자들의 동네부터 시작하기로 결심하고 웨스트 타운의 카페, 샌드위치 가게, 레스토랑, 공원과 영화관 등등을 열심히 돌아다녔다. 다음 희생자를 물색하는 살인자를 발견하기를 기대하며.

이 모든 게 대단히 아이러니한 상황이었다. 살면서 지금껏 환영을 피해 다니기만 했는데, 이제는 무시무시한 죽음의 잠망경 속으로 스스로 뛰어들다니….

길을 걷던 케이시는 어떤 미용실 앞에 멈춰 서서 창문에 머리를 기댄 채 잠시 숨을 골랐다. 그때 길 건너편에서 몸을 숙여 신발 끈을 묶는 젊은 여성의 모습이 창문 유리에 반사되었다. 어색한 옷차림의 잠복 형사가 케이시 근처에서 어슬렁거리고 있었던 것이다. 그녀를 비롯한 여러 형사들이 그녀를 미행하고 있었다.

차라리 잘됐다는 생각이 들었다. 만약 살인마의 자취를 찾고 그 정체를 벗기는 순간이 온다면 분명 그들의 도움이 필요할 터였다.

끈덕지게 따라다니는 그들의 존재가 케이시는 반가웠다.

113

"얼마나 확신해?" 호스킨스 총경이 단도직입적으로 물었다.

"99퍼센트요." 가브리엘이 딱 부러진 어조로 대답했다.

"증거만 있으면 되는데…."

"증거만 있으면 되겠지." 그가 빈정거렸다.

"케이시는 모든 희생자와 관계가 있어요." 가브리엘이 물러서지 않고 말을 이었다.

"희생자들이 죽기 전에 그녀가 그들을 스토킹한 정황도 발견됐고요."

"또 그 소리군."

"그리고 지금은 웨스트타운의 가게와 식당 등을 기웃대고 있고요. 그리고 모든 희생자들이…."

"웨스트타운에 살았다고…? 보고서는 이미 잘 봤네, 가브리엘. 신문도 잘 읽었고. 혹시나 당신이 못 봤을까 봐 여기 몇 부 가져왔지."

호스킨스는 신문 헤드라인을 큰 소리로 읽었다.

"공포의 시대. 시카고의 도살자, 경찰 수사망을 교묘히 빠져나가…."

다음은 〈트리뷴〉지였다.

"시카고 경찰청, 삼중 연쇄 살인 사건 수사 헛발질…"

1면 머리기사 밑에는 가브리엘의 사진이 실려 있었다. 기자들은 연쇄살인 사건의 범인에 대한 정보를 캐내기 위해 혈안

이 되어 있었고, 여의치 않으면 경찰의 무능함을 드러내는 증
거라도 찾으려 안달했다.

"24시간 안에 이 일을 매듭지을 겁니다. 잠복 수사팀 여덟
명이 그림자처럼 그 아이를 따라다니고 있습니다. 우리를 다음
희생자에게 안내하기만 하면 그 뒤부터는 일사천리입니다."

하지만 호스킨스는 여전히 의심스럽다는 얼굴이었다.

"한번 믿어주세요. 곧 만족할 만한 결과가 나올 겁니다."

"그 아이 공범이 누구인지는 아나?" 호스킨스가 대꾸했다.

"아직은 모르지만…, 그것 역시 그 아이가 열쇠죠. 앞으로 틀
림없이 실수를 할 겁니다."

"자네를 믿고 싶네만…, 가브리엘. 그런데 이번 수사는 처음
부터 말썽이 좀 많았어야지."

그의 시선이 밀러의 빈 의자에 머물렀다.

가브리엘은 밀러가 자백과 징계 과정에서 내뱉었던 욕설 한
마디 한마디를 또렷이 기억하고 있다.

사실 밀러 문제가 터졌을 때 호스킨스 총경은 수사에서 가
브리엘을 당장 빼겠다며 길길이 날뛰었다. 그럼에도 가브리
엘이 지금까지 이 자리를 지킬 수 있었던 것은 호스킨스의 마
음이 바뀌어서가 아니었다. 가브리엘을 내쳤을 때 쏟아져 나올
부정적인 언론 반응이 그는 두려웠을 뿐이다. 가브리엘은 자신
의 자리가 여전히 위태위태하다는 것을 잘 알고 있었다.

"저를 이 자리에 앉히신 건 제가 이 부서를 잘 이끌 거라고

믿어주셨기 때문이잖아요?" 그녀가 불안감을 억누르며 말했다. "하루만 더 믿어주세요. 시카고 경찰이 맡은 일은 제대로 해낸다는 걸 증명해야 하잖아요."

향후 가능한 시나리오를 머릿속으로 한참동안 저울질하던 호스킨스가 마침내 고개를 까딱하고는 나가버렸다. 가브리엘은 총경과 그간의 껄끄러운 관계가 조금이나마 회복됐다는 점에서 안도했지만, 자신에 대한 처분이 잠시 유예됐을 뿐이라는 사실도 잊지 않았다.

그녀는 이제 막다른 길에 이른 셈이었다.

114

"너 대체 뭘 보고 있니?"

케이시는 뜨끔했다. 사람들을 빤히 쳐다보다가 어떤 남자에게 들킨 것이다. 남자의 사나운 목소리가 조용한 도서관 내부에 쩌렁쩌렁 울렸다.

"질문을 했으면 대답을 해야 할 거 아냐?"

그가 자리에서 벌떡 일어섰다. 케이시는 적절한 대답을 찾기 위해 머리를 굴렸지만, 더러운 주사기를 손에 쥔 이 남자가 자신의 토사물이 목에 걸려 질식사하는 모습만이 머릿속에 떠올랐다.

"불편하셨다면 죄송합니다."

"쳇, 늦었어."

그가 케이시에게로 뚜벅뚜벅 다가왔다.

케이시의 시선이 그의 팔에 꽂혔다. 드러난 팔뚝에 주삿바늘 자국이 가득했다. 약물 중독자였다.

놀란 케이시는 마을 도서관을 얼른 빠져나왔고, 남자 역시 케이시를 쫓아 나왔다.

그러다 케이시는 숨이 턱 막힐 정도로 뭔가와 세게 부딪쳤다. 그 자리에 쓰러진 케이시는 자신에게 달려드는 그 남자를 보았다. 그런데 놀랍게도 남자는 뒤로 슬금슬금 물러서더니 얼른 자신의 자리로 돌아갔다.

고개를 돌리던 케이시는 자신이 도서관 경비원과 부딪쳤음을 깨달았다. 거구의 경비원은 얼굴을 잔뜩 찌푸리고는 케이시를 내려다보았다.

"애, 이제 여기서 좀 꺼져줄래?"

우락부락한 경비원은 다시 이곳에 얼쩡거렸다간 혼쭐이 날 거라고 으름장을 놓으며 케이시를 내쫓았다.

케이시는 최근 매일 아침마다 새로운 희망을 품었다. 그러나 그녀는 항상 벼랑 끝에 서 있었고, 두려움과 절망에 마비된 몸은 뜻대로 따라주지 않았다. 늘 그랬듯이 그녀를 일으켜줄 사람은 아무도 없었다.

지난주였다면 애덤에게 연락해 말벗이 되어주길 청했을지 모르지만 이제는 바랄 수도 없는 일이었다.

케이시는 처절하게 고독하고, 완벽하게 불행했다. 애덤과 페이스의 인생을 자신이 망치고 말았다. 한 사람은 세상을 떠났고, 한 사람은 상상도 할 수 없는 고통을 겪고 있다.

케이시는 남은 힘을 짜내 계단에서 일어섰다. 할 수 있는 일은 아무것도 없지만, 그녀는 앞으로 나아가야 했다.

삶은 얼마 남지 않았고, 그녀 앞에는 위험이 기다리고 있었다.

115

페이스가 죽은 후로도 크리스틴은 그들의 집을 자주 찾았다.

여전히 매일매일이 고통스러웠지만, 애덤에게는 아직 처리해야 할 일이 많았다. 주변 사람들에게 그녀의 죽음을 알리고, 페이스의 부검을 준비해야 했다.

크리스틴은 여전히 울면서 집 안을 어슬렁거렸고, TV 앞에 앉아서는 멍하니 허공만 바라보았다. 그녀의 그런 모습을 애덤은 특히 견디기 힘들었다. 페이스의 죽음이 얼마나 참담했는지를 크리스틴이 그런 식으로 불필요하게 강조하고 있었다.

애덤은 조용히 복도로 나갔다. 현관문으로 다가가던 그는 잠시 멈춰 서서 거울에 비친 자신의 모습을 보았다. 그는 페이스에게 선물받은 에르메네질도 제냐(이탈리아의 고급 정장 브랜드 - 편집자 주) 정장을 입고 있었다. 색상과 원단, 재단 등을 꼼꼼하게 따져 그녀가 골라준 옷이다. 이것을 고르는 데 그녀가 쏟았을 정성과 사랑을 생각하자 갑자기 눈물이 쏟아졌다. 그녀의 다정한 애정이 자신을 어루만져주기를 그는 희망했다. 그에겐 그것이 필요했다.

애덤은 한 시간 후에 시작될 정신과전문의협회 청문회에 출석해야 했다. 처음에는 소환 사실을 크리스틴에게 숨겼다. 그녀와 상관없는 일인 데다 그가 케이시와 엮인 것이 페이스의 죽음과 무관하다고 믿고 싶었기 때문이다.

애덤은 왜 페이스에게 나타난 징후를 발견하지 못했을까? 그날 애덤은 왜 페이스를 홀로 내버려뒀을까?

이런 질문들이 애덤을 끊임없이 괴롭혔다. 그러나 그는 여전히 답을 알 수 없었다. 페이스의 기분은 시시때때로 변했다. 어느 때는 씩씩하고 활기차다가도 또 어느새 의기소침해졌다. 그녀는 결국 애덤과 크리스틴 두 사람을 떠나는 쪽을 택했다.

그녀가 남긴 메모에는 '희망이 없다'라는 말만 적혀 있었다. 엄마가 되고픈 그녀의 강렬한 욕구가 그 정도로 그녀를 망가뜨린 걸까?

페이스가 죽기 전, 그는 가브리엘의 경고를 까맣게 잊고 있었다. 가브리엘의 말처럼 케이시는 희생자 모두를 개인적으로 알고 있었다. 그런데 케이시가 그들 중 단 한 명이라도 구했었나? 아무도 구하지 못했다. 희생자들은 전부 끔찍하게 죽었다.

한편, 케이시는 무엇을 얻었나? 엄마, 경찰, 그리고 애덤과 페이스 등 주변 사람들의 애정과 관심을 얻었다. 그 결과, 케이시는 애덤과 페이스의 삶에 함부로 끼어들었다.

한 가지 사실이 자꾸만 애덤을 괴롭혔다. 케이시는 정작 페이스의 죽음은 예측하지 못했다는 사실. 케이시와 페이스는 분명 많은 시간을 함께 보냈고, 페이스는 케이시의 초상화까지 그려주었다. 그런데도 케이시는 페이스의 죽음을 예측하지 못했다.

그것이 무엇을 의미할까? 케이시의 재능은 사람에 따라 다르게 나타났다 사라지는 걸까? 아니면 애당초 그런 재능 따위는 존재하지 않는 걸까?

아무튼 한 가지 사실만은 분명하다.

애덤은 여전이 케이시가 하는 말에 강한 의심을 품지 않을 수 없다.

116

그는 자신의 턱을 쓰다듬었다. 매끄러운 피부가 낯설게 느껴졌다. 염소 수염을 깎은 지 한 주가 지났지만, 아직도 적응이 되지 않았다. 갑자기 사라진 수염에 직장 동료 몇몇이 관심을 보였지만, 적당한 변명을 준비해둔 터라 의심을 사지는 않았다. 어쨌든 몇 살은 젊어 보인다는 것이 대체적인 의견이었다. 얼굴에 생긴 멍은 조깅을 하다가 넘어져 생긴 거라고 둘러댔다.

캘루메트 호숫가에서의 참사 후 그는 매일매일 마음을 졸였다.

꼬박 하루가 지나서야 염소 수염을 기른 중년 남자의 얼굴이 뉴스에 나오기 시작했다. 몽타주는 그와 어느 정도 비슷했지만, 눈과 얼굴형은 실제와 달랐다.

그리고 경찰은 꽤나 완곡한 표현을 썼다. 이 남자는 경찰이 찾아야 할 '요주의 인물'이라고 했다. 공식적으로는 유력 용의자가 아니라 조사 대상일 뿐이었다. 뉴스를 본 그는 어리둥절했다. 혹시 그들이 무슨 수작을 벌이고 있나?

신문과 온라인 뉴스사이트를 열심히 뒤지던 그는 Blacklisted.com을 보고 크게 안도했다. 죄수 호송차에 실려 이동하는 여자아이의 사진이 거기 실려 있었다.

소녀는 수갑을 차고 소년원으로 끌려가는 중이었다. 사이트에 따르면 소녀는 시카고 경찰청의 유력 용의자로서, 제이콥 존스가 살해당한 직후에 체포된 소녀와 동일 인물이었다.

그는 그 소녀를 곧바로 알아보았다. 그의 움직임을 전부 예측하던 우중충한 인상의 십 대 소녀였다. 그는 직장에 며칠 휴가를 낸 다음 사우스해밀턴에 있는 소년원으로 향했다.

기자 몇 명이 정문 앞을 어슬렁거리는 것을 본 그는 후문이 마주 보이는 길 건너편에 자리를 잡았다. 지난 경험을 토대로 그는 재소자들이 대개 이른 아침이나 밤늦은 시간에 이 뒷문으로 풀려난다는 사실을 알고 있었다. 그리고 그의 예상은 적중했다. 케이시는 체포된 지 이틀 뒤 뒷문을 통해 밤거리로 나왔다.

그는 케이시를 납치할 작정이었다. 하지만 그녀를 감시하는 잠복형사들을 발견하고는 발걸음을 돌렸다. 대신에 적당한 거리를 두고 그들을 따라갔다.

케이시는 작지만 깔끔한 단층집으로 들어갔고, 그녀를 뒤쫓던 형사들은 길 건너편에 자리를 잡았다. 이 말라깽이 소녀는 유력한 살인 용의자가 분명했다. 분명 경찰은 헛다리를 짚고 있었다.

그의 직장 동료들도 마찬가지였다. 그가 잠시 자리를 비우는 것을 아무도 미심쩍게 여기지 않았고, 지금도 자신들 옆에 어떤 괴물이 있었는지도 모른 채 시시한 잡지 따위나 들여다보고 있을 터였다.

그들의 한심한 어리석음에 고개를 절레절레 저으며 그는 호주머니에서 휴대폰 하나를 꺼냈다. 이번에도 그 핸드폰의 캘린더 앱을 열어 확인해보니, 그 젊은 슬로바키아인은 오전에 교대근무를 한 다음 오후 세 시에 퇴근할 예정이었다.

물론 그 일정이 바뀔 거라고 예상한 건 아니었다. 하지만 그는 오늘만 벌써 잰의 캘린더 앱을 세 번이나 확인했다. 지나치게 조심하는 감이 있었지만 이 의식 역시 일종의 준비작업이었다. 희생자가 될 사람의 스케줄을 끊임없이 모니터링 하는 것 자체가 앞으로 다가올 일에 대한 기대감을 높여주었다. 가엾은 잰은 이제 몇 시간밖에 살 수 없다는 사실도 모르고 자기 자신, 여자친구, 여동생을 위해 거창한 계획을 세워놓았다.

물론 매들린 일이 있고 나서 얼마 지나지 않아 다시 살인을 저지르는 것은 위험천만한 일이다. 하지만 그는 도저히 이 일을 멈출 수 없었다. 그를 극도로 흥분시키는 것은 사람들의 반응 때문이었다. 그의 연쇄 살인은 시카고 시민들에게 극도의 불안감을 유발했다.

그들은 이런 불안한 상황이 하루빨리 바뀌기만을 바라고 있었다. 촛불집회를 열고, 항의 시위를 조직하며 이 공포의 시대가 끝나기만을 고대하고 있었다.

전부 그로 인해 생긴 일이었다.

·· **117** ··

가브리엘은 블라인드 커튼을 내리고 문을 잠근 채 집무실에 앉아 있었다. 평소에는 하지 않는 행동이었다. 평소 그녀는 부서의 구성원들과 격의 없이 소통하는 것을 즐겼지만, 지금만큼은 혼자 있고 싶었다.

호스킨스 총경과의 대화가 끝난 후에 그녀는 곧바로 수아레즈 형사에게 연락했고, 잠복팀에서 가장 신뢰하는 리처즈 형사와도 통화했다. 그렇지만 그들이 보고한 소식은 그다지 달가운 소식이 아니었다.

케이시는 웨스트타운을 계속해서 어슬렁대고 있을 뿐이었다. 그녀의 행동은 점점 더 예측하기 어려웠다. 도서관 열람자들을 방해했다는 이유로 동네 도서관에서 쫓겨나기도 했다.

케이시는 누구와도 접촉하지 않았다. 가브리엘은 그 사실이 불안했다. 케이시에게는 공범이 있고, 그녀가 먹잇감을 골라 접근한 다음, 공범의 손에 넘긴다는 것이 자신의 잠정적인 결론이었기 때문이었다. 그러나 지난 5일 동안 케이시는 다른 사람을 전혀 만나지 않았다. 휴대폰도 사용하지 않았다.

케이시가 이 일에 연루된 것은 틀림없다. 그래서 누가 희생자가 될지 가장 먼저 알아냈다고 판단하고 있다. 또 케이시에게는 희생자들을 미워할 이유가 있었다. 그렇다 해도…, 애덤의 말마따나 그녀의 행동은 희생자들을 해치려는 것과는 거리가 먼 것이 사실이다.

케이시는 제이콥에게 경고를 하려 했다고 주장했다. 당시 경찰들과 제이콥 본인으로부터도 그런 사실을 확인했다. 로첼의 집과 캘루메트 호수에서 있었던 사건 역시 희생자들을 도우려는 행동으로 보이는 것이 사실이다. 애덤을 캘루메트 호수로 이끈 사람은 케이시였다. 만약에 그녀가 살인마라면 굳이 애덤을 살인 현장까지 데려가서 다치기까지 할 이유가 있었을까?

그렇다면 그 아이는 줄곧 진실을 말한 셈이다.

하지만 그것은 불가능한 일이다. 가브리엘은 여지껏 초능력이나 초자연적 현상 따위를 믿은 적이 없었고, 앞으로도 믿을 생각이 없었다.

그러나 가브리엘은 여러 가지 해석이 가능한 사건도 다뤄보았다. 정말로 그 아이에게 남다른 능력이 있어서 희생자들을 미리 알고 그들을 도우려 했다면…?

이런 생각으로 심란해진 가브리엘은 케이시의 파일을 다시 펼쳐보았다. 경찰이 뭔가를 놓쳤을지 모른다는 생각에 그녀는 처음으로 돌아가야겠다는 결론에 이르렀다.

가브리엘은 제이콥, 로첼, 매들린의 사진을 나란히 놓았다. 목격자를 찾는 데 사용하기 위해 유족들에게 넘겨받은 사진이다. 행복하게 웃는 그들의 모습에 가브리엘은 몸서리가 쳐졌다.

살해범은 범행에 착수할 시간을 절묘하게 골랐다. 제이콥의 약혼녀가 학회에 참석하고, 매들린의 가족들이 직장과 학교에 있고, 로첼이 집에서 혼자 있을 때를 노렸다.

이 말은 즉, 처음에 놈은 스토커였다가 결국 살인자가 됐다는 것을 의미했다. 하지만 이 가설을 뒷받침할 구체적인 증거는 없었다. 보안 카메라 영상으로는 희생자들이 실종되기 전에 미행을 당했다는 정황을 밝힐 수 없었고, 희생자들의 주변에서 수상한 인물이 목격되었다는 증언도 없었다.

그러나 가브리엘은 분명 범인이 어떤 술수를 썼다고 생각했다. 그렇지 않고서야 어떻게 매들린의 아이들이 목요일마다 소프트볼 시합을 하는 사실을 알 수 있었고, 로첼이 화요일 밤마다 집에서 텔레비전을 시청한다는 사실을 알 수 있었겠는가?

그때 어떤 생각이 번뜩 떠올랐다. 가브리엘은 자리에서 벌떡 일어섰다. 살인자가 희생자 주변을 맴돌지 않고도 동선을 파악할 수 있는 방법이 분명 존재했다.

그녀는 황급히 수사본부로 들어갔다.

"몽고메리, 로첼 스티븐스의 휴대폰이 어디 있죠?"

"여기 있습니다."

몽고메리가 휴대폰이 들어 있는 비닐봉지를 증거품 보관함에서 꺼냈다.

가브리엘은 라텍스 장갑을 끼고 봉지를 받아들었다. 그런 다음 휴대폰의 전원을 켜고 캘린더 앱을 열었다. 이런저런 약속, 가벼운 커피 모임, TV 시청 등 그녀의 모든 일정이 빠짐없이 입력되어 있었다.

"매들린 것도 있어요?"

그러자 몽고메리가 구형 삼성 안드로이드폰을 건넸다.

"나머지 폰들도 그렇지만, 이것도 희생자의 집에서 가져왔어요. 위치 추적을 피하기 위해 살인범이 그냥 집에 놔둔 걸로 보입니다."

가브리엘은 매들린의 캘린더 앱을 열었다. 그녀의 캘린더 앱 역시 자선행사, 아이들 하교 시간, 소프트볼 시합 일정 등이 빽빽이 저장되어 있었다.

"혹시 매들린의 휴대폰이 다른 사람 것과 동기화되어 있나요?"

"네. 아마 남편과 일정표를 공유했을 거예요."

"그럼 혹시 매들린이 휴대폰을 어디서 샀는지 알아요?"

그러자 몽고메리가 서류 무더기를 뒤지기 시작했다.

"'폰쉡'이라는 휴대폰 수리점에서 샀을 거예요. 그곳에 째 자주 들른 모양이에요."

"어디 있는 가게죠?"

"웨스트타운 지점입니다."

자신이 뭔가 중요한 것을 놓쳤을까 두려워하며 몽고메리가 머뭇머뭇거리며 대답했다.

가브리엘은 잠시 생각하다가 말했다.

"로첼 스티븐스는 어디서 샀을까요?"

몽고메리는 다시 파일을 뒤적였다.

"'버라이즌'이라는 가게에서요. 한참 됐네요. 루프 지역 토크 웨어하우스에서 2년여 전에 구입했습니다. 아마도 직장 근처일 듯해요."

가브리엘은 몽고메리를 빤히 보았다. 두 사람의 구입처가 다르다. 그렇다면 지금 이 가설은 헛물을 켜고 있는 걸까?

"하지만 로첼의 계좌에서 '폰쉑'으로 요금이 빠져나간 기록이 있습니다."

수아레즈 형사가 두 사람에게 다가왔다.

"몇 달 전에요. 그 전까지는 폰쉑을 이용한 적이 없었어요. 하지만 그때 일회성 결제가 한 번 이루어졌네요."

"그러게요, 있네요."

몽고메리가 로첼의 계좌 거래내역서를 손가락으로 짚으며 말했다.

"'폰쉑' 웨스트타운 지점에서 핸드폰 수리를 받으면서 한 차례 결제한 적이 있어요.”

“그렇다면 '폰쉑'에 피해자들 사이의 연결고리가 있다고 생각하시는군요?” 수아레즈가 거래내역서를 가브리엘에게 건네며 물었다.

가브리엘은 잠시 생각을 정리한 다음 대답했다.

“희생자 세 명 다 집에 혼자 있을 때 놈의 표적이 됐어요. 그런데 로첼은 평소에 외출이 잦았죠. '스캔들'을 시청하는 화요일을 제외하고는 거의 매일 저녁마다 치료 모임이나 사교 행사가 있었으니까요. 매들린 역시 꽤 바쁜 사람이었고, 학교 소프트볼 시합이 있는 목요일마다 딸들은 집에 늦게 돌아왔어요. 두 사람 다 트위터나 페이스북을 붙들고 사는 스타일이 아니라서 SNS로는 그들의 행동을 감시할 수 없었죠. 하지만 둘 다 일정을 꼼꼼하게 기록해두는 습관이 있었어요. 그래서 그들이 언제 혼자가 되는지 휴대폰 캘린더 앱을 통해 쉽게 알아낼 수 있었을 거예요. 제이콥은 집에 있기를 좋아하는 남자였지만, 그가 납치된 날 밤에는 약혼녀가 학회에 참석하러 가고 집에 없었…”.

“그 몇 주 전부터 일정표에 기록해놨네요.” 수아레즈가 끼어들었다.

“그러면 제이콥도 '폰쉑'에 방문한 적이 있다고 봐야 할까요?”

“아마 그랬을 거라 추측해요.” 가브리엘이 조심스레 대답했다.

"어쩌면 거기 직원 중 세 사람을 전부 응대했던 사람이 계정을 복제한 폰을 만들어 두었거나 앱을 동기화해뒀다가…?"

"만약 그랬다면…, 폰에 설치된 캘린더 앱을 통해 일정을 한눈에 들여다볼 수 있었겠네요." 몽고메리가 말했다.

"위치 서비스를 이용해 희생자들의 위치도 실시간으로 파악할 수 있었을 테고요."

"맞아요. 그들이 어디에 있는지, 어디로 갈 예정인지, 언제 혼자 있는지 꿰뚫고 있었을 거예요." 가브리엘이 목소리를 낮춰 속삭이듯 결론을 내렸다.

"그랬다면…, 희생자들의 모든 것을 아는 것은 누워서 떡먹기죠."

-------------------- **118** --------------------

케이시는 문을 밀고 안으로 들어갔다. 웨스트타운의 스타벅스들 가운데, 이곳이 가장 북적거렸다. 그녀는 빈 테이블로 다가가 누군가 두고 간 커피 컵을 차지했다. 직원들이 케이시의 커피라고 여기기를 바라면서.

가게 한가운데 자리라서 그 자리에 앉아 있으면 입구와 카운터, 직원 구역이 모두 훤히 보였다. 그녀는 지나가는 얼굴들을 살폈다.

느릿느릿 몇 분이 흐르는 사이, 음식을 먹고 싶다는 욕구가 솟았다. 커피 향은 매혹적이었고, 아몬드 크루아상 냄새에 허기가 졌다. 머리가 떵하고 마음이 불편해도 배 속은 요란하게 꾸르륵대고 있었다.

호주머니를 뒤져보니 20달러짜리 지폐 한 장이 들어 있었다. 케이시는 재빨리 계산대로 다가갔다. 계산대 앞에 서 있는 아시아계 중년 남자가 그녀의 주문을 기다리고 있었다.

"라테 한 잔이요. 초콜릿 크루아상 하나도요." 케이시가 웅얼거렸다.

"네."

남자는 무미건조한 목소리로 대답하며 케이시가 내민 현금을 받아들었다. 케이시는 카운터 옆에서 발을 건들거렸다. 잠시 뒤에 젊은 바리스타가 커피를 들고 다가왔다.

"여기 있습니다, 손님."

바리스타와 눈이 마주쳤다. 그 순간, 생생한 공포가 그녀를 덮쳤다. 전기에 감전된 듯 찌릿한 두려움이 온몸을 뚫고 들어왔다. 그 순간 머그잔이 바닥에 떨어져 산산조각 났고, 다리에 뜨거운 커피가 튀었다.

그러나 케이시는 꼼짝도 할 수 없었다. 그녀는 지금 알 수 없는 공간으로 빠져드는 느낌이었다. 피 웅덩이 속에서 꿈틀거리는 느낌이 들었고, 그 사이 몸에서 생명이 빠져나가는 것 같았다.

케이시는 비명을 지르며 발작을 일으켰다. 그녀는 선혈이 낭

자한 무시무시한 곳에서 빠져나오기 위해 팔을 허우적거렸다. 손이 뭔가로 결박되어 있어서 그것을 꽉 잡았고, 그러다 다시 스타벅스로 돌아왔다.

케이시는 바리스타의 셔츠를 쥐고 있었다. 잔뜩 겁에 질린 얼굴의 바리스타는 그녀의 손아귀에서 벗어나기 위해 안간힘을 쓰고 있었다.

"나가주세요."

가게 매니저가 케이시의 앞에 서 있었다.

"다른 손님들한테 민폐를 끼치고 있잖아요. 어서 나가요!"

매니저가 케이시의 손을 낚아챘다. 케이시는 재빨리 바리스타의 배지를 보았다. 배지를 보고 '잰 바가'라는 이름을 확인했지만, 그에게 뭐라 말할 틈도 없이 케이시는 밖으로 내몰리고 말았다.

"잘 모르셔서 그래요. 저 사람이랑 얘기를 좀 해야…"

정신 나간 소리처럼 들린다는 것을 알지만, 이대로 포기할 수는 없었다.

"저분이 위험해요. 심각한 위험에 처했다고요."

"위험에 처한 사람은 너야!" 매니저가 가래가 들끓는 목소리로 대답했다.

"어서 꺼져. 경찰을 부르기 전에."

그는 케이시를 밖으로 밀어냈고, 그녀 앞에 서서 길을 막았다. 케이시는 목이 터져라 고함을 질렀지만, 그는 꿈쩍도 하지 않았다.

젠에게 어떤 일이 닥칠지, 그가 어떤 고통을 겪을지 아는 사람은 케이시밖에 없었다. 하지만 사람들은 케이시를 정신병자로 여겼다.

두꺼운 유리문 바깥에서 케이시는 미친 사람처럼 날뛰었다.

119

"아니, 아니, 아니에요!"

애덤은 테이블을 손으로 쾅쾅 내려쳤다.

"환자를 위험으로 몰아넣을 의도는 절대 아니었습니다."

"하지만 결과적으로 그렇게 됐잖아요." 굴드 박사가 강력하게 반격했다.

"당신은 연약한 십 대 소녀를 위험에 빠뜨리고…."

"이미 말씀드렸지만 그런 게 아닙니다. 그 상황에서는 선택의 여지가 없었어요. 한 여자의 목숨이 위태로운데 경찰은 아무것도 하지 않았어요."

"그래서 케이시를 따라 캘루메트 호수로 갔다는 건가요?"

"그 아이를 보호하려면 그렇게 해야 한다고 생각했어요."

"정신적으로 문제가 있는 아이의 말을 믿었군요." 바운 박사가 덧붙였다.

"그 아이가 진짜 망상에 빠졌다면, 전부 케이시가 꾸며낸 이야기였다면, 위험한 일 따위는 발생하지 않았겠죠." 애덤이 재빨리 응수했다. "하지만 그 아이의 말에 일말의 진실이 있다면, 그런 위험한 곳에 아이 혼자 보낼 수는 없지 않았겠습니까?"

"가장 먼저 그녀를 정신병원에 입원시키는 것이 당신이 할 수 있는 가장 적절한 조치였겠죠." 굴드가 말했다. "아무래도 당신은 케이시와 너무 가깝게 지낸 모양이에요."

"그 아이를 입원시킬 이유를 찾을 수 없었어요. 케이시의 말은 명료하고 설득력이 있습니다. 그리고 정신에 문제가 있는 상태도 아니었고요."

"그래서 그 아이의 말을 믿는다는 건가요? 케이시가 본다는 환영을 그대로 믿는다고요?" 바클리 박사가 한쪽 눈썹을 치켜 올리며 물었다.

"아니, 그건 그렇지 않습니다."

"그러면 그곳엔 왜 갔나요? 아이가 하는 말을 믿지 않았는데 왜 호숫가에 간 거죠?"

이 질문에는 대답할 말이 없었다. 케이시를 만난 이후로 애덤은 위태로운 행동을 일삼았고, 여전히 그녀가 겪는 고통의 근원이나 본질을 전혀 파악하지 못하고 있었다.

"왜죠?"

위원들 모두가 애덤을 바라보며 그의 대답을 기다렸다.

'처음으로 케이시가 자기 파괴적 성향을 보였을 때 왜 좀 더 강력하게 개입하지 않았을까? 왜 그녀에게 로첼의 주소를 알려줬을까? 어쩌자고 로첼의 집 안까지 쳐들어갔을까?'

자리에서 벌떡 일어선 애덤은 위원들을 둘러보았다. 그러고는 모두가 놀랄 만한 대답을 내뱉었다.

"원하는 대로 하시죠."

애덤은 문 앞으로 성큼성큼 걸어갔다.

·· 120 ··

뒷방으로 들어간 그는 조용히 문을 닫았다. 낡고 찌그러진 사물함으로 다가간 그는 어깨에서 배낭을 내려놓고, 사물함 비밀번호를 눌렀다. 잠금장치가 스르르 미끄러지며 풀리자, 그는 사물함을 열었다.

사물함 안에 들어있는 것은 구겨진 비닐봉지 하나가 전부였다. 그는 봉지 안에서 몇 가지 물건을 꺼냈다. 여분의 마스크, 쇠로 된 지렛대, 그리고 커다란 식칼이었다. 물건들을 배낭에 집어넣고 사물함 문을 닫은 다음, 제대로 잠겼는지 확인했다.

명색이 직원 휴게실이지만, 이름과는 전혀 걸맞지 않는 곳이었다. 사물함 하나와 의자 몇 개, 축축하고 녹슨 배관이 전부인 곳이다. 동료들은 이곳을 멀리했지만, 그런 이유로 직원 휴게실은 그가 즐겨 찾는 곳이 되었다.

처음에는 장비를 모두 집에 보관했다. 사실 '집'이란 말이 과분하게 느껴질 정도로 콧구멍만 한 방이었다. 그렇지만 그는 그 집이 마음에 들었다. 세입자 대부분이 영어를 못했기 때문에, 한밤중에 어딜 쏘다니는 거냐고 그에게 묻는 법이 없었다.

경찰이 찾아와서 질문을 한다고 해도 건질 게 없을 터였다. 집세를 현금으로만 받는 덩치 큰 루마니아인 집주인 역시 마찬가지였다.

그러나 이런 만족감은 얼마 지나지 않아 후회로 바뀌었다. 그가 없는 시간을 틈타 세입자 중 한두 명이 자신의 방에 들락거린다고 그는 확신했다. 아무도 들어가지 못하도록 방문 자물쇠도 바꿔봤지만, 그래도 누군가 몰래 들어와 금고 안을 뒤지는 것 같았다. 방 안에서 절도의 증거는 발견하지 못했지만, 어쨌든 그래서 장비를 일터에 보관하기로 했다.

묘하게도 역사는 반복되었다. 초라한 것으로 따지면 어릴 때 살던 집 역시 만만치 않았다. 그의 어머니는 자녀를 일곱이나 두었지만, 진짜 사랑하는 대상은 따로 있었다. 바로 술과 마리화나였다.

맏누이 재클린이 챙기지 않았더라면 그는 굶주림으로 진작 사망했을 것이다. 어릴 때 재클린은 동생들을 위해 구걸을 하고 돈을 빌리러 다녔다. 그는 누나를 사랑했지만, 그녀 역시 갈수록 심술궂고 잔인해지더니 결국 어머니보다 더한 폭력적인 사람으로 변했다.

그래서 재클린 앞에서는 설설 기는 게 상책이었고, 형제들 대부분이 그녀의 말에 순종했다.

그러나 그런 태도는 그와 맞지 않았다. 그는 조용히 죽어지낼 마음이 없었다. 그래서 형제자매들에게 자신의 존재감을 과시하는 행동을 일삼았다. 그들이 아끼는 물건을 망가뜨리고, 그들의 침대에 오줌을 갈겼으며, 여동생들에게 벗은 몸을 일부러 보여주기도 했다. 그럴 때마다 가족들은 그를 '머저리', '괴물'이라 부르며 마구 때렸다.

그 기억을 떠올리자 절로 미소가 지어졌다. 그들은 자기네들이 그보다 우월한 존재라 착각하며, 가난한 삶에서 벗어날 수 있을 거라 생각했다. 하지만 그들 모두 현재 별 볼일 없는 약물 중독자에 사회 부적응자일 뿐이다. 반면 그의 행적은 역사에 길이 남을 터였다.

그때 문이 덜컹거리는 소리가 들렸고, 그는 옛 기억에서 빠져나왔다. 직원 휴게실을 지나가던 한 직원이 들어온 것이다.

그는 배낭을 집어 들고 뒷문으로 향했다.

그에게는 아직 할 일이 남아 있었다.

121

잰은 서둘러 건물 뒤편으로 갔다. 너무 피곤한 근무였다. 1초라도 빨리 집으로 달아나고 싶었다.

꼭두새벽에 일어나는 것만으로도 죽을 맛인데, 스타벅스에 도착하는 순간부터 일은 끝이 없었다. 유행성 배탈로 결근한 직원들 때문에 나머지 직원들이 빠짐없이 출근해야 했고, 손님들이 몰려오는 시간에는 그나마 얼마 안 되는 휴식 시간마저 줄여야 했다.

사실 이 지역의 스타벅스 매장들은 단골 직장인들과 가정주부, 헬스클럽 죽돌이 등으로 늘 만원이었다. 그래서 그는 매일같이 쉴 새 없이 움직여야 했다. 하지만 노상 겪는 일이니 그 정도는 견딜 만했다.

문제는 그 아이를 본 이후부터 들기 시작한 묵직한 긴장감과 불안감이었다. 그가 아이에게 라테를 건네는 순간, 놀라운 일이 벌어졌다. 아이는 그를 보자마자 건물이 무너져라 비명을 질렀다. 그의 셔츠를 움켜쥔 소녀는 그에게 뭐라 말하려 했지만…, 그 순간 맥스가 다가와 아이를 가게 밖으로 내쫓았다.

하지만 소녀는 자신을 똑바로 쳐다보며 유리문을 쾅쾅 두드렸다. 결국 순찰차가 오고 나서야 아이는 꽁무니를 빼고 달아났다.

소녀의 난폭하고 섬뜩한 모습이 잰의 머릿속에서 지워지지 않았다.

그가 건물 뒤편으로 나온 이유도 그 때문이었다. 소녀가 자신을 기다리고 있을 가능성이 있기 때문이다. 그는 뒤편의 복도를 살피고는 문을 살며시 열고 철제 계단으로 나갔다.

살을 에는 추위가 잰을 덮쳤다. 비까지 흩뿌리고 있는 터라 그는 꾸물대지 않았다. 잰은 후드를 당겨쓰고는 걸음을 재촉했다. 불안감은 어느새 사라졌고, 배 속의 응어리도 슬슬 풀리기 시작했다. 마침내 한숨 돌릴 수 있게 되었다.

그가 골목 끝에 다다를 무렵, 두 길의 교차점에 숨어 있던 형체가 슬며시 모습을 드러냈다. 낡아빠진 헌옷을 걸친 가냘픈 여자아이였다. 여자아이는 모퉁이를 돌아 사라지는 그의 뒤를 밟기 시작했다.

<hr>

122

그는 이 시점에서 멈춰야 할지 달아나야 할지 알 수 없었다. 그러다 마음을 단단히 먹고 페이스의 작업실로 들어왔다.

말끔하게 빼입은 정장 차림의 애덤의 모습에 크리스틴은 무슨 일이 있냐고 물었다. 하지만 애덤은 오전에 당한 치욕을 크리스틴에게 시시콜콜 전할 마음이 전혀 없었다.

애덤은 조용히 생각을 정리하기 위해 페이스의 작업실로 피신한 것이다. 휑한 공간을 둘러보던 그에게 거대한 슬픔이 밀려왔다. 작업실은 그 어떤 장소보다도 페이스의 체취가 선명하게 묻어 있었다. 페이스의 영혼이 공간 구석구석에 스며든 느낌이었다.

페이스는 떠났지만, 그녀의 흔적들이 그의 주위를 에워싸고 있었다. 그녀가 그린 초상화에도, 그림의 오른쪽 아래를 장식한 왜뚤왜뚤한 서명에도 그녀의 흔적이 짙게 남아 있었다.

그는 분명 페이스가 유산으로 인해 우울해하는 사실을 알면서도 그녀에게 어떤 도움도 주지 못했다.

어쩌면 위원회가 옳은 건지도 모르겠다. 가장 사랑했던 사람 하나 지키지도 못했으면서 그가 과연 '전문가'라고 불릴 자격이 있을까?

'희망이 없다.'

이 말이 다시 그의 심장을 찔렀다. 페이스는 처절한 절망에 빠져 앞을 내다볼 수 없었고, 그는 그런 그녀를 다독이지 못했다. 그렇지만 왜 희망이 없단 말인가? 깊은 슬픔과 아픔을 겪었지만 두 사람에게는 서로가 있었다.

또 페이스가 용기를 보여준 순간도 있었다. 케이시를 찾아오라면서 애덤을 집 밖으로 떠밀었을 때였다. 그리고 상처를 회복하려는 의지를 보여준 순간도 있었다.

인공수정에 수없이 실패했던 과정 속에서도, 그녀의 의지와 강인한 품성은 결코 흔들리지 않았다. 유산은 분명 그녀에게 힘든 일이었겠지만, 정말 그렇게까지 절망해야 했을까? 한 번 임신을 해봤으니 다시 임신을 할 가능성은 얼마든지 있었고, 모든 희망이 사라진 것은 절대 아니었다.

그렇다면 그녀의 황폐한 절망감은 어디서 비롯되었을까?

애덤은 의자에서 벌떡 일어섰다. 그 순간 그의 시선이 앞에 놓인 스케치 위로 향했다.

케이시가 그를 마주 보고 있었다. 그녀의 얼굴이 연필로 섬세하게 표현되어 있었다. 아니, 마주 보는 게 아닌지도 모른다. 케이시는 눈길은 바닥을 향해 내리깔고 있었다.

그림을 유심히 들여다보던 그는 첫 상담 날에 그녀가 했던 말을 떠올렸다. 케이시는 일부러 사람들의 눈길을 피하며, 남

의 눈을 들여다보지 않기 위해 항상 고개를 숙이고 다닌다고
말했다.

그녀의 얼굴을 계속 보고 있자니 처음과 다른 무언가가 보이
기 시작했다. 사람들의 시선을 피하는 눈은 순수함이나 수줍
음이 아닌 죄책감을 드러내고 있었다. 차마 페이스를 마주 보
지 못하겠다는, 뭔가를 알고 있다는 음침한 눈빛이었다.

애덤은 의자에 털썩 주저앉았다. 케이시는 페이스의 운명도
예상했던 것일까? 그래서 페이스에게 그것을 말해줬던 것은 아
닐까? 다시는 엄마가 될 수 없으리라는 페이스의 확신을 달리
어떤 것으로 설명해줬던 것은 아닐까?

우리 두 사람에게는 미래에 대한 희망과 계획이 충만했다. 그
런데도 그녀는 정녕 그렇게 떠나야만 했을까?

123

"네, 지난주에 여기 오셨었죠. 매들린 부인은 단골이세요. 단
골이셨어요…." 제이슨 쉬퍼는 말꼬리를 흐렸다.

"그분이 언제 가게를 마지막으로 방문했나요?" 가브리엘이
물었다.

"수요일이요. 수요일이 틀림없습니다. 단말기 업그레이드를
맡기러 가게에 들르셨어요."

"이 여자는요?" 가브리엘이 다른 사진을 내밀며 물었다.

"로첼 스티븐스예요. 2월 19일에 여기 들른 걸로 알고 있는

데…."

사진을 보던 쉬퍼가 컴퓨터로 다가갔다. 그가 검색을 하는 사이 가브리엘은 가게를 쓱 둘러보았다. 인테리어는 형편없었지만, 판매용 제품은 구색이 꽤 잘 갖추어져 있었다. 시중에 유통되는 휴대폰, 태블릿 등의 기기가 빠짐없이 진열되어 있고, 생각보다 손님도 꽤 많았다. 잘나가는 가게가 틀림없었다.

"여기 있네요. 폰에 저장되어 있던 사진이 몇 장 지워져서 복구할 수 있나 알아보러 왔던 모양이에요."

가브리엘의 머릿속이 복잡해졌다.

"그러면 제이콥 존스는요?"

가브리엘은 쉬퍼에게 마지막 사진을 건넸고, 그는 잠시 그것을 뜯어봤다.

"얼굴은 못 알아보겠어요. 하지만 저는 가게에 없을 때가 많아요."

그가 다시 컴퓨터로 검색을 시작했고, 가브리엘은 그 모습을 유심히 바라보았다.

"아니, 아무것도 없네요. 이분은 여기 들른 기록이 없어요."

가브리엘의 기대와는 다른 대답이었다.

"그렇다면 여기 다른 직원에게 좀 물어봐주시겠어요? 다들 바쁘시겠지만…."

"괜찮습니다. 물어볼게요."

가브리엘은 그가 점원들에게 제이콥 존스에 대해 묻는 모습을 지켜보았다. 젊은 금발 아가씨가 고개를 젓자, 그는 가까이 있던 남자 점원에게 다가갔다. 하지만 그 남자 점원 역시 고개를 저었다.

가브리엘은 고개를 돌렸다. 옆에 서 있는 수아레즈도 가브리엘만큼이나 초조해 보였다.

그때 가브리엘의 휴대폰이 윙윙대기 시작했다.

호스킨스 총경이었다. 그가 무슨 말을 할지는 듣지 않아도 알 수 있었다. 게다가 지금은 그와 통화할 시간도 없었다.

"이 친구가 도움을 드릴 수 있다네요."

그 말에 가브리엘이 젊은 여성을 돌아봤다.

"방금 한 얘기를 가브리엘 형사님께 말씀드려, 조디." 쉬퍼가 재촉했다.

'조디'라고 불린 여자가 목청을 가다듬으며 말했다.

"그분이 기억나서요. 아이폰 액정이…, 깨져서 가게에 찾아오셨어요."

"여기서 수리를 받고 나서 계산대 앞으로 오셨길래 제가 결제해드렸어요."

"예약 없이 찾아오셨었기 때문에 즉석에서 수리를 받았나 봅니다. 그리고 현금으로 결제를 해서 이름이 기록에 남지 않았어요." 쉬퍼가 끼어들었다.

"그게 언제였죠?" 가브리엘이 물었다.

"6주쯤 전이었어요. 여기 오래 머무르시지 않았고요." 젊은 여자가 설명했다.

"그런데도 그 사람이 맞다고 확신하는 건가요?"

"네. 뉴스를 보다 그분 얼굴을 알아보고 엄마한테 본 적 있는 사람이라고 얘기했거든요. 엄마도 저만큼이나 안타까워하셨어요."

잠시 생각하던 가브리엘이 쉬퍼에게 물었다. "이 세 명을 누가 응대했는지 알 수 있을까요?"

쉬퍼는 고개를 저었고, 가브리엘은 크게 실망했다.

"결제를 누가 담당했는지는 알 수 있어도, 수리를 누가 했는지는 알 길이 없습니다. 수리 기사들 자리가 정해져 있는 게 아니라서…"

"좋아요, 그러면 여기서 일하는 모든 분의 신상 정보가 필요하겠네요. 운영, 서비스, 기술팀, 그밖에 이 세 고객과 접촉했을 가능성이 있는 모든 분들이요."

쉬퍼가 허둥지둥 안쪽 방으로 달려갔다.

가브리엘은 기대에 부풀었다. 어쩌면 이 골치 아픈 사건이 해결될지도 모른다. 그녀는 '폰쉑'에서 일하는 누군가가 희생자들의 휴대폰을 복제하거나 동기화해 그들의 동선과 생활을 파악했을 거라 추리했다. 그 남자는 교활한 스토커가 틀림없었다. 그러나 그자가 설칠 시간은 얼마 남지 않았다.

124

오늘이어야 했다. 지금이어야 했다.

그의 다음 표적인 잰 바가는 여자친구 마샤와 함께 다 쓰러져가는 방 두 칸짜리 아파트에 살고 있었다.

그러다 보니 그는 두 가지 문제점과 맞닥뜨릴 수밖에 없었다.

우선 조용하고 안전하게 집 안에 접근할 수 있는 차고 문이 없었다. 둘째로 무직인 잰의 여자친구는 좀처럼 외출을 하지 않았다. 그러니 혼자 있는 잰에게 접근하기란 여간 까다로운 일이 아니었다.

포기하고 다른 희생자를 찾을까도 생각했지만, 그러기엔 그의 자존심이 허락하지 않았다. 그는 패배를 거부했고, 그를 응대한 잰의 태도에 분노했다.

녀석의 악센트는 형편없었고, 영어도 엉망이었다. 한낱 바리스타 주제에 자기 휴대폰을 수리해주는 남자를 그렇게 하대하다니….

제이콥, 로첼, 매들린, 그리고 그전에 만났던 표적들의 얼굴에서 느낀 감정을 잰의 얼굴에서도 느꼈다. 그들은 그를 인간이 아닌 로봇 부품 따위로 취급하는 눈빛을 보였다. 마치 그가 자기들의 대단한 인생에서 하찮은 엑스트라에 불과하다는 듯 그를 깔보고 무시하는 것 같았다.

그중에서도 특히 로첼 년이 비위에 거슬렸다. 서비스를 받는 내내 그녀는 그와 눈도 한번 마주치지 않았다.

그런 인간들에게는 본때를 보여줘야 했다. 그는 그들의 공포, 무력감, 고통을 즐겼다. 그리고 잰 역시 고통을 받을 것이다. 이번에는 고통을 특별히 더 얹어줄까 생각했다. 평소에도 동유럽 외국인이라면 워낙 질색이었으니까.

다행히도 오늘 마샤는 밤새 병원에 입원해 있을 예정이었다. 이번이야말로 완벽한 기회였다. 그는 2층 비상구쪽으로 가서 창문을 열었다. 허술한 잠금장치 덕분에 창문은 어렵지 않게 열렸다.

안으로 기어오르던 그는 밖에서 들리는 개 짖는 소리에 잠시 놀랐다. 하지만 그는 창문과 블라인드를 재빨리 내린 다음 급히 아파트 내부로 들어갔다. 그런 다음 손님방의 옷장 안에 숨어 때를 기다렸다.

그는 오늘 밤 잰이 집에 혼자 있으리라 확신했다. 그렇게 되기를 간절히 희망했다.

한 사람씩 죽일 때마다 일은 점점 위험하고 복잡해졌지만, 오늘 밤은 모든 것이 순조로울 터였다.

다시 살인을 즐길 시간이 왔다.

125

잰이 혼잡한 거리를 걸어가고 있었다. 그가 한 번씩 뒤를 흘끔 돌아볼 때마다 케이시는 사람들 속으로 몸을 감추었다.

모퉁이를 돈 잰은 웨스트휴론 거리를 쏜살같이 내달렸다. 케이시는 일정한 속도를 유지하며 그를 따라 모퉁이를 돌았다.

그런데 그 직후 잰의 모습이 어디에도 보이지 않았다. 그는 어디로 사라진 걸까?

미친 듯이 주위를 두리번거리던 케이시는 마침내 잰을 발견했다. 그는 반대편 블록으로 이미 한참이나 내려가 있었다. 케이시는 서둘러 그를 향해 움직였다.

그때 경적이 요란하게 울리더니 차 한 대가 케이시의 옆에 멈추어 섰다. 경적 소리에 잰이 이쪽을 쳐다보지 않을까 우려되었다.

그러나 다행히도 잰은 전혀 눈치채지 못했고, 케이시는 운전자의 욕설을 무시하고 가던 길을 재촉했다.

당장이라도 잰을 놓칠 수 있는 아슬아슬한 상황이었다. 그는 족히 50미터는 앞서가고 있는 듯했고, 둘 사이는 사람들로 가로막혀 있었다.

사람들을 밀치고 지나가던 케이시는 뭔가를 깨달았다. 그때까지도 자동차 경적이 요란하게 울리고 있었다. 케이시는 자동차 한 대가 자신을 따라오고 있다는 사실을 깨달았다.

"케이시!"

그녀는 깜짝 놀랐다. 더구나 그 사람이 애덤 브랜트라는 사실에 더욱 놀랐다.

"지금은 이야기할 시간 없어요, 애덤."

"차에 타거라, 케이시."

"미안해요, 그럴 수 없어요."

젠의 모습이 저만치 멀어지고 있었다. 이제는 다음 교차로에 다다르기 직전이었다. 까딱 잘못하면 그를 놓칠 수 있었다.

"얘기 좀 하자, 케이시. 지금 당장 해야 돼."

그의 차가 그녀와 보조를 맞추어 움직였다. 애덤은 어딘지 모르게 초조하고 불안정해 보였다.

"저를 어떻게 찾으셨어요?" 케이시가 물었다.

"집에 네 노트북이 있더라. '아이폰 찾기'를 이용했다."

케이시의 소지품을 뒤져놓고도 그는 미안한 기색이라고는 전혀 없었다.

"죄송하지만 지금은 선생님을 도와드릴 수가 없어요."

젠을 놓치지 않기 위해 케이시는 달리기 시작했다.

그러자 애덤이 차의 속도를 높였다. 그의 렉서스가 그녀의 앞에서 멈춰 섰다. 차 밖으로 튀어나온 애덤이 그녀에게 다가 왔다.

"제발요, 애덤." 케이시가 눈물을 글썽이며 애원했다. "꾸물거 릴 시간이 없어요."

"지금 네가 하려는 일이 너랑 무슨 상관이야?"

"목숨이 걸린 일이라고요."

"나랑 잠깐 얘기 좀 해!"

그의 목소리는 사나웠고, 눈빛은 매서웠다.

애덤이 그녀의 어깨를 붙잡더니 그대로 벽으로 세게 밀쳤다.

"너 페이스한테 무슨 얘기를 했니?"

"그게 무슨 뜻이에요?"

"둘이서 무슨 얘기를 나눴냐고?"

"왜 그래요, 애덤?" 케이시가 울먹였다. "지금 무슨 말씀을 하시는 건가요?"

"말해!"

애덤이 으르렁거렸고, 케이시는 계속해서 울먹거렸다.

"우린…, 애너벨 얘기를 했어요. 병원에서 일어난 일에 대해서도요. 그리고 그간 일어난 모든 일을 얘기했고요."

"그리고 또?" 애덤이 다그쳤다.

"…살인 사건 얘기도 하고, 우리 엄마 얘기도 했어요."

"페이스가 자기 얘기도 했어?"

"네."

"그래서 넌 뭐라고 했니?"

"그녀의 맘을 달래주려고 했어요."

"페이스가 죽기 전날 밤에도 대화를 나눴어?"

케이시는 망설였다. 애덤이 이런 질문을 하는 이유를 이제 정확히 알 것 같았다.

"그랬어요." 그녀가 차분히 대답했다.

"그날 둘 다 잠이 안 왔어요. 그래서 페이스가 제게 초상화를 그려주겠다고 했어요."

"그래서?"

"그림을 그리면서 같이 얘기를 나눴고요."

"무슨 얘기?"

"아기 얘기, 가족 얘기…. 페이스는 애너벨의 장례식을 아직 치루지 못한 사실이 두렵다고 했어요."

"미래에 대한 얘기도 했니?"

"네, 그랬던 거 같아요."

"페이스의 미래?"

"네…." 케이시가 모깃소리로 대답했다.

"페이스가 너한테 무슨 질문을 했니?"

케이시는 대답 대신 바닥으로 시선을 떨어뜨렸다.

"너한테 뭘 물었니?" 그가 목소리를 높였다.

"제게…, 앞으로 아이를 낳을 수 있는지 물었어요."

"그래서 넌 뭐라고 했지?"

"…이러지 마세요, 애덤."

"뭐라고 대답했냐고?" 애덤이 그녀의 멱살을 움켜쥐고는 거칠게 흔들었다.

"대답하고 싶지 않았지만…, 페이스가 자꾸만 물었어요. 꼭 알아야 한다면서요."

"그래서?"

"그래서…, 다시는 아이를 갖지 못할 거라고 했어요."

"빌어먹을!"

케이시의 얼굴에 그의 침방울이 튀었다. 그는 비통한 얼굴로 돌아서서는 공중에 주먹질을 했다.

애덤은 케이시를 다시 다그쳤다. "왜? 왜 그런 소리를 했어?"

"그러고 싶지 않았는데…, 페이스가 제게 애원했어요."

"네가 그걸 어떻게 알아? 그걸 어떻게 알 수 있냐고?"

"어떻게 아는지는 선생님도 알잖아요." 케이시가 침울한 얼굴로 대답했다.

"페이스가 너한테 자신이 언제 죽을지도 물었어?"

"네." 케이시는 흐느끼며 대답했다.

"그래서?"

"대답하지 않으려 했지만…, 그녀는 이미 제 얼굴에서 그 답을 읽은 것 같았어요."

"무엇을…?"

"제가 왜 눈을 마주치지 않는지, 왜 미래에 대해 얘기하길 꺼리는지를 눈치챈 거예요."

"그래서 어떻게 됐어?" 격분한 애덤이 다그쳤다.

"저는 그 자리를 피하려고 했어요. 그렇지만 페이스가 저를 붙잡았어요. 그녀는 자신의 죽음이 얼마나 임박했는지 꼭 알아야겠다고 했어요."

"그래서?"

"그래서…" 차마 입이 떨어지지 않았지만 케이시는 말할 수밖에 없었다. "…진실을 이야기했어요. 페이스에게 시간이 얼마 남지 않았다고…"

애덤은 그녀의 머리 뒤 벽을 손으로 쾅 쳤고, 케이시는 소스라치게 놀랐다.

"우리는 말다툼을 했어. 그 마지막 날 아침에 우리는 말다툼을 했다고. 페이스는 내내 불안정하고 적대적인 모습이었어. 바로 네가 한 말 때문에…" 애덤이 분노로 씩씩거렸다. "맙소사, 그래서 그렇게 빨리 집으로 가라고 재촉했던 거니? 우리가 캘루메트 호수에서 탐정 놀이를 할 때, 너는 나를 계속 집에 돌려보내려고 했잖아. 페이스가 무슨 일을 저지를지 너는 알고 있었으니까."

"그렇지 않아요. 페이스가 죽는 것은 그 다음 날에 일어나게 돼 있었어요. 저는 당신이 어떻게든 페이스를 도울 시간이 충분하다고 생각했어요. 경찰에 붙잡혀서 취조를 당할 줄은 몰랐다고요. 경찰이 딱 한 시간만 일찍 돌려보냈어도…" 애덤이 비명인지 고함인지 알 수 없는 괴성을 질렀다. "제가 선생님을 돌려보냈어야 했어요. 어떻게든 집에 보냈어야 했다고요. 그럴 기회가 있었는데 그렇게 하지 않은 거예요. 제가 나빴어요. 매들린을 구하고, 저도 구하고 싶어서…"

"너는 페이스의 눈을 들여다봤어." 애덤이 케이시의 말을 끊었다. "너는 연약하고 비통한 페이스의 눈을 들여다보면서…" 그는 잠시 뜸을 들이고는 말했다. "…그녀한테 곧 죽을 거라고 말했어."

"달리 어떻게 해야 할지 몰랐다고요." 케이시가 변명했다. "제가 거짓말을 했더라도 틀림없이 알아챘을 거예요."

"네가 그렇게 만든 거야. 네가 그런 소리를 하는 바람에 페이스가 스스로 목숨을 끊었어."

"아니에요, 애덤. 그런 게 아니라고요."

"네가 페이스를 벼랑 끝으로 내몬 거야."

"아니, 아니에요. 제겐 그럴 힘이 없어요. 저는 사건에 영향을 줄 수 없다고요. 그저 모든 일에는 이유가 있…"

애덤이 손을 쳐들었다. 케이시는 애덤이 자신을 때리려는 줄 알았다. 그러나 애덤의 손은 허공을 갈랐다. 그는 지치고 힘들어 보였다.

"왜 너는…." 그의 목소리가 가늘게 갈라졌다. "페이스한테 그냥 거짓말을 하지 않았지?"

케이시는 잠시 머뭇거렸다. 그러다 용기를 내어 말했다. "왜냐면… 그래도 결과는 같을 테니까요."

이 짧은 한마디의 효과는 치명적이었다. 그 말에 애덤의 표정이 급격히 변했다.

"제발 제 말을 믿어주세요, 애덤. 저는 그런 일이 생기는 걸 원하지 않았어요."

애덤은 케이시에게서 물러났다. 비틀거리며 차로 돌아가려던 그는 사람들과 계속 부딪쳤고, 케이시는 그를 돕기 위해 손을 뻗었다. 그러나 케이시는 애덤을 놓치고 말았다.

조금 전에 잰을 놓쳤듯이.

.... **126** ....

"다시 확인해 봐요. 분명 뭔가를 놓친 게 틀림없어요." 가브리엘의 목소리는 냉정하고 완강했다.

"벌써 세 번이나 확인했습니다." 올브라이트 형사가 항변했다.

"'폰쉑'에 전과자는 아무도 없습니다."

가브리엘과 수아레즈 형사가 '폰쉑'의 인사기록 카드를 한아름 안고 시카고 경찰청 본부로 돌아왔다. 팀원들은 곧장 폰쉑의 남자 직원들을 조사하는 데 착수했다. 그들은 캘루메트 화재 사건 후 케이시가 설명한 인상착의에 부합하는 사람부터 먼저 살폈다. 그러다 보니 수십 명이 조사 대상에 올랐다.

하지만 그들에게서 전과 기록은 찾지 못했고, 나머지 남자 직원들까지 전부 다 확인했지만 별다른 성과는 없었다. 지푸라기라도 잡고 싶은 마음에 여직원들까지 빠짐없이 확인했지만 결과는 다르지 않았다.

"임시직이나 아르바이트생은요?" 가브리엘이 물었다.

"거기서는 그런 식으로 사람을 쓰지 않는답니다." 수아레즈가 큰 소리로 설명했다.

"그러면 우리가 틀렸단 말인가요?"

"아니, 아주 그럴듯한 추리임은 분명합니다. 최신 기술에 빠

죽음을 보는 재능 347

삭한 누군가가 사람들을 스토킹하다가 희생자를 골랐겠지요."
수아레즈가 말했다.

"그렇다면 그 가설을 밀고 나갑시다." 가브리엘이 자신만만한
어조로 말했다. "스토커나 주거침입을 일삼는 강도였을 가능성
이 커요. 실력을 봐선 도저히 아마추어로 보이지 않아요. 이전
부터 그런 일에 능숙했을 테고, 어쩌면 폭행이나 공연음란죄
같은 전력이 있을지도 몰라요. 일단 전과 기록부터 찾아야 해
요."

"이제 어떻게 할까요?" 몽고메리 형사가 물었다.

"음, 틀림없이 그자는 가짜 이름으로 폰쉑에 입사했을 거예
요. 그러니까 그곳에서 일했던 모든 백인 남자의 신원을 직접
조사하고 가명인지 여부까지 확인해야 해요."

"그러려면 시간이 꽤 걸리겠는데요." 올브라이트가 말했다.

"그럼 지금 당장 조사로 돌입하면 되겠네요."

가브리엘의 말에 올브라이트는 어깨를 으쓱하더니 주위의
팀원들을 불러 모으기 시작했다.

가브리엘의 자리는 위태로웠고, 시간은 촉박했다.

그러나 아직 모든 것이 실패한 것은 아니었다.

------------------------------ **127** ------------------------------

잰은 긴 안도의 한숨을 내쉬었다. 집에 무사히 돌아온 것만
으로도 축복이라 생각했다. 그는 입고 있던 후드티를 벗어서

현관문 옆의 옷걸이에 걸었다. 입던 옷을 밖에 걸어두지 않으면 마샤에게 바가지를 긁힐 테니까.

냉장고에서 맥주를 꺼내 들이켰다. 단숨에 맥주 한 병을 비우고, 빈 병을 휴지통에 던졌다.

한 병 더 마시고 싶었다. 냉장고 문에 손을 얹던 그는 돌연 모든 움직임을 멈추었다. 작은 움직임 하나가 그의 시선을 사로잡았기 때문이다. 주방 창 위로 완전히 내려져 있던 블라인드가 살짝 펄럭거리고 있었다.

잰은 조심스레 그곳으로 다가갔다. 블라인드를 올려보니 창문이 조금 열려 있었고, 창틀 바로 위에 작은 틈이 보였다.

그의 몸이 순식간에 얼음처럼 굳어졌다. 마지막으로 집에서 나간 사람은 마샤였다. 그러나 그녀가 창문을 열어두었을 리는 없었다. 보안에 관한 한 강박증을 갖고 있는 그녀는 외출 전에 항상 창문과 출입문을 확인했다. 그리고 잰 역시 오늘 아침 창을 열지 않았다.

그는 엉성한 잠금장치를 살폈다. 그것이 쑥 빠져있었다. 창문을 열어 창틀을 살펴보던 그는 무언가에 긁혀 목재 일부가 뜯겨 나간 자국을 발견했다. 누군가가 이 집에 몰래 들어오기 위해 지렛대나 끌을 사용한 흔적이었다.

잰은 공구를 보관하는 서랍을 열었다. 그 안에서 망치를 꺼내고 다시 서랍을 닫았다.

심장이 쿵쾅쿵쾅 뛰었다. 그는 조심조심 주방을 나와 거실로 후다닥 들어갔다. 제자리에 있는 TV, 가구들을 보자 마음이 조금 놓였다. 거실을 나온 그는 복도를 따라 침실로 향했다. 침실 문을 발로 살며시 열고 안을 들여다보았다. 역시 모든 물건이 제자리에 있었다.

안도한 그는 다시 손님방으로 들어갔다. 손님방 역시 흐트러진 흔적이 없었다. 방 구석구석을 돌아보았지만 아무도 없었다. 잰은 긴 안도의 한숨을 내쉬며 벽장문을 열었다.

그때 벽장 안에 스키 마스크를 쓴 남자가 잰을 응시하고 있었다.

<hr />

128

케이시는 애덤이 떠난 후에도 한참이나 움직이지 못하고 벽에 기대 서 있었다.

마음이 터질 듯이 괴로웠지만 케이시는 잰을 구하는 것을 포기하지 않았다. 케이시는 휴대폰을 꺼내 그의 이름을 검색했다. 다행히도 슬로바키아가 고향인 '잰 바가'라는 사람을 SNS에서 쉽게 찾을 수 있었다. 그가 올린 사진을 살펴보니, 현재 케이시가 있는 위치에서 10분 이내의 거리에 있는 아파트에서 사는 것 같았다.

한 걸음씩 옮길 때마다 케이시의 발걸음은 점점 빨라졌다. 그녀는 이내 전속력으로 달리기 시작했다. 이번만큼은 제시간에 도착할 거라 믿었다. 놈이 잰을 공격한다 해도 아직 초기

단계일 것이다. 아직 잰을 구할 가능성이 있었다.

'이번에는 미래를 바꿀 수 있지 않을까? 그렇다면 내 목숨을 구할 가능성도 아직 남아 있지 않을까?'

10분 뒤, 그녀는 잰의 허름한 아파트 앞에 도착했다.

현관문으로 달려가서 문을 당겼지만 꿈쩍도 하지 않았다. 우편함을 훑어보던 케이시는 203호에서 잰의 이름을 발견했다.

203호 호출 버튼을 누르려던 케이시는 순간 멈칫했다. 살인자가 이미 잰의 집에 있다면, 자신의 존재를 알려서 좋을 게 없었다. 케이시는 유리로 된 1층 로비 현관문을 쾅쾅 두드리며 그 안을 들여다보았다. 빛 한 점 들어오지 않는 컴컴한 복도만 보일 뿐, 사람의 모습은 보이지 않았다.

그녀는 아파트 창문을 훑어보았다. 누군가가 창가에 서 있지 않을까 하는 실낱같은 희망을 품고서. 그러나 아무도 없었다.

케이시는 곧장 건물 옆면을 따라 돌기 시작했다. 그 순간 현관문이 벌컥 열리는 소리가 들렸다.

"왜 문을 그렇게 두드리고 난리야? 불이라도 났어?"

낡은 작업복 차림의 경비원이 문을 열었다.

케이시는 경비원을 밀치고는 안으로 후다닥 들어갔다. 어둑한 복도를 달려 위층으로 올라갔다. 한 번에 두 칸씩, 계단을 가볍게 밟으며 위로 올라갔다.

그녀는 곧 잰의 집 앞에 섰다. 머뭇거릴 시간이 없었다. 케이시는 몇 발짝 뒷걸음질을 치며 도움닫기를 한 다음, 문으로 돌진했다.

그러나 잠금장치 주위의 나무만 조금 갈라졌을 뿐이다. 케이시는 또다시 돌격했다. 세 번째 부딪쳤을 때, 그녀의 묵직한 부츠가 문을 뚫고 들어갔다. 그녀는 거칠게 발을 빼고, 문의 구멍 안으로 팔을 뻗어 걸쇠를 돌렸다.

문이 벌컥 열리는 순간, 뭔가가 홱 지나가는 모습이 보였다. 커다란 검은 형체가 잽싸게 달아났다.

거실에는 잰이 있었다. 의자에 묶인 잰이 그녀를 똑바로 보고 있었다. 그는 넋이 나간 사람처럼 보였다.

케이시는 눈앞에 벌어진 처참한 광경에 경악했다. 그의 온몸은 베이고 멍든 상처로 가득했고, 목에는 크게 벌어진 틈이 있었다. 그가 고개를 돌리자 그 틈은 흉측하게 벌름거렸다.

케이시는 살인자를 쫓기로 했다. 무기도 없었고 몸싸움을 할 준비도 되어 있지 않았지만, 그를 놓칠 수 없었다.

남자는 이미 창문을 반쯤 빠져나가 비상탈출구로 몸을 뻗고 있었다. 케이시는 필사적으로 몸을 날려 그의 왼쪽 다리를 붙잡았다. 전력을 다해 다리를 잡아당겼지만, 그의 바지 조각만 그녀의 손에 남았다. 남자는 잠시 휘청거리더니 다시 밖으로 기어나갔다.

케이시는 남자의 맨다리에 힘껏 손톱을 박아 넣었다. 그러자 그의 신음 소리가 들렸고, 케이시는 손가락에 더욱 힘을 주었다. 그의 살점 일부가 떨어져 나와 케이시의 손톱 밑에 박힌 듯했다.

이제는 경찰만 오면 된다. 그러나 케이시는 그녀의 얼굴을 향해 날아오는 쇠 지렛대를 미처 보지 못했다. 그가 휘두른 그것이 그녀의 관자놀이를 비스듬히 내리쳤다. 그녀는 바닥으로 나가떨어져 머리를 찧었다.

사방이 암흑천지가 되었다.

129

아무것도 느끼지 못할 때까지 그는 술을 들이켰다.

케이시와의 언쟁 후, 그는 우연히 술집 하나를 발견했다. 애덤은 카운터로 다가가 위스키 한 잔을 주문했다. 잠시 후, 애덤은 5분도 채 지나지 않아 또 한 잔을 주문했다.

그렇게 몇 잔을 해치우고 난 그는 위스키를 아예 병째로 주문했다. 그는 위스키를 병째로 들이붓기 시작했지만 기분은 조금도 나아지지 않았다.

그의 마음속은 그날 밤 페이스의 작업실로 향했다. 그는 참으로 무심하고 어리석었다. 턱을 가슴까지 파묻은 채 눈물을 흘리는 페이스의 모습이 그의 눈앞에 훤히 그려졌다. 애너벨, 그녀는 애너벨 이야기를 하면서 흐느꼈을 것이다. 물론 케이시는 페이스의 어깨에 팔을 두르며 그녀를 위로했을 것이다. 그러나 페이스는 위로받지 못했다.

"언제쯤 아이를 다시 가질 수 있을까?"

페이스가 떨리는 목소리로 묻는다. 그리고 초췌한 얼굴로 케이시를 올려다본다. 마치 케이시가 모든 것을 다 안다는 듯이.

"내가 엄마가 될 수 있을까?"

케이시는 그녀를 다독일 뿐, 아무 말도 하지 않았다.

"제발 케이시, 나는 꼭 알아야겠어."

그러자 케이시가 입을 열었다.

"페이스, 당신은 엄마가 되지 못해요."

애덤은 고함을 지르며 몸부림쳤고, 그 바람에 위스키 병이 바닥에 쿵 소리를 내며 떨어졌다. 그는 사람들의 시선이 전부 자신에게 쏠려 있음을 깨달았다. 애덤은 50달러 지폐를 카운터에 던지고는 비틀비틀 출구로 향했다.

그는 이 꺼림칙한 몽상을 떨쳐내려 노력했지만 소용없었다. 전부 그 아이 때문이었다. 이기적이고 교활하며 주위 사람들을 불행하게 만드는 존재.

애덤은 자신의 삶에 케이시를 들여놓은 것을 후회했다. 그는 케이시를 자신의 집에서 내보냈어야 했다. 어쩌자고 머릿속에서 들리는 마음의 소리에 귀를 기울이지 않았을까? 과거에도 여러 차례 그는 자신의 직감을 따랐고, 결국 그 직감들이 모두 정답이었음이 밝혀졌는데.

물론 그의 잘못도 있었다. 운명의 그날, 그는 페이스의 곁에 있었어야 했다. 왜 진작 페이스에게 손을 내밀지 않았을까? 무엇 때문에 그리 괴롭냐고 묻지 않았을까?

큰 집에 혼자 덩그러니 있었을 페이스를 생각하니 마음이 아팠다. 페이스가 그토록 심한 절망감과 외로움에 빠져 있었다 니… 그 생각만으로도 가슴이 미어졌다.

그는 자신을 절대 용서하지 못할 것임을, 영원히 증오할 것임을 알게 되었다.

하지만 역시 가장 증오스러운 사람은 케이시였다.

130

케이시는 지금 취조실 의자에 홀로 앉아 있다. 경찰서에서 임시로 준 옷을 입은 채 종이컵을 갈가리 찢고 있었다. 조용한 공간에서 컵 찢는 소리만이 들렸다.

케이시는 울고 싶었다. 자신을 위해, 애덤을 위해 울고 싶었 다. 지난 몇 시간 동안 겪은 일로 완전히 진이 빠졌다. 케이시 는 몽롱한 상태로 구급차에서 깨어났다. 일단 숨을 돌린 뒤, 정신을 차리자 온갖 의문이 순식간에 밀려들어 왔다.

'잰에게 무슨 일이 일어났을까? 가해자는 체포됐을까?'

하지만 구급대원들은 그녀에게 아무것도 말해주지 않았다. 곧바로 신문을 당하지도 않았다.

그녀의 손톱 밑 조직은 면봉으로 채취되었고, 입고 있던 옷 은 법의학 분석용으로 빼앗겼다.

케이시는 결과가 좋지 않다는 사실을 곧 깨달았다. 마주치는 수사관들의 얼굴이 전부 그렇게 말하고 있었다.

이윽고 취조가 시작되었다. 가브리엘 형사는 잰이 살해당했고, 범인이 달아났다는 사실을 알려주었다. 하지만 그 이상은 말해주지 않았고, 급한 전화가 왔다는 말을 듣고는 진술 중에 자리를 떠버렸다.

자리에서 일어서던 케이시는 취조실 밖에 서 있는 제복 경찰을 보고 멈칫했다.

'나는 체포된 걸까? 체포된 상태가 아니라면 왜 나에게 이제 가도 된다고 말해주지 않는 걸까?'

케이시는 아무것도 할 수 없었다. 변호인이 오고 있다고 했지만, 아직까지도 변호사는 나타나지 않았다.

그렇다면 대체 누구에게 도움을 청할 수 있을까? 지금 그녀를 도울 유일한 사람은 애덤이었다. 그러나 그에게만큼은 절대로 연락하고 싶지 않았다.

눈물이 왈칵 쏟아졌다. 생명이 얼마 남지 않은 그녀는 여기 취조실에 갇혀 있는 반면, 살인자는 버젓이 거리를 활보하고 있다. 최선을 다했지만 결국 실패하고 말았다.

그는 다시 범행을 저지를 것이다. 그것이 언제인지를 알 수만 있다면, 케이시는 지금 당장 죽어도 상관없다고 생각했다.

131

"다들 잘 들으세요."

긴급 브리핑에 참가한 팀원들이 가브리엘의 이야기에 귀를 쫑긋 세우고 있었다.

"방금 법의학분석실에서 결과를 받았어요. 피부 샘플을 검사한 결과…, 살인범의 이름이 밝혀졌어요."

사람들이 일제히 환호했다. 모두들 케이시의 손톱에서 채취한 피부 세포에서 구체적인 실마리를 찾으리라 기대하던 중이었다.

"이걸 좀 보세요."

가브리엘은 바로 옆에 있는 형사에게 서류 뭉치를 건네면서 한 부씩 나누어 가지라고 손짓했다. 납대대한 얼굴의 백인 남자 머그샷(mug shot: 범인을 식별하기 위해 구금 과정에서 촬영하는 얼굴사진을 뜻하는 은어 – 옮긴이 주)이었고, 그 밑에 그의 전과 기록이 첨부되어 있었다.

"'잰 바가'를 살해한 자는 '화이트 조지프'라는 남자로, 평소 '조'라고 불린다고 해요. 시세로 지역 출신이고요. 그곳에 그의 가족들이 살고 있어서 수아레즈 형사가 그쪽에 가 있습니다. 하지만 '조지프'라는 이 남자는 지금 시카고 시내에 있는 것이 틀림없습니다."

팀원들은 조지프의 전과 기록을 꼼꼼히 살폈다.

"주거침입과 공공질서 위반으로 수차례 유죄판결을 받았어요. 관음증도 있는 사람이에요. 자기 신체를 노출하기도 하고, 싸움을 벌인 적도 여러 번 있습니다. 흥미로운 건 빈집 절도 혐의로 세 차례 체포됐지만, 한 번도 기소된 적이 없다는 거예요.

이 자의 범행 수법과 케이시가 우리에게 밝힌 신체 특징을 고려했을 때, 나는 조지프가 살인범이라고 봅니다."

몇몇 형사가 환호성을 질렀고, 곧이어 열렬한 박수가 터져 나왔다.

"조지프의 사진을 주요 언론사에 배포했어요. 그를 우리의 유력한 용의자로 특정하고, 시민들에게 경계하도록 요구해야 합니다. 신고 전화에 응대할 인원을 추가로 요청했고, 호스킨스 총경님이 기꺼이 응해주셨습니다. 자, 이제부터 우리들은 거리로 나가야 합니다. 순찰 중인 순경, 가게 주인, 술집 점원들을 상대로 탐문 수사를 해야 합니다. 조지프는 오늘 출근을 했다가 이른 오후에 조퇴했다고 합니다. 아마도 잰을 살해하기 위해 그랬나봅니다. 이름이 언론에 오르내리면 직장에 나가지 않겠지만, 어쨌든 그의 직장으로도 몇 명을 보낼 예정입니다."

그때 휴대폰이 진동하기 시작했다. 하지만 가브리엘은 무시했다.

"가장 먼저 할 일은 조지프를 무사히 잡아들이는 거예요. 전과 기록에 강력범죄는 없지만, 아주 위험한 인물임이 틀림없어요. 아마 무기를 소지하고 있을 거예요. 조지프를 발견하면 곧바로 지원요청을 하세요. 어설픈 영웅 흉내는 일을 망칠 뿐이에요."

휴대폰이 자꾸만 울렸다. 발신자를 보니 수아레즈였다. 가브리엘은 곧장 전화를 받았다.

"무슨 일이에요?"

"조지프의 고향집에 와 있어요." 수아레즈가 목소리를 낮추어 소곤거렸다.

"팀장님께 알려드릴 주소가 있어서요."

"말씀하세요." 가브리엘이 대답했다.

"로워웨스트사이드고요, 웨스트컬러턴 거리 353번지입니다. 여러 세입자가 모여 사는 공동주택 같아요. 자세한 내용은 문자메시지로 보내드리겠습니다."

"거기가 뭐 하는 곳이죠?"

"바뀐 집주소라며 조지프가 누나에게 알려준 곳이랍니다."

"누나한테 언제 이 주소를 알려줬대요?"

"여섯 달 전이라네요. 놈은 이사를 자주 다닌답니다."

"일단 그 정도면 충분하겠어요. 최대한 그 사람들 옆에 붙어 있어요."

통화를 마친 가브리엘은 함박웃음을 지으며 팀원들을 돌아보았다.

"좋아요, 여러분, 출동하세요."

그 말에 팀원들이 하나둘 자리에서 일어섰다.

"…살인범을 잡으러 가야죠."

-------- **132** --------

그는 깜박거리는 화면을 응시했다.

그의 얼굴이 그를 바라보고 있었다. 그의 머그샷이 저녁 뉴스를 도배하는 사이, 아나운서는 '화이트 조지프'라는 그의 이름과 전과 이력 등을 떠들어댔다. 화면은 희생자인 제이콥, 로첼, 매들린, 잰의 사진으로 채워졌다가, 잠시 뒤 염소 수염을 기른 그의 포동포동한 얼굴로 바뀌었다. 수염을 밀고, 가짜 이름으로 여러 달 동안 살았지만 이제는 다 무용지물이 되었다.

상대를 꿰뚫어보는 것처럼 차디찬 녹색 눈동자, 오른쪽 뺨에 있는 특이한 사마귀, 어린 시절 겪은 사고로 생긴 목 흉터 등 그의 신체적 특징들이 아나운서의 입을 통해 설명되었다.

이렇게 된 이상 주변에 있는 사람들이 그를 발견하면 당장 경찰에 신고할 게 뻔했다. 신고자들에게 두둑한 보상금이 주어질 테니까.

그는 욕설을 퍼부으며 TV를 껐다. 그러고는 낡아빠진 여행가방을 꺼내 옷가지들을 마구 쑤셔 넣기 시작했다. 또 시카고 지도와 식칼도 가방에 넣었다.

조지프는 건너편 방으로 가서 헐거운 바닥 널 하나를 비집어 올렸다. 그곳에는 10달러짜리 지폐 뭉치가 들어 있었다. 비상시를 대비해 모아둔 돈이었다. 그는 돈뭉치를 재킷 호주머니에 쑤셔 넣고, 계단을 내려가 대문으로 나섰다.

맑고 상쾌한 공기에 마음이 조금 가벼워졌다. 그런데 희미한 사이렌 소리가 들리기 시작했다.

그는 허겁지겁 거리를 내달렸다. 그러다 재킷 호주머니에 꽂혀 있던 시카고컵스 야구모자를 떠올리고는 그것을 머리에 푹 눌러썼다. 지금은 가능한 한 남의 눈에 띄지 않는 것이 좋다.

사이렌 소리가 갈수록 요란해졌고, 조지프는 걸음을 재촉했다. 교차로에 이르니 경찰차 네 대가 모퉁이를 돌아 그를 지나쳤다. 몇 분 뒤 경찰차는 그의 집 앞에 멈추어 섰고, 무장 경찰관들이 하나둘 그의 집 안으로 들어갔다.

그는 더 이상 지체하지 않았다. 당장 도망쳐야 했다. 그는 잰 걸음으로 거리를 내달렸다.

그는 아주 운 좋게 경찰의 손아귀를 빠져나왔다.

133

그는 비틀대며 방에 들어가다가 문틀에 충돌했다. 균형을 잃고 넘어지는 줄 알았지만 겨우 몸을 일으켜 눈앞의 광경을 바라봤다. 위스키로 시야가 흐려져 모든 것이 흐물거리는 탓에 작고 깔끔한 이 방조차 낯설게 보였다.

애덤은 방 안으로 성큼성큼 들어가 침대 위에 쓰레기봉투를 던졌다. 케이시는 이 집에서 지낼 때 이 방에서 잠을 잤다. 낡은 옷가지, 오래된 노트북 컴퓨터, 야구 모자 등 그녀의 보잘것 없는 소지품들이 아직도 바닥에 놓여 있었다. 너절한 물건들을 살펴보던 애덤은 벌컥 울화가 치밀었다. 그들 부부의 단란한 보금자리에 케이시가 묵었다는 이 증거들이 그 아이가 그들의 삶에 가져온 끔찍한 재앙을 부각시키는 기분이었다.

처음 케이시를 만났을 때 애덤은 행복하고 자신만만하고 희망에 차 있었다. 그러나 이제 그는 경력과 평판을 잃었고 무엇보다 페이스와 애너벨을 잃었다. 어쩌면 한 인간이 이토록 빨리 몰락할 수 있을까?

그는 케이시의 모든 흔적을 이 집에서 싹 지우고 싶었다. 구두 한 켤레와 교과서, 닳아빠진 검정 후드티와 야구 모자…, 그는 그 모든 것들을 한꺼번에 봉투에 쓸어 넣었다. 그런데 후드티가 쓰레기 봉투에 들어가는 순간, 딸랑 소리가 나더니 바닥에 뭔가가 떨어졌다. 짜증 섞인 얼굴로 그것을 집던 애덤은 순간 멈칫했다.

열쇠였다. 빛바랜 열쇠고리가 달린 케이시의 집 열쇠였다.

애덤은 금빛 광택이 나는 열쇠를 응시했다. 열쇠를 집어야 하나 말아야 하나 망설이던 그는 이내 그것을 집어 들었다.

그는 서둘러 방을 빠져나왔다.

<hr />

134

시카고 경찰청 밖의 시끌벅적한 거리에 케이시가 외로이 서 있었다.

그녀는 더 이상 용의자가 아니었다. 살인범과 몸싸움을 벌이다가 결정적인 DNA를 얻게 된 증인일 뿐이었다. 그녀는 수사에서 중요한 역할을 했지만, 이제는 그들에게 쓸모가 없어진 존재였다.

그녀는 귀소 본능 때문인지 집으로 향했다. 하지만 집에 간다고 해서 달라질 것은 없었다. 어차피 집에 아무것도 없었다. 엄마가 돌아오지 않는다면 조만간 전기나 수도도 끊길 터였다.

"야, 눈 좀 똑바로 뜨고 다녀!"

케이시와 부딪친 행인이 짜증을 냈고, 그녀는 휘청거리며 사과했다. 그녀는 땅만 내려다보며 종종걸음을 쳤다.

케이시는 오랫동안 고립된 삶을 살았다. 하지만 그 와중에 어리석게도 자신이 옳다는 사실을 증명하기 위해 남들의 인생에 끼어들었다. 그리고 그 결과는 언제나 비극이었다.

생의 마지막 순간에는 무엇을 해야 하나? 그 마지막 순간에 기도를 하면서 신의 구원을 갈구하는 상상을 했다. 때로는 운명에 저항하며 삶의 주체성을 되찾는 상상도 했다.

그러나 경험에 비추어 보건대, 운명을 바꾸는 것은 불가능하다. 그녀가 삶의 마지막 순간에 할 수 있는 일은 대마초를 피우는 것뿐이다.

그것이 그녀의 숙명이었다.

135

"다들 나 좀 보세요."

형사와 경찰관, 지원 인력들에 둘러싸인 가브리엘이 화이트 조지프의 집 앞에 서 있었다. 아직까지 기자가 나타난 낌새는 없었기에 그녀는 목소리를 높일 수 있었다.

"이곳 세입자들 말에 따르면, 조지프는 대략 20분쯤 전에 집을 나갔다고 합니다. 벽장이 텅 비었고, 방문이 잠겨 있지 않은 걸 보니 완전히 이곳을 떠난 것으로 추정됩니다. 그를 빨리 찾아내는 것이 급선무입니다. 지금부터 인근 주민들을 탐문해야 해요. 놈의 목적지가 어딘지는 모르지만, 조지프가 그곳에 가지 못하도록 막아야 합니다."

그러자 모두가 조용히 고개를 끄덕였다.

"몽고메리 형사가 여러분을 몇 그룹으로 나눌 거예요. 그룹별로 네 블록씩 담당할 겁니다. 이상한 점을 발견하면 가장 먼저 보고부터 해주세요. 일단 조지프를 포위하고 나서 움직이기를 바랍니다. 이제 시작합시다."

몽고메리가 구역이 표시된 지도를 형사들에게 나눠주었다.

너무 어렵고 답답한 사건이었다. 그들의 시련이 끝나기까지 이제 얼마 남지 않았다.

136

그들이 그를 눈여겨보고 있었다. 그는 분명 그렇다고 확신했다.

노상 카페에 앉은 이십 대 중반의 남녀가 그를 빤히 바라보았다. 그는 그들이 전화기를 꺼내 자신을 신고하리라 생각했다. 그러나 그의 짐작과 달리 그들은 곧 그들만의 대화에 빠져들었다.

그는 계속 걸었다. 무엇보다도 침착하게 제정신을 유지하는 것이 중요했다. 신중하게 움직인다면 이 위기를 벗어날 수도 있다.

그 아이가 이 모든 일의 원흉이었다. 지난 며칠간 그 아이는 그의 인생에 끼어들어 온갖 훼방을 놓았다. 그 때문에 잰의 목을 가른 다음 곧바로 줄행랑을 쳐야 했고, 그러다 그 아이한테 거의 잡힐 뻔했다. 그 아이가 손톱으로 그의 다리 살점을 쥐어뜯지 않았더라면, 경찰은 그가 누구인지 파악할 수 없었을 것이다. 자신의 모든 계획이 실패한다면 그건 전적으로 그 아이 탓이었다.

그 여자애가 경찰들보다 더 빨리 자신을 쫓고 있다는 사실이 믿기지 않았다.

매들린이 죽은 후 경찰은 그의 몽타주를 만들었다. 틀림없이 그 아이의 입김이 들어간 작품일 것이다.

그 역시 무단 침입과 빈집털이로 기소당할 위험이 두 차례 있었다. 하지만 운 좋게 피해갔다. 침입의 증거가 없고, 사라진 물건도 없었기 때문이다.

교차로에 다다른 그는 보행 신호를 기다렸다. 주위를 살피던 그는 대형 전광판에 자신의 얼굴과 함께 다음 문구가 떠 있는 것을 발견했다. '네 사람을 살해한 연쇄살인 용의자 행방 오리무중!'

그 문장에 짜릿한 전율을 느꼈지만, 그 전율은 순식간에 불안으로 바뀌었다.

그는 옆에 서 있는 노부인을 곁눈질로 흘끔흘끔 보았다. 그를 찬찬히 뜯어보던 그녀는 대형 전광판으로 눈을 돌렸고, 조지프는 허겁지겁 그 자리에서 벗어났다.

자신이 언제 잡혀서 끝내 계획이 좌절될지 그도 알 수 없었다. 그는 불안으로 좌불안석이었고, 지나가는 모든 사람들에게서 위협을 느꼈다.

그는 이제 쫓기는 사람이 되었다.

137

그녀는 눈이 붓도록 펑펑 울었다. 그 모습에 애덤은 심란해졌다. 크리스틴을 괴롭혔다는 죄책감과 함께 그녀의 나약함에 대한 분노가 솟구쳤다.

"나는 어찌 돼 가는 상황인지 알고 싶었을 뿐이야. 자네 행동이 그동안 오죽 수상했어야지."

지금 애덤과 크리스틴은 크리스틴의 집 거실에 나란히 앉아 있었다. 앞서 둘은 애덤의 집에서 언쟁을 벌였고, 그 후 크리스틴이 자신의 집으로 돌아와버렸기 때문이다.

"언제는 자기 일에 신경 끄라며 그 난리를 치더니, 오늘은 고주망태가 되어 나타나서 그리 소란을 피우나?"

"죄송합니다. 오늘 아침에 위원회에서 의사 자격 정지를 당하는 바람에…"

크리스틴이 그럴 줄 알았다는 눈빛으로 애덤을 쳐다보았다.

"그래서 몇 잔 마셨습니다. 사실 몇 잔 정도가 아니지만…. 아무튼 제가 어리석었어요. 속상하다고 장모님께 분풀이해서는 안 되는 거였는데…"

입 안에서 퀴퀴한 위스키 냄새가 올라왔다. 그럼에도 불구하고 그는 여전히 술이 고팠다.

"그래서 사과드리러 온 겁니다. 정말 죄송합니다."

그 말에 크리스틴의 표정이 그나마 누그러졌고, 거짓말을 하는 애덤의 죄책감은 더욱 깊어졌다.

"이해하네, 애덤. 지금 너무 힘든 거 알지만, 우리는 서로 의지가 되어야 해."

애덤은 부끄러움에 할 말을 잃고 고개만 끄덕였다.

"커피 좀 만들어 올까? 같이 한 잔씩 마시자고."

크리스틴은 애덤의 대답을 듣지도 않고 주방으로 가버렸다. 문 너머로 사라지는 그녀를 지켜보던 애덤은 냉큼 복도로 들어섰다. 애덤이 잠시 크리스틴을 살펴보니, 그녀는 물을 끓이느라 정신이 없어 보였다. 안심한 그는 서둘러 큰방으로 들어갔다.

애덤은 구석에 놓인 침대 위로 올라갔다. 우선 그곳에 걸린 초상화를 떼어 침대 위에 조심스레 내려놓은 뒤, 벽 쪽을 살폈다. 액자가 걸려있던 벽면에 작은 금고가 설치돼 있었다.

애덤은 조심조심 다이얼을 돌리기 시작했다. 비밀번호가 크리스틴의 생일로 설정되어 있다는 것을 이미 잘 알고 있었다. 금고 안에는 많은 서류와 기념품이 들어 있었고, 맨 위에 베레타 M9 권총이 놓여 있었다.

애덤은 여지껏 이 권총을 한 번도 사용한 적이 없지만, 크리스틴이 이것 덕분에 밤마다 안심하고 잠들 수 있다고 했던 말이 떠올랐다

애덤은 금고를 조용히 닫고, 초상화를 다시 벽에 걸었다. 어린 시절의 페이스를 그린 초상화였다. 그는 자신의 검지 손가락에 입을 맞춘 뒤, 그 손가락을 다시 페이스의 입술에 갖다대고는 침대에서 내려왔다. 그리고 서둘러 방을 나갔다.

크리스틴이 주방에 있는 사이 애덤은 대문을 살며시 열고 밤거리로 나섰다. 권총의 단단한 금속성 감촉이 가슴에 와 닿았다.

138

집 안은 썰렁하고 휑했다. 간이용 난로를 켰지만 철커덕 소리만 날 뿐 좀처럼 따뜻해지지 않았다. 온몸이 얼어붙는 것처럼 추웠다.

죽도록 외로웠다. 집이 집처럼 느껴지지 않았다. 집은 언제나 엄마의 구역이었고, 한결같은 엄마의 존재는 답답하면서도 이상하게 안정감을 주었다. 케이시는 엄마 없이 집에 있었던 적이 거의 없다는 사실을 이제야 깨달았다. 그녀는 노상 밖으로

쏘다니며 엉뚱한 짓을 하고 말썽을 일으켰다. 집에 있을 때는 늘 엄마에게 야단을 맞거나 감시를 당해야 했다.

냉장고 안에는 우유 한 팩과 곰팡이 핀 토마토 한 개가 들어 있었다. 냉장고 문을 닫고 케이시는 주방을 둘러보았다. 이곳이 갑자기 너무 낯설게 느껴졌다.

주방은 한때 집에서 가장 온기가 넘치는 곳이었다. 나탈리아는 요리를 할 때 가장 행복해 했다. 그런 순간들은 케이시에게 행복한 기억과 추억으로 남아 있었다.

엄마가 그리웠다. 엄마가 너무나도 그리웠다.

케이시는 눈물을 글썽이며 휴대폰을 꺼냈다. 그러고는 나탈리아의 휴대폰 번호를 눌렀다.

'엄마에게 뭐라고 말해야 할까? 엄마에게 그동안 감사했다고 해야 할까? 나를 버렸다고 원망해야 할까? 무슨 일이 있어도 사랑한다고 말해야 할까?'

하지만 그 어느 말도 적절하지 않았다. 어떤 작별인사가 좋을지 도무지 알 수 없었다.

결국 이런 게 다 무슨 소용일까?

139

"확실해. 그 사람이 맞아. 덩치가 크고, 시카고컵스 야구모자를 썼어."

노부인은 자신만만하고 의기양양한 태도로 단언했다.

형사들이 30분 동안 이곳저곳을 다니며 탐문했지만, 별다른 성과가 없었다. 그러다 교차로 옆에서 우연히 만난 이 노인의 증언이 오늘 처음으로 얻은 쓸 만한 정보였다.

"그 남자가 어느 쪽으로 가던가요, 할머니?" 가브리엘이 물었다.

"저 방향이었지. 남쪽으로 가던걸."

노파가 손가락으로 가리켰다.

"사진 좀 봐주시겠어요? 이 사람이 확실한가요?"

"틀림없다니까."

노파가 가브리엘을 나무라듯이 언성을 높이며 대답했다.

"난 정신이 말짱해. 노망나지 않았어."

"그런 뜻은 아니었어요, 할머니."

"왠지 불안하고 켕기는 데가 있는 사람 같았어. 빨간불인데도 황급히 길을 건너가던걸. 죽고 사는 문제가 아니라면 이런 교차로를 빨간불에 건널 이유가 없지."

"무슨 옷을 입고 있었나요?"

노파가 잠시 기억을 더듬었다.

"아마 흰 운동화를 신었을 거야. 바지는 청바지가 확실하고, 윗도리는 황록색 재킷이었어."

"짐 같은 건 없던가요?"

"여행가방을 들고 있었던 거 같은데…, 확실치는 않아."

"옆에 누가 같이 있던가요?"

"아니, 혼자였어."

가브리엘은 노파에게 감사 인사를 건네고는 무전기를 꺼냈다. 신분증을 들어 올리고는 무전기를 입에 바짝 갖다 댄 다음에 빠른 걸음으로 길을 건넜다.

"약 10분 전에 남쪽으로 방향을 틀어 사우스데이먼 거리로 이동하는 용의자가 목격됐어요. 반복합니다. 용의자가 사우스데이먼으로 향하고 있어요."

말을 마치자마자 가브리엘은 달리기 시작했다. 범인이 멀지 않은 곳에 있는 것이 분명했다.

140

나탈리아의 냉랭한 반응을 각오하며 통화버튼을 눌렀다. 그러나 곧장 음성메시지로 연결되었고, 케이시는 결국 한마디도 못한 채 전화를 끊었다.

나탈리아에게 다시 전화할 용기는 나지 않았다. 나탈리아에게 마지막 작별인사를 하겠다는 기대를 접고, 케이시는 서둘러 다용도실로 들어갔다. 낡은 광택제 통 안에 숨겨둔 대마초가 생각나서였다.

케이시는 겁에 질려 있었다. 자신의 짧은 생이 애덤의 손에 끝장나는 것은 이제 시간 문제였다. 이러한 사실을 이미 오래 전부터 알고 있었지만, 막상 코앞에 닥치니 달아나고만 싶었다.

케이시의 머릿속에 비통한 얼굴의 애덤이 방아쇠를 당기는 모습이 또렷이 떠올랐다.

그녀는 싱크대 하부장을 열고 조그만 깡통을 찾았다. 엄마가 없는 지금, 언제 어디서든 집 안에서 대마초를 마음껏 피울 수 있었다. 그러나 케이시는 습관처럼 뒷문으로 향하고 있었다.

뒷문으로 다가가던 케이시는 순간 주춤거렸다. 닫힌 줄 알았던 문이 살짝 열려 있었기 때문이다. 케이시는 조심스레 앞으로 걸어갔다. 잠금장치를 자세히 살펴보니 누가 억지로 연 흔적이 보였다. 그녀는 문을 살짝 열고 마당을 살폈다. 하지만 보이는 것은 어둠뿐이었다.

끼익.

케이시는 몸을 홱 틀었다. 침입자의 모습은 보이지 않았지만, 그녀의 청력을 속일 수는 없었다. 이 집 안에 낯선 이가 들어와 있었다.

차가운 공포가 케이시의 온몸을 휩쓸고 지나갔다. 이렇게 되어서는 안 될 일이었다. 그녀의 운명은 이렇게 죽도록 결정되어 있지 않았다.

케이시는 식은땀을 흘리며 어떻게 해야 할지 고민했다. 뒤쪽으로 빠져나가 탈출을 시도하는 것은 좋은 방법이 아니었다. 반드시 앞문을 통해 거리로 나가야 했다. 그래야만 케이시를 발견한 누군가가 그녀를 도와줄지도 모른다.

케이시는 침입자가 눈치채는 한이 있더라도 잽싸게 이 집을 빠져나가는 것이 최선이라 생각했다. 복도를 전속력으로 달려 앞으로 돌진하는 것이다.

운 좋게 놈이 케이시의 움직임을 예측하지 못한다면, 그녀는 현관문에 다다를 수 있을 것이다.

케이시는 힘껏 복도를 달리기 시작했고, 이제 복도 끝이 가까워져 거실이 보이기 시작했다.

그러다 별안간 다리가 꺾였다. 벽장 속에서 뭔가가 튀어나와 그녀를 들이받았다. 케이시는 머리를 바닥에 세차게 부딪치며 넘어졌다.

일어서려고 버둥거리는 그녀 위로 묵직한 몸뚱이가 달려들었고, 그의 팔이 그녀의 목을 휘감았다.

우람한 팔이 목을 조르자 정신이 혼미해졌다. 하지만 케이시는 죽을힘을 다해 몸을 비틀어 놈의 사타구니 사이를 팔꿈치로 힘껏 가격했다. 그러자 남자는 깊고 낮은 신음을 토해냈다. 그의 손아귀에 힘이 빠진 순간을 틈타 케이시는 그를 밀쳐냈다. 힘겹게 일어선 그녀는 현관문으로 달음박질쳤다.

현관문 앞에 다다른 케이시는 걸쇠를 잡아당겼다. 다행히도 이중으로 잠겨있지 않아 문은 금세 열렸다.

바깥으로 걸음을 내딛는 순간, 그녀의 등 뒤로 무자비한 타격이 날아들었다. 숨이 턱 막히면서 상체에 극심한 통증이 느껴졌다. 계속 걸어가고 싶었지만, 그녀의 의지와는 상관없이 몸은 다시 집 안쪽으로 끌려 들어갔다. 그러다 어느새 문이 쾅 닫혔고, 그녀는 바닥에 털썩 쓰러졌다.

마스크를 쓴 남자가 케이시의 머리채를 움켜쥐고는 집 뒤편으로 끌고 갔다.

젖 먹던 힘까지 짜내어 그에게 저항했다. 질질 끌려가면서도 남자에게 발길질을 했고, 목청껏 비명을 질렀다.

복도 끝까지 끌려왔을 때, 그녀의 손가락이 라디에이터식 온열기를 붙잡았다. 그것을 감싸 쥔 케이시는 더 이상 끌려가지 않으려고 발버둥을 쳤다.

하지만 부츠를 신은 묵직한 발이 케이시의 손가락을 짓이겼다. 케이시는 고통으로 울부짖으며 손가락에 힘을 풀었고, 다시 뒷방으로 끌려갔다.

가까스로 일어나려는데 배에 주먹이 정통으로 날아왔다. 바닥 위로 의자가 끌려오는 소리가 들렸고, 그녀는 그 의자 위에 앉혀졌다. 또 한 번 배를 얻어맞자 눈앞에 별이 떠다녔다. 그 사이 그녀의 두 팔이 뒤로 당겨졌다. 케이시는 비명을 지르고 싶었지만, 더러운 천 뭉치가 입안으로 난폭하게 쑤셔 넣어졌다.

남자가 잠시 숨을 골랐다. 그러더니 서둘러 방을 나갔다. 잠시 후에 그는 너덜너덜한 여행가방 하나를 들고 들어왔다.

여행가방 안에서 커다란 식칼을 꺼낸 그가 케이시에게 다가갔다. 그는 케이시의 셔츠 소매를 움켜잡고 찢어서 그녀의 맨 팔이 드러나도록 했다.

조지프는 같은 방식으로 다른 쪽 소매도 찢었다. 그런 다음에 셔츠 앞섶의 단추 사이로 칼끝을 넣어 위로 휙 당기며 옷을 찢었다. 그러자 단추가 사방으로 튀었고, 그녀의 브래지어와 상체의 맨살이 드러났다.

조지프는 거칠게 숨을 몰아쉬며 자신의 먹잇감을 찬찬히 뜯어보았다.

"준비됐나?"

케이시가 그를 쏘아보았다.

남자는 마스크를 벗고 땀범벅의 불그레한 얼굴을 드러냈다. 그는 입술에 엷은 미소를 띤 채 그녀를 응시했다.

이전에도 본 적이 있는 얼굴이지만, 코앞에서 다시 보니 훨씬 더 혐오스럽게 느껴졌다. 한때 염소 수염이 있었던 축 늘어진 피부, 싸늘하고 흐리멍덩한 눈, 이마와 턱에 잡힌 두툼한 주름.

그는 몸을 숙여 케이시와 눈높이를 맞추었다. 그러고는 그녀의 눈을 들여다보며 속삭였다.

"셋까지 센다. 하나…"

그는 케이시의 배 위로 칼을 휙 그었다.

온몸이 찢어질 것만 같은 고통이 느껴졌다. 배를 내려다보면 자신의 내장이 쏟아져 나오는 것이 보일 것만 같았다. 하지만 그것은 피부에 생긴 엷은 상처에 불과했다. 그렇다면 이제부터 시작인 걸까?

케이시의 불안을 감지한 조지프가 그녀와 눈을 맞췄다.

"애원하게 만들 거야, 이 년아. 자비를 베풀어달라면서 네가 애원하게 만들 거라고."

조지프의 뱁새눈이 이글거렸고, 목의 혈관이 꿈틀거렸다.

"자, 지금 이 순간부터 네가 태어난 것을 후회하게 만들어주겠어."

142

"다들 얘기 좀 해봐요. 그는 지금 어디 있어요?"

침착하려 애썼지만, 마음속 초조함을 감추기는 어려웠다.

경찰 수십 명이 인근 지역을 샅샅이 훑었다. 모든 출입구와 골목을 빠짐없이 확인했다. 그러나 노파가 조지프를 목격한 이후로 벌써 15분이나 지났고, 그가 완전히 도망쳤을 가능성은 높아져만 갔다.

"아직 아무것도 발견하지 못했습니다, 팀장님. 계속 찾아보겠습니다."

수아레즈 형사의 목소리가 들렸다. 그는 다른 경찰들과 함께 매킨리 공원 북쪽을 수색하는 중이었다. 만약 조지프가 어딘가에 숨는다면 분명 이 근방일 거라고 추측했다.

"로빈스, 그쪽은 어때요?"

잠시 침묵이 흘렀다.

로빈스의 팀은 동쪽으로 이동해 브론즈빌로 가는 길과 그

너머 버넘 공원을 수색 중이었다.

"아직 발견한 게 없습니다, 팀장님." 로빈스가 소음 사이로 응답했다.

"염병."

서쪽의 브라이튼 공원을 수색 중인 올브라이트에게도 무전을 쳤다. 결과는 같았다.

결국 단 하나의 가능성이 남았다. 조지프가 남쪽으로 움직였다는 것. 그 길로 가면 백오브더야즈와 사우스사이드에 이르게 된다. 그렇다면 놈은 왜 그곳으로 갔을까?

누구라도 이런 야심한 시간에 그 지역에 발을 들이는 것은 자살 행위나 다름없었다. 시카고 경찰들조차 꼭 필요한 때가 아니면 좀처럼 들어가지 않는 위험한 지역이었다.

그는 대체 왜 그런 위험을 감수했을까…?

그때 문득 한 가지 생각이 떠올랐다. 그 불길하고 강렬한 생각에 그녀는 온몸을 부르르 떨었다.

가브리엘은 조지프가 어디로 갔는지 알 것만 같았다.

143

애덤은 앞만 보며 길을 내려갔다. 백오브더야즈는 그에게 낯선 곳이었다.

옷 속에 손을 넣어 권총의 손잡이를 다시 잡아 보았다. 단단한 감촉을 확인한 애덤은 조용히 한숨을 내쉬었다. 이제는 멈추고 싶어도 그럴 수 있을지 의문이었다.

'누구에게도 해를 끼치지 말자.'

그것이 애덤의 좌우명이었음에도 그런 다짐을 얼마나 쉽게 깨버렸는지… 애덤은 살면서 그 누구도 해친 적이 없었고 그럴 마음을 품은 적도 없었지만, 이제는 그것이 당연히 해야 할, 피할 수 없는 숙명처럼 느껴졌다.

이 모든 불행, 이 모든 고통에 대해 누군가는 대가를 치러야 했고 그 누군가란 케이시여야 했다. 그 아이의 애원과 자신의 양심에는 귀를 막을 생각이었다. 지금 애덤이 원하는 것은 그의 삶을 망가뜨린 원흉을 제거하는 것뿐이었다.

권총을 꺼내 안전장치를 젖힌 애덤은 누가 보든 말든 권총을 손에 쥐고 걸어나갔다. 케이시의 집에 도착하기까지 얼마 남지 않았다.

케이시가 옳았다. 인정하기 싫지만, 그것은 사실이었다. 케이시는 모든 것을 알고 있었고, 처음부터 진실을 말했다.

케이시는 그를, 그리고 예정된 종말을 기다리고 있을 것이다.

케이시는 애덤이 자신을 죽일 거라는 사실을 이미 알고 있었다.

그것이 바로 지금부터 그가 하려는 일이었다.

144

케이시는 울부짖었다. 그러나 조지프는 눈도 깜짝하지 않았다. 피로 얼룩진 식칼을 쳐들고 그녀의 어깨를 한 번, 두 번 깔끔하게 그어 십자 모양을 그렸다.

케이시의 몸이 격렬히 퍼덕였다. 잠시 멈춘 조지프가 자신의 희생자를, 앞에 앉아 있는 피범벅의 연약한 몸을 찬찬히 살펴보았다. 어깨, 팔 등등 상체 곳곳이 깊은 상처투성이였다. 그러나 케이시는 절대 고개를 숙이지 않았다.

케이시의 바지를 움켜쥔 그는 살 위로 공간이 생기도록 잡아당기고, 그곳에 포를 뜨듯이 칼날을 밀어 넣어 바지를 뜯어버렸다.

이제 그녀의 왼쪽 허벅지가 노출되었다. 그는 케이시의 새하얀 피부 위로 칼날을 긋고는, 칼끝을 허벅지에 대고 손잡이를 주먹으로 내리쳤다. 그러자 넓은 칼날이 그녀의 살에 5센티미터쯤 박혔고, 그는 칼날을 있는 힘껏 당기며 케이시의 허벅지를 위에서부터 아래로 천천히 가르기 시작했다.

케이시는 비명을 지르며 몸을 부들부들 떨었다. 조지프는 뒤로 한 걸음 물러서서 케이시를 찬찬히 감상했다.

놀랍게도 케이시는 다시 눈을 번쩍 떴다. 그리고 그에게 사정하는 대신 그를 차분히 응시했다.

케이시에게 다가간 조지프가 그녀의 몸에서 나온 피를 뺨에 처발랐다. 마치 그를 도발하는 것처럼 케이시는 눈을 깜박였고, 그는 케이시의 입에서 재갈을 뺐다. 케이시는 입을 뻐끔거리며 신선한 산소를 허겁지겁 들이마셨다. 그러자 조지프가 끈적끈적한 칼날을 그녀의 목에 겨눴다.

"원래 천천히 할 생각이었는데, 지금 끝내는 편이 좋을지도 모르겠군. 네 생각은 어때?"

그가 칼날을 피부에 밀어 넣었고, 케이시의 눈꺼풀이 씰룩거렸다.

"단칼에 끝낼 수도 있어. 너는 내 앞에서 도살당하는 돼지처럼 피를 철철 쏟을 거야."

그는 자신의 목을 손가락으로 쓸어내렸다.

"어떻게 생각해? 지금 그렇게 할까? 내가 그러길 바라니?"

그의 말이 허공에 맴돌았다.

"널 더 오래 살려둘 수도 있어. 네가 애원한다면 말이지. 그렇게 할 수도 있어."

바로 이거였다. 그가 그토록 갈망하던 순간.

끔찍한 고통 속에서도 희생자들은 살려달라고 애원했다. 바로 그 순간, 그는 희생자들에게 곧 죽게 될 거라고 말했다. 희생자들이 좌절하는 모습이 너무나도 달콤했고, 그는 이런 행위에 중독될 수밖에 없었다.

그런데 놀랍게도 케이시는 아무 말 없이 그를 노려보았다.

"왜 그러니, 아가? 혀는 뒀다 뭐 할 거야?"

그녀는 여전히 대꾸하지 않았다.

"좋아, 네가 원하는 대로 해주지."

하지만 케이시는 아무 반응도 하지 않았고, 조지프는 그녀가 자신의 속마음을 꿰뚫어보고 있다는 것을 깨달았다. 케이시는 희미한 미소까지 띠고 있었다.

당황한 조지프는 케이시의 머리 위로 식칼을 마구 휘둘렀다. 그러나 케이시는 전혀 움츠러들지 않았고, 살인을 시작한 이래 처음으로 조지프는 당황했다.

이 아이는 분명 고통을 느끼고 있다.

하지만 케이시가 느낄 수 없는 감정이 한 가지 있었다.

그것은 바로 그가 케이시에게 간절히 원하는 감정이었다.

그 감정은 두려움이었다.

145

가브리엘은 다급히 차 안으로 뛰어들었다. 이제는 일분일초가 급했다.

그때 몽고메리가 조수석으로 들어와 앉았다. 가브리엘이 시동을 거는 사이에 몽고메리는 조용히 사이렌을 켜고, 지붕에 경광등을 얹었다. 차는 부르릉대며 밤거리를 달려 나갔다.

"놈은 케이시의 집으로 간 거예요." 가브리엘이 숨을 헐떡이며 말했다.

타깃은 케이시가 분명했다. 시카고를 떠나기 전 마지막으로 그는 케이시에게 복수를 하려 한다.

"준비됐어요?" 가브리엘이 몽고메리에게 물었다.

몽고메리는 고개를 끄덕이며 총집에서 총을 꺼냈다.

"마음 같아서는 조지프를 생포하고 싶지만…, 혹시 위험한 상황이 생기면 가차 없이 그 총으로 그를 쏴요."

"잘 알겠습니다." 몽고메리가 총을 단단히 움켜쥐며 대답했다.

"오늘 밤에 끝장을 봐야 돼요. 두 번 다시 기회가 없을 거예요."

가브리엘은 몽고메리에게 사이렌 소리를 키우라고 지시하고는 경계석 위로 차를 몰아 인도로 들어갔다. 보도블록 위를 달리며 사람들에게 비키라고 손짓을 하자, 사람들은 어쩔 수 없이 건물 입구 쪽으로 피하거나 배수로로 뛰어내렸다.

잠시 뒤에 공사 현장을 벗어나자 가브리엘은 운전대를 왼쪽으로 꺾어 다시 아스팔트 도로로 들어섰다.

이제 앞길은 시원스레 뚫려 있었고, 가브리엘은 가속기를 꾹 밟아 도로 위를 질주하기 시작했다. 가브리엘은 운전대를 쥔 손에 힘을 주었다.

그곳이 틀림없었다. 지난 며칠간 달려온 길은 바로 그 방향을 가리키고 있었다.

이제 종반전에 들어섰다.

--- **146** ---

"나한테 애원하라고…!"

케이시의 얼굴에 침방울을 튀기며 그가 고함을 질렀다.

"나한테 사정해, 이 독한 년아!"

광분한 그가 케이시의 허벅지를 칼로 마구 난도질했고, 하얀 살은 금세 핏덩어리가 됐다.

어깨가 찢어지고, 팔은 뼈가 드러날 정도로 패었고, 얼굴은 피 칠갑이 되었다.

그러나 케이시는 그에게 굴복할 생각이 없었다.

그가 칼끝으로 그녀의 뺨을 찔렀다.

"내 말대로 하지 않으면 네 눈알을 뽑아버리겠어."

하지만 케이시는 여전히 느긋했고, 미소까지 살짝 띠고 있었다.

"웃지 마. 감히 누굴 보고 실실거리는 거야?"

그러나 그의 위협은 무의미했다.

케이시는 그를 두려워하지 않았다. 그는 욕설을 쏟아내며 뒤로 돌아섰다. 케이시가 자신을 보는 그 경멸의 눈빛을 견딜 수 없었기 때문이다.

그러다 그는 다시 마음을 다잡았다. 우선 케이시의 팔다리부터 시작할 작정이었다. 양팔을 먼저 절단하고, 다리를 자를 예정이다. 그러면 제발 살려달라고 울면서 자신의 발바닥이라도 핥으려 들 것이다. 하지만 그에게 자비란 없다. 이 아이는 마땅히 고통받아야 한다.

이런 생각에 기분이 좋아진 조지프는 당당히 거실로 걸어갔다.

그런데 그의 앞에 총을 든 남자가 서 있었다.

147

이 집에서 이런 광경을 기대한 것은 아니었다.

애덤은 조심스레 케이시의 집 안으로 들어왔다. 거실은 텅비어 있었지만, 집 뒤편에서 무슨 소리가 들리기 시작했다.

사람 목소리였다. 하지만 케이시의 목소리라 하기에는 너무 저음이었다. 당황한 애덤은 총 방아쇠에 손가락을 얹었다.

잠시 뒤 복도에서 발걸음 소리가 들리더니, 화이트 조지프가 거실로 불쑥 나왔다.

애덤은 단박에 그를 알아보았다. 캘루메트 호수를 찾아갔던 날부터 그의 얼굴은 애덤의 뇌리에 각인되어 있었다. 그나저나이 자는 여기서 무얼 하고 있는 것일까?

두 사람은 잠시 동안 꼼짝도 하지 않았다. 그러다 애덤이 먼저 총을 들어 발사했다. 조지프는 복도를 되돌아 달려 방 안으로 숨었고, 애덤의 총알은 허공에 맞고 말았다.

그 뒤를 따라 애덤도 달렸다. 복도는 컴컴했고 조용했다. 애덤은 언제든 총을 다시 쏠 준비를 했다.

애덤은 놈이 뒷방에 있다고 생각했다. 하지만 그 방 앞에도양 옆으로 문이 나 있어서 놈이 정확히 어디에 숨었는지는 알수 없었다.

애덤은 용기를 내어 왼쪽 문을 열었다. 방 안이 텅 빈 것을 확인한 애덤은 반대편 문도 열었다. 그곳 역시 빈 침실이었다. 그는 다시 복도 입구 쪽으로 다가갔다.

복도 끝에 다다른 그는 속으로 숫자 3까지 센 다음, 방 안으로 뛰어 들어갔다. 그리고 그곳에서 역겹고 끔찍한 광경과 마주쳤다.

예상대로 살인마는 그 방에 있었다. 그리고 뒤집힌 의자와 잘린 밧줄 옆에 케이시도 함께 서 있었다. 그녀의 옷은 갈가리 찢겨져 있었고, 멍투성이 얼굴은 피범벅이었으며, 무엇보다 끔찍한 것은 뼈가 드러나도록 깊이 패어 있는 왼쪽 허벅지였다. 허벅지의 쩍 벌어진 틈으로 피가 줄줄 흐르고 있었다.

케이시의 뒤에 서 있는 조지프가 커다란 식칼로 그녀의 목을 눌렀다.

"한 발짝만 더 다가왔다간 이 아이 멱을 따버리겠어."

애덤은 그의 얼굴을 물끄러미 응시했다. 케이시의 목숨을 빼앗으러 여기까지 왔다. 그런데 막상 다른 사람이 케이시를 죽이겠다며 자신에게 으르렁거리는 이 아이러니한 상황이라니….

"이 사람 말 듣지 마세요!"

케이시가 외쳤고, 조지프는 케이시의 목 옆면을 칼로 그었다.

"총을 내려놓고 뒤로 물러서!" 케이시를 붙잡은 채 조지프가 뒤쪽으로 슬슬 물러나며 말했다. 그러고는 한 손으로 뒷문을 열었다.

싸늘한 공기가 방 안을 채우고, 바깥의 어둠이 드러났다.

케이시를 난폭하게 잡아끈 조지프는 곧 애덤의 시야에서 사라졌다.

·· **148** ···

케이시는 비틀대며 마당을 끌려나갔다. 조지프는 케이시를 뒷문으로 잡아끌었다. 케이시는 실눈을 뜨고 애덤의 모습을 찾았다. 그는 자신을 도우러 온 걸까, 해치러 온 걸까? 어느 쪽이든 그가 필요했다.

이내 애덤이 두 사람에게 총을 겨누며 마당으로 저벅저벅 걸어 나왔다.

조지프는 케이시를 다시 끌어당겼다. 케이시는 걸음을 뗄 때마다 극심한 고통이 느껴졌고, 난도질을 당한 다리는 금방이라도 부러질 것 같았다. 하지만 케이시의 입을 틀어막은 조지프는 자꾸만 앞으로 걸어갔다.

애덤이 그들에게 다가왔다. 그들과 5미터쯤 떨어진 거리에서 애덤은 총을 겨누고 있었다.

"이러지 마! 이 애를 생각해야지!" 조지프가 소리쳤다.

그러나 애덤은 그들을 향해 거침없이 다가갔다.

"이 애가 죽어도 괜찮아? 정말 이 애가 죽기를 바라는 거야?" 조지프가 코웃음을 치며 물었다.

단정한 옷차림과 해사한 얼굴의 애덤은 도저히 누군가를 죽일 수 있는 사람으로 보이지 않았다.

"당신한테는 그럴 용기가 없어. 당신 같은 범생이는…"

그러다 조지프는 입을 다물었다. 총알 하나가 그의 머리 위로 날아왔기 때문이다. 총소리에 귀가 멍해졌고, 총알이 스쳐 지나가는 느낌에 온몸에 소름이 돋았다.

"이건 경고사격이야." 애덤이 섬뜩한 표정으로 중얼거리며 총부리를 두 사람에게 겨누었다.

조지프는 애덤이 진짜로 총을 쏘지 않을까 눈치를 살피며 주춤거렸다.

총성의 메아리가 맴도는 사이, 케이시는 인근 주택에서 하나둘 새어나오는 불빛을 보았다. 불빛과 함께 사람들의 목소리가 들렸다. 웅성대는 소리는 점점 커졌다.

그러다 케이시는 또 다른 소리를 감지했다.

사이렌 소리였다. 밤거리에 사이렌 소리가 쩌렁쩌렁 울리고 있었다. 여러 대의 경찰차가 케이시의 집으로 달려오고 있었다.

조지프는 서둘러 뒷문으로 다가갔다.

"움직이지 마!" 애덤의 목소리는 떨리고 있었다.

"쏘고 싶으면 쏴!" 조지프가 케이시를 끌어당기며 중얼거렸다. "우리 둘을 한꺼번에 죽일 작정이라면."

이제 불과 3미터 앞이었다. 그러나 애덤은 갑자기 용기가 없어졌다. 방아쇠를 당기는 것이 도저히 못할 일처럼 느껴졌다.

그 사이에 케이시는 기회를 엿보았다. 뒷문에서 1미터 남짓

한 거리에 이른 순간, 케이시는 조지프의 축축한 손을 힘껏 깨물었다.

그는 비명을 지르며 손에 힘을 풀었고, 그의 손에서 빠져나온 케이시는 냉큼 애덤 쪽으로 튀어나왔다.

애덤은 그녀를 안아주기 위해 팔을 벌렸다. 케이시가 애덤의 품 안에 뛰어들기만 하면 이제 안전해질 수 있다.

그때 케이시의 머리가 뒤로 확 꺾였고, 그 충격으로 케이시는 눈앞이 흐릿해졌다. 조지프의 손이 다시 그녀의 머리채를 쥐고 뒤로 끌어당기고 있었기 때문이다.

"안 돼!"

조지프는 뒷문을 힘껏 걷어찼다. 그러자 녹슨 자물쇠가 바닥에 떨어지더니 문이 활짝 열렸다.

마당 너머는 넓은 폐허에 가까운 숲속이었다. 그 폐허 쪽으로 가면 숨을 공간과 탈출 경로는 얼마든지 있었다. 경찰차가 케이시의 집으로 달려오는 사이 조지프는 수많은 샛길과 골목 사이로 달아날 수 있을 터였다.

"총을 쏴요!" 케이시가 숨을 헐떡이며 말했다.

애덤은 총을 쳐들었다. 그러나 케이시의 몸이 조지프의 몸을 가리고 있어 주저주저했다.

"달아나게 내버려두면 안…."

그때 조지프가 그녀의 벌어진 입에 손가락을 찔러 넣었고, 케이시는 세차게 고개를 흔들었다.

"어서 해요!" 케이시가 애원했다.

애덤은 고통스러웠다. 케이시를 해치러 이곳에 왔지만, 지금은 그럴 생각이 전혀 없었다.

하지만 케이시는 애덤이 무엇을 해야 할지, 그가 어떻게 조지프의 연쇄살인을 끝낼 수 있을지 알고 있었다.

애덤과 케이시는 서로를 바라보았다. 두 사람 사이에 소리 없는 대화가 오갔다.

그때 케이시가 외쳤다. "지금이에요!"

애덤은 얼굴을 우그리며 방아쇠를 당겼다. 싸늘한 봄 공기를 가르고 선명한 네 방의 총성이 사방으로 퍼졌다.

epilogue

희미한 한 줄기 햇살이 그들의 얼굴을 비췄다.

가브리엘은 사건 파일 위에 흩어진 사진들을 내려다보았다. 제이콥, 로첼, 매들린, 잰, 그리고 조지프와 케이시가 그녀를 응시하고 있었다.

모두에게 고된 밤이 지나갔고, 다들 집으로 돌아갔다. 하지만 가브리엘은 다시 본부로 돌아왔다.

마지막 순간의 판단은 적절했다. 사건이 종결되자마자 시카고 시장은 누구보다도 기뻐하며 가브리엘을 격려했고, 호스킨스 총경은 그녀의 1계급 특진에 대해 언급했다.

도시 전체를 공포에 몰아넣었던 엄청난 사건이 끝났다.

조지프는 차원이 다른 살인마였다. 동정심, 인간성이라고는 없는 악마였다.

더 이상은 그자가 살인을 저지를 수 없다는 것이 그나마 다행이었지만, 그 사실이 유족들에게는 전혀 위안이 될 수 없었다. 사랑하는 이가 겪었을 고통을 유족들은 절대 잊지 못할 것이다.

가브리엘은 사진을 모아 정리하고 책상도 치웠다. 그 다음 보고서를 쓸 요량이었지만 갑자기 극심한 피로가 밀려왔다. 보고서고 뭐고 당장 집으로 달려가서 남편과 아이들을 끌어안고 싶었다.

그녀에게는 사랑하는 가족이 있었다.

교도소를 수없이 찾아왔던 그였다. 하지만 그 내부는 무척 낯설었다.

거대한 교도소의 내부로 들어온 그는 더 이상 명품 정장 차림이 아니었다. 그 역시도 자해 시도를 예방한다는 명목으로 갖고 있던 소지품과 입고 있던 옷, 벨트를 빼앗긴 채 죄수복으로 갈아입어야 했다.

입소할 때의 치욕스런 알몸 수색, 그리고 가브리엘의 끝없는 질문은 고문이나 마찬가지였다. 다른 죄수들의 희롱과 야유는 충분히 예상했던 일이라 괜찮았지만(일부는 예전부터 알던 사람들이었다), 지난 수년간 함께 일했던 교도관들의 모욕적인 말이나 경멸의 시선은 그의 마음속에 깊은 상처를 주었다. 설상가상으로 애덤은 자신이 고안한 정신 감정 절차까지 거쳐야 했다.

그러나 그 어떤 것도 그가 저지른 잘못만큼 괴롭지는 않았다. 물론 그에게는 선택의 여지가 없었다. 조지프가 그대로 달아나도록 내버려둘 수는 없었다.

그렇다 해도 그는 두 사람의 목숨을 빼앗았다. 그것은 그가 평생 안고 가야 할 업보였다.

총에 맞아 경련하던 케이시의 모습이 지금도 눈에 선했고, 조지프가 내지르던 신음 소리도 귀에 생생했다. 케이시의 재촉에 애덤은 방아쇠를 당겼고, 자신의 눈앞에서 비참하게 죽어가는 두 사람의 모습을 지켜보아야만 했다.

조지프는 구겨지듯 땅 위로 쓰러졌고, 잠시 애덤을 바라보던 케이시도 창백한 얼굴로 조지프의 몸 위로 쓰러졌다. 부릅뜬 케이시의 두 눈은 초점을 잃어 갔고, 입술에서는 가느다란 핏줄기가 흘러내렸다.

애덤은 허겁지겁 케이시에게로 달려가 심폐소생을 시행했다. 그러나 아무 소용이 없었다.

그때 경찰이 현장에 도착했다.

그는 현재 두 사람을 살해한 혐의를 받고 있다. 케이시가 총을 발사하기를 원했다는 애덤의 주장을 배심원들이 믿어줄지에 재판의 성패가 달려 있었다.

어쨌든 시간이 말해줄 것이다. 지금은 그저 기다리는 수밖에 없었다. 케이시는 세상을 떠났다. 그리고 페이스와 애너벨도.

애덤은 일찍 죽는 운명보다 더 나쁜 운명이 존재한다는 사실을 처음으로 깨달았다.

그것은 삶이었다.

151

노인은 저 멀리 지평선 위로 서서히 떠오르는 태양을 바라보았다. 이렇게 일찍 일어나는 날은 드물었는데, 오늘은 평범한 날이 아니었다.

호출 벨을 누르자 간호사가 투덜거리며 그녀에게 다가왔다. 비슬라바 할머니는 일출 시간에 맞춰 물가에 데려가 달라고 간호사에게 요구했다.

간호사는 잠시 망설였다. 혹시나 이 노인이 호수로 몸을 던질 생각을 하는 건 아닌지 우려하는 눈치였다.

"정말 다른 건 갖다드리지 않아도 괜찮으시겠어요? 담요라든지, 아침식사라든지…?

"아니, 고마워요. 필요한 건 다 있어요."

그래도 간호사는 주저했다. 오늘따라 비슬라바의 정신이 말짱한 것이 영 불안한 눈치였다. 그동안 비슬라바는 멍하니 동요를 흥얼거리거나 혼잣말을 중얼거리는 모습만 보였으니까.

"이제 가봐요. 난 정말 괜찮으니까."

잠시 머뭇거리던 간호사는 비슬라바 할머니를 혼자 남겨두고 나갔다. 비슬라바는 넓게 펼쳐진 호수 수면 위로 햇볕이 내리쬐는 광경을 지켜보았다.

지금 이 순간 슬픔의 감정이 드는 것이 마땅하겠지만, 그녀는 슬프지 않았다. 이제 다시는 사랑스러운 손녀를 볼 수 없게 되었지만, 이러한 순간이 오리라는 것을 두 사람 다 예전부터 이미 알고 있었다.

'나탈리아는 지금 어쩌고 있을까? 경찰이 이 암울한 소식을 나탈리아에게 전했을까?'

자신의 딸 나탈리아를 생각하자 가슴이 미어졌다. 아이를 잃는 것이 얼마나 괴로운 일인지 비슬라바는 지난 경험으로 잘 알고 있었다.

케이시의 특별한 재능은 끔찍한 저주나 마찬가지였다. 그 가 없은 아이는 죽을 때까지 고통을 받았다. 그러나 이제는 다 끝 났다.

삶의 대부분의 시간 동안 비슬라바는 고통스럽고 비현실적 인 안개에 휩싸여 있었다. 그러나 오늘은 누구보다도 또렷이 현실을 볼 수 있었다. 오늘만큼은 모든 것을 볼 수 있었다.

고통에 시달리던 아름다운 영혼이 떠났다. 비슬라바는 머잖 아 케이시와 다시 만나게 되리라 생각했다. 그러려면 기다려야 했다. 지금은 그저 황금빛 호수, 행복하고 자유로운 새들을 지 켜보는 데 만족해야 했다. 눈앞에 펼쳐진 풍경을 바라보던 비 슬라바의 얼굴에 환한 미소가 번졌다.

사랑하는 케이시가 마침내 자유를 얻었다.

옮긴이 김효정

연세대학교에서 심리학과 영문학을 전공했다. 글밥 아카데미 수료 후 현재 바른번역 소속 번역가로 활동하고 있다. 옮긴 책으로는 《누군가는 알고 있다》《스토커》《옆집의 살인범》 등이 있다.

a Gift
for Dying

죽음을
보는
재능

초판 2020년 10월 5일 6쇄
저자 M. J. 알리지
옮긴이 김효정
ISBN 979-11-90157-00-1 03840

출판사 도서출판 북플라자
주소 경기도 파주시 파주출판단지 문발동 638-5
홈페이지 www.book-plaza.co.kr

영화 판권, 오탈자 제보 등 기타 문의사항은 book.plaza@hanmail.net으로 보내주세요.
잘못된 책은 구입하신 서점에서 교환해 드립니다.